행복과 진리의 세계로 가는 이정표

# 사랑과 지혜의 향기

지은이 박배훈(朴培勳)

법명은 영명(永明)이다. 함조(含照)라 불리기도 한다. 서울대학교 사범대학 수학교육과를 졸업하고, 연세대학교 대학원에서 석사·박사학위를 받았다. 한평생을 국립 경상대학교와 국립 한국교원대학교에서 교수로 지냈다. 그리고 미국 East Carolina 대학에서 연구교수로 머물기도 했다. 수학교사를 비롯한 많은 교원양성과 대한수학교육학회 부회장을 역임하여 한국교육발전에 이바지했으며, 대학전문 서적과 중·고등학교 학생을 위한 수학교과서를 집필했다. 나이가 들어서는 한국교원대학교 총장을 지내면서 인성교육의 중요성과 한국교육의 실상을 깨닫기도 했다. 정년퇴임 후에는 한국교원대학교 명예교수로 그 인연을 이어 가고 있으며, 명상과 종교에 관한 서적을 읽고 있다.

지은이 이영경(李迎卿)

법명은 여래심(如來心)이다. 일진화(一眞華)라고 불리기도 한다. 이화여자대학교 가정대학 식품영양학과를 졸업하고 국립경상대학교 대학원에서 석사학위를 받았다. 불교에 귀의하여 신행활동과 불경을 공부하고 있다.

행복과 진리의 세계로 가는 이정표
## 사랑과 지혜의 향기

© 박배훈·이영경, 2017

1판 1쇄 인쇄__2017년 08월 01일
1판 1쇄 발행__2017년 08월 10일

지은이__박배훈·이영경
펴낸이__양정섭

펴낸곳__작가와비평
　　　　등록__제2010-000013호
　　　　블로그__http://wekorea.tistory.com
　　　　이메일__mykorea01@naver.com

공급처__(주)글로벌콘텐츠출판그룹
　　　　대표__홍정표　편집디자인__김미미　기획·마케팅__노경민
　　　　주소__서울특별시 강동구 천중로 196 정일빌딩 401호
　　　　전화__02) 488-3280　팩스__02) 488-3281
　　　　홈페이지__http://www.gcbook.co.kr

값 15,000원
ISBN 979-11-5592-207-1 03810

행복과 진리의 세계로 가는 이정표

# 사랑과
# 지혜의 향기

**박배훈·이영경** 공저

작가와비평

애착(愛着)에서 벗어남이 사랑의 완성이요,
탐욕(貪慾)에서 떠나감이 지혜의 완성이다.

# 머무는 곳마다 향기를

　사람은 누구나 자기의 과거는 시련이 많고 변화가 심한 파란
만장(波瀾萬丈)한 삶을 살아왔고, 현재는 힘들고 고통의 연속이
고, 다가올 미래는 불확실하고 두렵다고 한다. 젊을 때는 생활을
영위하기 위하여 바쁘게 지내기 때문에 이것저것 생각할 겨를이
없다. 나이가 들어가면 지나온 과거를 회상하고 추억하게 된다.
험하고 어려운 세상을 어떻게 용케 살아남게 되었을까 하고 기
적 같은 일들을 떠올릴 것이다. 하늘의 도움 없이는 불가능한
것이다.

　자기가 겪고 경험하고 헤쳐 나온 삶의 지혜가 아까워 자기의
후손이나 후대의 사람들에게 그것을 전하고 싶은 욕망은 인지상
정(人之常情)이 아니겠는가. 석가모니 부처님은 불경을, 예수님은
성경을, 공자님은 유학을 세상에 남겨 놓아 인류의 삶의 근본인
사랑과 지혜를 가르치셨다. 그 밖에도 학자들은 전문지식, 예술
가는 작품과 연주, 문인은 문학작품 등으로 인간 삶을 좀 더 다양
하고 풍부하게 만들었다. 나 또한 하찮을지라도 그 무엇을 전하
고 싶은 심정이다.

노년기를 살고 있는 사람은 좁게는 가정의 앞날이, 넓게는 국가와 사회의 미래가 좀 더 나은 세상이 되기를 기원하고 염원한다. 옛날에는 밥상머리 교육으로 가정교육을 하여 자손들에게 사랑과 지혜를 나눌 수 있었지만 지금은 핵가족시대인지라 그들과 대화할 시간을 자주 갖지 못한다. 후회 없는 삶을 위하여 자기가 터득한 지혜를 매일 이야기하여도 모자랄 것이다. 아들 딸 키울 때는 아직 젊어 뭘 모르고 키웠고, 손주 키울 때는 좀 더 잘 키울 자신이 있지만 이미 여러 가지로 멀어져 있다. 이것이 안타깝다. 말할 수 있을 때 한 가지라도 더 말하고, 글을 쓸 수 있을 때 한 자라도 더 간절히 전하고 싶다.

　마침 기회가 왔다. 손주 녀석들이 일 년간 외국에서 살게 되었다. 요즘 세상이 참 편리해서 좋다. 보고 싶고 말하고 싶으면 동영상으로, 글을 전하고 싶으면 e-메일로 하면 된다. 매주 한 번꼴로 이곳에 남아 있는 손주와 외국에 간 두 손주에게 메일을 보내고 귀국 후에도 한동안 사랑과 지혜의 메일을 이어 갔다. 세월이 흐르니까 그것이 모여 책을 만들어도 될 만큼 내용과 분량이 되었다.

　가까이 지내던 국어과 교수님이 저의 근황을 묻기에 메일 하나를 보여드렸더니 젊은이 인성교육에 많은 도움이 되겠다고 출판을 권유하고 용기를 주어 욕심을 부려보았다. 시중에 고만 고만한 책 수없이 많은데 부질없는 생각이라고 여겨졌지만 그냥 버리기는 나로서는 아까웠다. 혹시나 훗날을 사는 사람에게 도움이 되기를 바라면서 메일을 정리하고 다듬어 책으로 내어놓는다.

여기서 내가 한 이야기와 생각이 모두 옳거나 항상 바람직하다고는 할 수는 없다. 유교사상과 불교사상이 대세인 동양사회의 한 모습일 뿐일 수도 있다. 표현을 약간 달리하고 현대사회의 양상을 조금 가미했을 뿐일지도 모른다. 옛날 성현들은 사람이 어떻게 살아야 인간답고, 보람 있고, 가치 있고, 행복할까 하는 것을 후대에 전하고 가르쳤다. 여기서 나는 범부(凡夫)로서의 삶의 방편을 이야기하고, 삶에 지친 젊은이에게 마음의 평안과 희망의 빛이 있기를 바라는 마음이다.

사람이 태어나서 살아가려면 삶을 위한 지식과 기술을 습득하고, 사회에 적응할 수 있는 문화를 익히고, 남과 어울려 지낼 수 있는 품성을 길러야 한다. 옛날에는 삶의 방식이 단순하여 사람과의 관계를 원만하게 하기 위한 인성교육이 주로 행해졌다. 오늘날은 생활양식이 복잡하여 전문성을 길러주는 교육이 위주가 되어 꼭 필요한 인성교육이 등한시 된 듯하다. 아무리 생각해도 교육은 전문성교육과 인성교육의 두 축(軸)으로 이루어져야 한다고 생각한다.

불꽃은 한 번 태우고 지나간 자리로는 결코 돌아가지 않는 것처럼 우리 인생은 지나온 과거로는 다시 돌아갈 수 없다. 불꽃은 재를 남기고, 인생은 업(業)을 남긴다. 사람이 영원히 사는 길은 후손을 기르고 후진을 양성하고 사회에 공헌하는 것 아니겠는가. 사람이 남기고 갈 만한 것이 무엇이 있을까. 재산을 비롯한 물질적인 것과 자기가 후대에 끼치고 형성한 정신세계 아닐까. 가지고 갈 수 있는 것은 아무 것도 없다고 한다. 꼭 한 가지는 있다. 공덕(功德)이다. 부지런히 보시하고 정진하여 많은 복덕(福德)과 공덕을 쌓는 것이 행복의 길이요 영원함의 길이다.

여기서 사랑과 지혜의 편지를 받은 사람은 나의 손주 준본, 세연, 주원이 셋이다. 사실 손주뿐만 아니라 두 아들과 두 며느리, 그리고 아직 젊은 시절을 살고 있는 분들이 한 번 읽어 주었으면 하는 마음 간절하다. 대체로 쉬운 문장으로 간단명료하게 글을 썼지만 지금은 아직 어려서 내용이 어려워 읽기 힘들거나 바빠서 당장은 읽지 못 하더라도 언젠가는 한 번 읽어 보았으면 하는 심정이다. 아니 평생을 두고 읽어도 된다. 무언가 선택하고 결정하고 실행해야 할 때 어떻게 해야 할지 갈피를 잡기 어려우면 그때 한 구절이라도 읽어도 된다. 어쩌다 인연이 있어 이 글을 읽는 사람은 누구나 행복하고 머무는 곳마다 사랑과 지혜의 향기를 남겨 많은 복덕과 공덕이 쌓이기를 기원한다.
일단은 여기서 하고픈 말을 끝내지만 아직 할 이야기는 많이 남아 끝이 없구나. 아름다운 꿈은 밤마다 이어지고, 찬란한 별빛은 영원히 빛난다.

이 책의 원고를 정성껏 다듬어 주신 저명한 시조 시인 원용우 박사, 인성교육에 밝은 윤리교육 철학자 박병기 박사, 생명과학자 처남 이상필 박사, 책표지의 조각상 사진을 제공해 주신 가족 사랑의 대표적 조각가 이창림 교수, 있어 그저 좋은 내 사랑들, 그리고 출판사 관계자 여러분에게 감사의 뜻을 전한다.

책머리에: 머무는 곳마다 향기를_____5

# 1. 최고 사랑에게

적응適應을 잘하자 • 15 / 시간을 뜻있게 보내자 • 18 / 꿈을 가져라 • 21 / 우애友愛 있게 지내자 • 24 / 탁월卓越하고 성聖스럽자 • 27 / 조화調和롭자 • 30 / 건강이 먼저다 • 32 / 환영받는 사람이 되자 • 35 / 당당하게 살자 • 37 / 향기가 나는 삶을 살자 • 39 / 섭리攝理에 따르자 • 41 / 자신감과 사명감을 갖자 • 44 / 가호加護, 가피加被를 받자 • 46 / 너희들이 있어 행복하다 • 48 / 맑고 밝게 지내라 • 50 / 도전하고 열정을 갖자 • 52 / 미리 미리 예방하자 • 54 / 남을 나무라지 말자 • 56 / 효도하자 • 58 / 사람을 잘 가리자 • 60 / 욕망慾望을 다스리자 • 63 / 기도祈禱하자 • 65 / 매력 있는 사람이 되자 • 67 / 교양敎養 있는 사람이 되자 • 70

# 2. 무한 사랑에게

상황이 바뀌면 형편도 바뀐다 • 77 / 품위品位를 갖자 • 79 / 간절함은 힘이 있다 • 81 / 실패는 할 수 있다 • 83 / 누명陋名과 모함謀陷은 항상 있다 • 85 / 고난苦難을 겪어 내자 • 87 / 도약跳躍할 때는 도약하자 • 90 / 복福은 받고 회禍는 멀리 하자 • 92 / 위기危機 탈출을 잘하자 • 94 / 경험이 곧 인생이다 •

96 / 좋은 인연因緣을 맺자 • 101 / 서서히 조금씩 이루자 • 106 / 가정을 중히 여기자 • 108 / 명절은 가족과 함께 보내자 • 114 / 양보는 미덕일 수 있다 • 118 / 귀하고 중한 것을 알자 • 120 / 때를 기다리자 • 122 / 지덕체智德體를 기르자 • 124 / 순응하느냐, 저항하느냐 • 127 / 화華인 꽃처럼 아름답자 • 129 / 성지순례는 축복이다 • 132 / 행복은 마음에 있다 • 135 / 이름名을 소중히 여기자 • 140 / 처세處世를 잘하자 • 143 / 체득體得하자 • 146 / 세월이 가면 기쁜 날도 있다 • 148 / 내공內功을 쌓자 • 150 / 매사에 충실하자 • 152 / 적소성대積小成大를 깨닫자 • 154 / 작은 차이가 큰 것이다 • 157 / 잃는 것이 있으면 얻는 것도 있다 • 160

## 3. 한마음 사랑에게

나를 항상 새롭게 하자 • 167 / 나를 제일 사랑하자 • 169 / 미세한 것도 살피자 • 172 / 역지사지易地思之하자 • 174 / 기회를 놓치지 마라 • 177 / 무탈無頉하기를 기원한다 • 180 / 남 탓 하지 마라 • 183 / 남의 허물 찾지 마라 • 186 / 모든 행위는 되돌아온다 • 189 / 도움 없이 이루어지는 것이 없다 • 192 / 남의 고독을 이해하자 • 195 / 복전福田을 가꾸자 • 198 / 권도權道의 길도 있다 • 201 / 천륜天倫을 알자 • 204 / 감사와 찬사를 보내자 • 207 / 투도偸盗는 죄악이다 • 210 / 이상향理想鄕을 꿈꾸자 • 212 / 관행慣行도 조심하자 • 215 / 정情을 나누자 • 218 / 스승의 가르침을 따르자 • 221 / 도리道理를 지키자 • 224 / 역사는 변한다 • 227

# 4. 진선미 사랑에게

권학勸學을 마음에 새기자 • 233 / 보험保險에 들자 • 236 / 후회後悔 없도록 하자 • 239 / 주자십회朱子十悔를 명심하자 • 242 / 참회懺悔하자 • 245 / 협상協商을 잘하자 • 250 / 경쟁競爭도 해야 한다 • 253 / 신언서판身言書判을 바르게 하자 • 257 / 장부일언중천금丈夫一言重千金이다 • 260 / 수신제가치국평천하修身齊家治國平天下하라 • 264 / 자율自律적인 행동을 하자 • 268 / 정의正義롭자 • 271 / 인내忍耐하자 • 275 / 용기勇氣를 갖자 • 279 / 정직正直하자 • 282 / 좋은 사람과 교제交際하자 • 286 / 신의를 지키자 • 290 / 공헌貢獻하며 살자 • 294 / 분별력分別力을 기르자 • 297 / 은혜恩惠를 갚자 • 301 / 진실眞實되게 살자 • 305 / 소통疏通과 공감共感이 중요하다 • 308 / 집착執着은 고통의 원인이다 • 312 / 증조모님의 말씀을 따르자 • 318

끝맺으면서: 어떻게 살 것인가＿＿＿337

[해설] '사랑'과 '지혜'를 권면(勸勉)하는 깊은 사유와 언어_유성호＿＿＿341

[추천의 글]
인성교육의 지침서(指針書)_원용우＿＿＿357
인생행로의 이정표(里程標)_류희찬＿＿＿358
보편적인 삶의 지남(指南)_유성호＿＿＿359

# 1. 최고 사랑에게

사랑의 향기는 행복과 생명을 실어오고,
지혜의 향기는 진리와 광명을 실어온다.

세상만사(世上萬事)는 시간이 해결한다.
꽃이 있어야 열매 있다.

# 적응適應을 잘하자

　　귀하고 소중한 사랑아, 머나먼 이국 땅, 아무도 의지할 곳 없는 낯선 땅, 너희들이 난생 처음으로 가 본 땅, 여기와는 문화와 환경이 너무나 다른 땅에 첫 발을 내딛는 순간 너희들의 작은 심장과 가슴이 얼마나 두근거렸을까. 두렵기도 하고, 설레기도 하고, 뭔가 서먹서먹하여 안절부절 못했을 것을 생각하면 우리 마음도 갈피를 잡지 못하고 너희들처럼 뛰고 있다.

　산도 설고, 물도 설고, 사람도 설고 모든 것이 낯선 곳에서 외국생활이 처음인 아빠와 엄마만 믿고 지낼 너희들을 생각하면 우리 마음도 떨리는구나. 얼마나 많이 긴장이 되겠나. 그래도 너희들은 영특하여 무난히 잘 견디어낼 것이라 믿고 있다.

　그곳에서 새로운 학교에 다니게 되어 선생님과 친구 모두 낯설지요. 학급의 친구들은 너희들을 반갑게 맞이해주더냐, 외국에서 왔다고 놀리지는 아니 하더냐, 텃세는 하지 아니 하더냐, 기죽지 말고, 수 죽지 말고 당당히 지내라. 며칠만 지내면 서로가 잘 어울리게 될 거야.

무엇이든지 처음은 망설여지고 선뜻 나서기 어렵다. 부지런히 배우고 하루라도 빨리 친구들과 잘 어울리고 잘 적응하자.

우리에게 가장 귀하고 소중하고, 우리에게 가장 커다란 행복을 가져다주고, 우리에게 항상 벅찬 감동과 환희를 느끼게 하는 너희들이 있어 우리에겐 항상 웃음과 기쁨이 있다. 우리는 너희들이 무척 고맙고 감사하다. 쑥쑥 자라 거라. 좋은 일 많이 하거라. 그것이 우리에겐 최대의 보람이요 즐거움이다.


보고 싶구나, 안아 보고 싶구나, 우리를 부르는 소리 듣고 싶구나, 너희들이 눈에 아른거리는구나. 때때로 너희들과 함께 하던 집짓기 놀이, 레고놀이, 카드놀이도 하고 싶구나. 우리의 생각과 마음은 너희들 있는 그곳에 언제나 가 있다. 이제 겨우 시작인데 너희들 돌아올 날만 기다려지는구나.

'애들아' 하고 우리가 부르는 소리 들리느냐. 어떤 때는 대답이 없고, 어떤 때는 '예' 하고 답하는 소리가 들리는 듯하구나. 너희들이 지금 살고 있는 나라는 사람에 따라 인정이 메마르다고 여기는 사람도 있고, 살기 좋은 신천지로 여기는 사람도 있다.

나는 옛날 혼자서 그곳에서 일 년을 보냈다. 쉽게 적응이 잘 되지 않아 무척 고생했다. 앞으로 너희들 세상은 세상이 열려 있다. 자기 나라 남의 나라 구별 없이 살게 될 것이다. 어릴 때부터 국제화된 세상, 세계화된 세상에 어울려 살 수 있도록 세계 각국의 언어도 배우고, 문화도 익혀야 한다. 로마에 가면 로마 사람이 되고, 아프리카에 가면 아프리카 사람이 되어야 한다.

우리는 너희들 건강이 항상 염려된다. 낯선 곳에서 낯선 음식이 몸에 맞지 않을 수도 있다. 그곳에도 우리나라 음식도 많다고는 하는구나. 우리와 음식이 다르다고 너무 가려 먹지 마라. 다른 음식도 많이 먹어 버릇해야 익숙해진다. 훗날 너희들은 어디서 살아갈지 아무도 모른다. 먹는 것 너무 까다롭게 하지 마라. 남이 먹으면 나도 먹을 수 있다. 고루고루 잘 먹고, 채소, 과일 충분히 먹어라. 언제 어디서든지 적응을 잘 하면 행복해지고, 적응을 거부하면 불행해진다.

이역만리 멀리 떨어져 있어도 동영상으로 너희들로부터 인사를 받을 수 있는 세상 참으로 신기하고 좋다.

우리는 두 손 모아 우리 가족 평안하고 무사하게 잘 지낼 수 있도록 보름달에게 기원했다. 아마 그 정도 소원은 들어주실 거야. 보고 싶구나. 보고 싶구나.

## 시간을 뜻있게 보내자

　　최고 사랑 무한 사랑아, 이제 조금씩 조금씩 서먹
서먹한 정도가 나아졌는지 모르겠다. 여기서 미리 영어도 배우
고 외국 사람과도 더러는 만나곤 했지만 처음은 선생님 말씀 알
아듣기 어려울 거야. 너희들 영어실력이 아직은 부족하잖아. 전
화로 그런대로 지낼 만하다고 하니 약간은 마음이 놓이는구나.
　선생님은 친절하고 다정하실 거야, 친구들도 착할 거야, 너희
들은 성격이 좋아 친구들과 잘 지낼 거야. 좋은 친구 많이 사귀어
라. 그것이 행복을 가져 온다. 선생님께 가끔 질문도 하느냐. 귀
를 쫑긋 세우고 귀를 기울여 선생님 말씀 놓치지 않으려고 노력
하여라. 낯선 곳에서 적응도 해야 하고 친구만큼 공부도 따라
가야 하니까 힘들고 지치겠다. 이겨내어야지. 지금의 시간이 너

희들에게는 귀중하고 소중한 황금의 시간이다.

학교통학은 어떻게 하느냐. 걸어 다니느냐, 차를 타고 다니느냐, 엄마와 함께 다니느냐. 학교 오고 갈 때 차 조심하고 이것저것 잘 살피면서 다녀야 한다. 집과 학교와는 거리가 뭐냐 가까우냐, 학교 가는 길은 안전하냐 위험하냐.

우리는 너희들에 관한 모든 것이 궁금하고 걱정이 되구나. 그곳은 땅도 넓고, 풍족하고, 배울 것도 많은 나라이다. 지구상에서 살기 좋은 나라 중에 하나라고 한다. 많이 보고, 많이 듣고, 많이 느끼고, 많이 생각해라. 무엇이든지 해보면 된다. 처음 하려면 신경이 쓰이고, 두렵고 망설여진다. 그것을 무릅쓰고 한번 두번 해보고 나면 자신이 생긴다.

세상을 살아가려면 배짱도 있어야 한다. 배포(排布)를 키워라. 뱃심이 두둑해야 한다. 쉽게 좌절하거나 포기하거나 무너져서는 안 된다. 이를 악 물고 해야 할 때는 그렇게 해야 한다. 특히, 일을 시작하기 전에 두려워 떨지 말고 긍정적인 생각으로 헤쳐 나아가라. 기회 있을 때마다 용기를 갖고 도전하고 많은 것을 경험하는데 시간을 알차게 보내자.

너희들이 그곳에 간 지 벌써 두 달이 지났다. 날씨가 조금씩 추워지고 있다. 옷 잘 챙겨 입고 이불 잘 덮고 자야지. 감기 걸리면 고생한다. 도와줄 사람 아무도 없는 집 떠난 사람에게는 뭐니뭐니해도 건강이 최고이다. 너희들이 모처럼 얻은 천금 같은 귀한 시간 최선을 다해 보람 있게 보내야 한다.

너희들 일생에서 되돌아오지 않는 행복하고 많이 배울 수 있는 시절이다. 너희 아버지에게도 자신을 성찰하고 자기계발을 위한 절호의 기회이다. 시간은 나를 기다리지 않고 흘러간다. 인생의 성공과 실패, 행복과 불행은 시간활용에 의해 결정된다.

옛날의 위대한 분들은 모두 한결같이 부지런하고 열심히 일하라고 하셨다.

우리는 잠시라도 이곳에 있는 손주, 그곳에 있는 손주 너희들을 잊지 못한다. 잠자지 않는 낮에는 마음속에서, 잠을 자는 밤에는 꿈속에서 너희들을 만나고 있다. 그래도 안아 볼 수는 없구나. 우리에겐 이 세상 그 어떤 것보다 너희들이 귀하고 소중하다. 너희들보다 더 사랑스러운 존재는 없다.

너희들이 있어 우리는 너무나 행복하다. 너희들과 전화할 때 '할아버지'하고 부르면 내 가슴은 뛰고 환희에 넘친다. 내가 살아 있다는 것을 느낀다. 생각만 하고 있어도 그저 좋은 너희들에게 편지 쓰는 것도 즐겁다. 마음속으로 너희들과 이야기하고 있거든. 때로는 너희들이 보고 싶어 흐르는 눈물 어쩔 수 없구나.

행복한 사람은 행복을 모른다. 고통이 있어야 행복을 안다. 사랑이 있는 사람은 사랑을 모른다. 사랑이 없어야 사랑을 안다. 성공한 사람은 성공을 모른다. 실패를 한 사람은 성공을 안다.

너희들의 행복과 사랑과 성공을 위해 기도한다. 기도하는 마음과 염원이 언젠가는 이것을 이룰 수 있는 씨앗이 되기를 간절히 바라면서.

# 꿈을 가져라

예쁘고 착한 사랑아, 너희들이 바람직하게 잘 커고 있는 걸 지켜보는 것이 우리의 기쁨이요 즐거움이란다. 이보다 더 나은 행복이 어디 있을까. 우리가 너희들을 부를 때 '예' 하고 대답하는 소리는 천상에서 들려주는 생명의 소리 같구나.

우리는 옛날에는 가슴속에 어머 어마한 사랑을 가지고 있었다. 하늘보다도 더 넓고, 바다보다도 더 깊고, 초모랑마 산보다도 더 높고, 예수님 하늘사랑만큼 많은 사랑을 가지고 있었다. 그 많은 것을 너희 아빠들 키우면서 흘려보내고 태우고 써버렸다. 사라져 가고, 없어져 가는 사랑을 우리 마음에 다시 그만큼 채울 수 없구나. 이제 남은 것은 얼마 없다. 무척 안타깝구나. 아니다. 우리가 모자라는 것은 너희들 엄마 아빠께서 채워 주실 거다.

이 세상은 사람에 따라 좋은 세상이기도 하고 힘든 세상이기도 하다. 자기 뜻대로 되는 세상은 아니지만 그래도 자기하기 나름이다. 이 세상은 기본적으로는 살 만한 세상이다. 자기가 노력하고 어떻게 살아가느냐에 따라 세상도 따라 변한다. 우리는 너희들 아버지들을 키우면서 한없이 행복했다. 너희들 아버지가 있기에 세상에 부러운 것도 없고 더 바랄 것도 없었다. 우리에게 또 다시 행복이 찾아 왔다. 우리에게 더 벅찬 감동으로 우리에게 찾아 온 행복이 바로 너희들이다. 그 진한 사랑은 말로 표현할 수 없다. 평화와 환희 그 자체이다.

너희들의 꿈은 무엇이냐. 아직 꿈이란 말을 잘 모를 수도 있다. 너희들도 밤에 잠잘 때 꾸는 꿈은 잘 알 거다. 우리는 너희들 꿈을 자주 꾼다. 너희들을 꿈꿀 때는 잠이 깨지 말았으면 참으로 좋을 텐데, 그 꿈을 깨고 나면 너무나 서운해 꿈속에서 너희들과 언제까지나 함께 있고 싶은데 무정하게도 그것을 빼앗아버린다.

'꿈'이라 하면 여러 가지 뜻이 있다. 이루어지기 어려운 것을 생각하고 바라는 것, 즉 소망을 꿈이라고 말하기도 하고, 쓸데없는 허황한 것을 꿈이라 말하기도 하고 그리고 현실을 떠난 듯한 상태를 말하기도 한다.

우리는 너희들이 있어 꿈같은 세월을 보내고 있다. 너희들은 우리의 사랑이요, 꿈이다. 꿈 중에서도 위대하고 광활하고 모든 것을 능가하는 빛나는 꿈이다. 그 꿈을 지키는 것도 또한 우리의 간절한 꿈이기도 하다.

아무도 너희들을 함부로 못하게 보살펴 주는 호법신장(護法神將), 수호천사가 되고 싶고, 어떤 환란에서도 구해주는 관세음보살이 되고 싶은 것이 우리의 꿈이기도 하다. 어느 누구든지 너희들을 괴롭히거나 못 살게 굴면 가만히 두지 않고 반드시 물리치고야 말 것이다. 너희들이 원하는 대로 이루어지고 행복하게 살 수 있도록 지켜주는 것이 우리의 간절한 소망이고 꿈이다.

너희들도 밤에 가끔 꿈을 꾸기도 할 것이다. 꿈속에서 멋진 왕자도 되고 예쁜 공주도 되고 아름답고 평화로운 정원에서 뛰노는 꿈도 꿀 것이다. 어쩌다가 혹시 우리를 꿈속에서 만나기도 하느냐. 우리는 항상 너희들을 마음에 그리고 불러보고 안아보고 함께 하고 있거든.


너희들도 꿈을 가져라. 너희들의 꿈이 이루어지기를 우리는 매일 매일 간절히 기도하고 기원하고 있다. 위대한 꿈, 아름다운 꿈, 행복한 꿈, 거창한 꿈, 거룩한 꿈, 소박한 꿈, 소년의 꿈, 소녀의 꿈, 너희들이 어떤 꿈을 가져도 우리는 그 꿈을 존중한다.

언제나 가슴 설레고 벅찬 환희의 꿈만 꾸어지는 것은 아니다. 조금 조금 나은 꿈으로 이어지면 그게 아름다운 꿈이다. 불가능한 꿈일지라도 꿈을 향해 나아가는 너희들을 지켜보는 것이 우리의 또 하나의 꿈이기도 하다.

# 우애友愛 있게 지내자

하늘의 축복인 사랑아, 이 세상에서 가장 아름다운 것이 무엇인지 아느냐. '사람들과 잘 지내는 것'이란다. 그 중에서도 가족 간에 잘 지내는 것이 으뜸이란다. 부모형제의 인연은 수만 번 생을 살아야 맺을 수 있는 귀하고도 귀한 인연이란다. 옛날에는 형제가 많았으나 오늘날은 한두 명뿐이다. 그래서 더욱 더 서로 소중하다. 친형제뿐만 아니라 사촌형제도 이제는 한 형제이다. 너희들끼리 참으로 잘 지내야 한다.

훗날 나이 들어 외롭지 않고 행복하게 살아가려면 자기 주변에 좋은 사람이 많아야 한다. 보통 때는 혹 서로 미워할지라도 큰 일이 생기거나, 아주 어려운 일이 터지면 가까운 일가친지가 큰 도움이 되고, 위로가 되고 위안이 된다. 명심하여라.

어느 학자가 행복에 대해 연구했는데 가족 간에 우애 있게 잘 지내면 오래 살고 행복하단다. 요즘 세상은 자기 혼자 사는 것을 좋아한다. 그러나 사람은 결코 혼자 잘 살 수 없단다.

셋밖에 되지 않는 너희들끼리는 서로 아껴주고 사랑하고 소중이 여겨야 한다. 너희들 중에 누가 잘하는 일이 있으면 서로 자랑스럽게 생각하여야 한다. 질투와 시기심이 생길지라도 그것은 잠깐이어야 한다. 질투와 시기심보다 더 크게 축하해주고 함께 기뻐하고 즐거워해야 한다. 왜냐하면 너희들 셋은 우리들의 손주 삼총사이니까.

너희들 셋은 오빠, 언니, 동생이 있다는 것이 서로 자랑이 되어야 하고, 서로 힘을 합해 거친 세상을 살아가면 행복은 더 크게 다가온다.

옛날에 사람들은 그리움에 살았다. 멀리 공부하러 간 자식, 군대에 간 아들, 직업에 따라 가족과 멀리 떨어져 살아야 하는 사람들, 사랑하지만 사정에 따라 오랫동안 헤어져 지내야 하는 사람들은 밤하늘에 별만 보고 그리움을 달래야 했다. 요즘 통신수단이 아무리 좋다고 해도 너희들을 직접 만나 한 번 안아보고 쓰다듬어보는 것만 하랴.

우리의 젊은 날의 꿈은 너희 아빠들이었고, 노인인 지금의 꿈은 너희들이다. 우리의 꿈들이 무럭무럭 성장하여 또 하나의 빛나는 스타가 되기를 꿈꿔본다. 사람은 나이가 들어갈수록 꿈은 차츰차츰 작아지다가 점점 사라져 간다. 그렇지만 살아 있는 한 꿈이여 다시 한 번이란 노래를 불러보고 싶다. 너희들이 있어.

며칠 전 심야영화를 한 편 보았다. 일본영화 〈란(亂)〉이다. 참으로 감명 깊었다. 영국판 리어왕이고, 한국판 할미꽃이다. 일본의 큰 성주가 권력을 아들에게 이양한 후 형제간의 권력다툼으로 가문이 몰락하는 과정을 그린 영화이다. 고대의 인도 등 여러 나라에서도 권력 앞에서는 부모형제 간에 큰 원수지간이 된 것이 비일비재했다. 옛날 우리나라에서도 그러했다. 얼마나 슬픈 일인가.

오늘날 우리 사회는 재산을 대물림할 수 있다. 그러하니 굴지의 재벌들은 대부분 재산 다툼으로 부모형제 간 처절하게 싸운다. 재벌이 아니라도 부모 재산이 조금이라도 있으면 부모 사후 예외 없이 형제간 안 볼 듯이 서로 싸운다. 권력과 재산이 우애와 사랑보다 더 소중한가?

나는 20세기 인도 출신 최고의 명상가 오쇼 라즈니쉬라는 사람이 쓴 책 『반야심경』, 『금강경』, 『법구경』 등을 즐겨 읽었다. 『법구경』에 나오는 몇 구절을 전하고저 한다.

진정한 사랑이란 자기 안에 기쁨을 샘솟게 하고 이유나 동기 없이 그저 나누어주는 데서 즐거움을 느끼는 것이다. 미움은 미움을 낳고 사랑은 사랑을 낳는다. 거짓을 거짓으로 보고 진실을 진실로 보라. 마음을 다스리면 행복이 오고, 잘 다스려진 마음에 의해 행복은 발견된다. 전단향 향기보다 덕의 향기가 훨씬 더 훌륭하다. 지혜로운 사람은 자기의 마음을 다스리고, 전쟁에서 이기는 것보다 그대 자신을 정복하는 것이 더 귀하다고 했다.

진실한 사랑을 품고, 마음을 잘 다스리고, 덕을 지어 가면 행복은 저절로 그것에 따라온다는 말이다. 따를 만한 말씀 아닌가?

# 탁월卓越하고 성聖스럽자

우리에게 전부인 사랑아, 가을이 점점 깊어간다. 따스한 햇볕이 그리운 때이다. 씩씩하게 지내고 무럭무럭 자라거라. 가을은 가을에 해야 할 일 있고, 또 추운 겨울을 맞이할 준비를 해야 할 때이다. 이때 몸을 튼튼히 하고 마음도 튼튼히 해야 한다.

우리는 자주 가까이 있는 사찰에 간다. 우리 사랑이들 건강하고 수복강녕하고 소원성취하기를 바라는 마음 가득하다. 우리의 간절한 소원이라서 아마도 그렇게 될 것 같아서.

너희들 이름을 불러 보면 나도 모르게 입술이 벌어진다. 흐뭇해진다. 살고 있는 맛이 있다. 행복해진다. 너희들은 우리를 기쁘게 해주는 마술사인가 주술사인가 신기하구나. 아니지 아니지.

우리의 최고로 귀한 사랑이니까.

부처님이 말씀하시기를 참으로 탁월하고 훌륭한 사람이란 "지혜롭고, 자비로운 사람"이라고 했다. 세상의 이치를 잘 깨닫고, 남과 함께 기뻐하고 슬퍼하는 사람을 뜻한다. 너희들도 이런 사람이 될 수 있도록 노력하고 명심해야 한다. 남과 함께 동고동락(同苦同樂)하는 삶이 가장 잘 사는 길이란 뜻도 된다.

너희들이 훗날 뛰어난 지도자가 되었을 때 모든 사람에게 모든 것을 만족시키고 행복하게 해줄 수는 없다. 그러나 이것은 할 수 있다. 남에게 기쁜 일이나 슬픈 일이 생겼을 때 함께 기뻐하고 함께 슬퍼해주는 일 이것은 할 수 있고, 꼭 해주어야 한다.

내가 읽은 많은 책들의 주제는 '나는 누구인가', '어떻게 살아야 하나', '삶과 죽음에 관한 문제' 등에 대한 성인, 종교가, 명상가, 철학자들의 소고(小考)이다. 부처와 예수 그리고 대성현들은 이 문제를 해결했다고 하지만 나로서는 실상을 알 수가 없다.

석가모니 부처님은 모든 중생이 번뇌 없는 해탈열반(解脫涅槃)과 고통 없는 이고득락(離苦得樂)의 도(道)를 찾아 헤맸다. 예수님은 죄 많은 인생의 구원을 위하여 몸을 바쳤다. 이들은 중생이 죽지 않는 영원한 삶, 완전한 자유를 얻을 수 있는 길을 몸소 열어 보였다. 그들의 뜻을 몸으로, 마음으로, 말씀으로, 행위로써, 모든 방법을 동원하여 우리에게 전하려고 하셨다. 이리하여 중생들은 서양은 기독교사상, 동양은 불교사상으로 살고 있다.

부처가 그린 이상세계, 최고의 세계, 중생이 도달할 수 있는 최상의 세계, 가장 완전한 세계, 중생을 그 어떤 신보다 더 위대하고 더 높고 거룩한 경지에까지 올린 세상을 말로 표현할 수 없지만 인간의 언어를 빌려 나타내면 부처세계, 깨달음세계, 화엄세계, 연화장세계, 여래장세계, 진여세계, 적정열반세계 등으로 표현한다. 이 세계의 본질과 특성을 한 마디로 표현할 수도 없고 어떤 언어로도 나타낼 수 없다. 그 세계에 가본 자만이 그 세상의 맛을 안다. 그분이 전한 것을 우리는 어렴풋이 느끼거나 짐작할 뿐이다. 아니 완전히 왜곡되어 받아들이고 있는지도 모른다. 그러나 부처의 마음에서 조사들의 마음으로 이어져 내려온 것을 외면할 수도 없다. 일단 받아들이자.

깨달음세계, 부처세계는 넓게 말하면 대자유, 대광명, 대행복이 그 본질이다. 여기에 더 첨가하면 환희와 평화 그리고 영원성과 무한성이다. 부처님은 누구나 공덕을 쌓으면 이런 세상에 도달할 수 있다고 하셨다. 다시 말하면 삶의 고통과 윤회의 고통을 벗어난 영원한 삶, 최상의 행복, 대자유를 누릴 수 있다고 하셨다.

이런 세상까지는 아니지만 아미타불이 계신 서방정토세상, 즉 극락세계에서는 무한한 생명을 뜻하는 무량수(無量壽), 한량없는 밝은 빛을 나타내는 무량광(無量光)을 향유할 수 있다고 하셨다.

깨달음세계, 즉 부처세계에 도달한 것을 성불 또는 견성했다고 한다. 이런 세상에 그 어떤 누구도 데리고 갈 수 없다. 부처님은 다만 그런 길이 있다는 것을 보여줬을 뿐이다. 가고, 아니 가고는 본인의 몫이다.

# 조화調和롭자

　더 위없는 사랑아, 너희들과 이야기할 시간이 되었구나. 이 순간이 기다려진다. 오늘은 비가 오는구나. 너희들은 지금 뭐 하고 있을까 머릿속으로 그려본다. 지구 반 바퀴 돌아 저쪽에 있는 두 형제는 잠자고 있을 테고, 우리나라에 있는 예쁜이는 공부를 하거나 줄넘기를 하고 있을 거야. 내 말 맞지. 틀림없지. 나는 모르는 것이 없는 도사야.

　사람은 머리를 주로 써서 판단하여 행동하는 이성적인 사람과 가슴으로 느껴서 이에 따라 행동하는 감성적인 사람으로 나누어 생각할 수 있다. 서로 독립적이거나 정반대되는 개념은 아니다. 두 가지 모두일 수도 있고, 아닐 수도 있다. 다만 덜 하고 더 할 수는 있다. 어느 쪽이 옳고 그러거나, 좋고 나쁨도 없다. 선택의 문제도 아니다. 자기가 처한 상황과 문제에 대해 저절로 행해지는 스타일이다. 이것은 자기의 과거 경험에서 나온다.

내가 좀 어려운 말을 썼지. 훗날 커서는 무슨 말을 했는지 알수 있을 거야. 내가 살아보아 느낀 것인데. 두 가지 모두 중요해. 우리가 지나 온 날의 삶의 방식은 이성적인 쪽에 좀 더 무게를 둔 삶이다. 감정표현은 좀 낮추어 보지 않았나 싶다. 이에 따라 나는 상당히 이성적이라 감성은 억누르고 삶을 살아왔다. 그래서 뭔가 부족한 삶을 살았다는 느낌이 들 때가 많다. 우리 때는 감정을 표현하는 법도 모르고 그럴 기회도 없었다.

행복은 머리를 써야 꼭 오는 것은 아니다. 가슴으로 오는 것이 더 많을 수 있다. 가슴으로 느껴 감동적인 삶을 살려면 어릴 때부터 배우고 경험하고 행동하고 남과 어울려 봐야 한다. 그리고 감정표현을 많이 해봐야 한다. 그래서 음악, 미술, 운동을 즐겨하는 버릇을 가져야 한다. 물론 춤도 출 줄 알아야 한다. 아주 옛날에 석가모니 부처님도 노래와 춤, 즉 가무를 즐길 줄 알아야 한다고 하셨다.

아~ 참! 너희들에게 꼭 하고 싶은 말을 잊고 있었구나. '남이 도움을 청할 때 나의 일처럼 최선을 다하여 도와주자.'

## 건강이 먼저다

든든하고 든든한 사랑아, 사람이 살아가면서 가장 중요한 것이 건강한 삶이다. 몸과 마음의 건강이다. 균형 잡힌 식사, 적당한 운동, 편안한 마음, 원만한 인간 관계, 그리고 좋은 환경이 건강의 필수이다. 술, 담배, 비만은 건강의 적이다. 이런 것 좋아한 사람 나이 들면 틀림없이 몸이 망가진다.

사람이 먹는 음식은 천연식품과 가공식품으로 나눌 수 있다. 그리고 건강 위주의 식품과 맛 위주의 식품이 있다. 주로 천연식품은 맛이 떨어지고 건강에 좋고, 가공식품은 맛이 좋고 건강에 나쁘다고 한다. 가공식품은 될 수 있는 한 적게 먹고, 밀가루 음식 달콤한 음식 짠 음식은 되도록 멀리하고 피하자. 가까이 할 것이 못된다. 즐겨 먹으면 좋은 것이 있다. 채소와 과일, 생선이다. 그리고 엄마가 만들어주는 음식이 최고이다.

어릴 때는 재미나게 뛰어놀고, 밤에는 푹 자고, 노래도 하고 춤도 추어라. 우리가 노래와 춤을 즐기지 않으니까 너희들도 그런 것 같아. 이런 것도 자꾸 해봐야 잘 하게 된다. 튼튼한 몸이 평생의 보배이다. 어릴 때 건강이 백년을 간다. 자기 스스로 건강은 꼭 챙겨야 한다.

사람이 살아가면서 건강을 챙겨야 하는 이유를 잘 모른다. 젊을 때는 더 더욱 모르고 산다. 사십대 건강이 백세까지 간다고 한다. 이 말씀 소홀히 하지 마라. 술 많이 마시고 담배 피우고, 함부로 이것, 저것 많이 먹는 사람 나이 들어 골골 안 하는 사람 못 봤다.

우리는 너희들이 항상 건강하고, 활기 찬 삶을 사는 모습을 상상해본다. 얼마나 대견할까. 얼마나 믿음직스러울까. 얼마나 자랑스러울까. 상상만 해도 좋다. 우리는 소중한 너희들이 있어 한없이 행복하단다. 맑고 밝고 아름답고 건강하게 살아 가거라.

사람은 부지런하고 할 일이 많아야 한다. 게으르고 한가하면 슬픈 인생이 되기 쉽다. 너희들은 마땅히 건강 백세를 훌쩍 넘게 살아야 한다. 너희 시대는 지극히 보편적일 것이다. 건강이 최고의 가치이다. 행복한 삶의 원천도 건강이고, 보람된 삶의 바탕도 건강이다. 그러나 대개의 사람은 그걸 모르거나 잊고 살아간다. 그 소중한 것을 잃고 난 후에야 비로소 뉘우친다. 깨달았을 때는 이미 늦을 수가 많다. 잃기 전에 미리 미리 챙기자.

건강하기 위하여 유념해야 하고 지켜야 할 일이 많다. 한 번 더 강조한다.

첫째로 몸과 마음을 깨끗이 해야 한다. 몸 안에 쌓이는 노폐물과 마음에 쌓이는 찌꺼기를 자주 자주 씻어내어 항상 마음이 안정되고 평안함을 유지하여야 한다. 그리고 마음의 응어리를 자주 풀자.

둘째로 몸과 마음이 부드럽고 유연해야 한다. 그러면 몸과 마음에 평화가 온다. 경직된 몸과 마음을 가지면 기(氣)가 뭉쳐져서 그것이 병이되고 화(禍)가 된다. 스트레칭을 자주하고, 집착을 하지말자.

셋째로 기를 보충하고 활력을 길러야 한다. 몸과 마음도 많이 쓰면 기력이 줄어든다. 따라서 모자라는 것을 보충해야 한다. 영양제, 비타민, 무기질 등이 필요하면 섭취해야 한다.

넷째로 최고의 건강법은 위험에 노출되지 않게 사는 것이다. 사고가 발생하지 않아야 한다. 교통, 화재, 물, 전기, 운동, 친구, 등산, 놀이 등 우리 주변에 많은 위험요소가 있다. 슬기롭게 피해야 한다.

다섯째로 건강한 습관을 길러야 한다. 물 마시기, 햇볕 쬐기, 운동하기, 소식하기, 체온 올리기, 5색 채소 먹기, 부족한 무기질과 비타민 보충하기, 항상 마음의 평안을 유지해야 한다.

명심하고 또 명심하여 건강한 삶을 살아야 한다. 무병장수 행복한 삶을 살아야 한다. 조심하고 주의하자. 몸과 정신을 잘 챙기고 바람직하게 사용한 것만큼 훗날에 그 대가를 받는다.

# 환영받는 사람이 되자

사랑 중에 사랑아, 우리는 윗대 조상님들께 올리는 묘사를 지내고 왔다. 고향에 많은 일가친족들이 오셔서 조상님들을 추모하였다. 세상이 바뀌어 조상과 어른을 모시는 풍습이 사라져 가고 있거나 변하고 있다. 너희 아버지 나이 또래의 젊은 사람은 거의 오지 않는다. 바쁘기도 하지만 관심이 없다. 옛날처럼 조상님이 돌봐주신다는 관념이 적다. 먹고 살기 나아졌다는 뜻도 된다.

너희들은 커서 어떤 사람이 되고 싶으냐. 훌륭한 사람이 되어야지. 사람들이 너희들을 꺼려하지 않고 함께 하기를 원하는 사람이 되면 좋겠구나. 남에게 미움을 사거나 해를 끼치지 않고 사랑을 주거나 이익을 주면 그렇게 된다.

헤어지면 좋은 사람과 만나면 좋은 사람, 부담을 느끼는 사람과 편안함을 느끼는 사람, 어둡고 침울한 사람과 밝고 명랑한 사람, 때 묻고 탁한 사람과 깨끗하고 맑은 사람, 나쁜 냄새가 나는 사람과 향기로운 냄새가 나는 사람, 그리고 어리석은 사람과 지혜로운 사람 어느 쪽이 되느냐 하는 것은 너희들이 살아가면서 만들어 가는 것이다. 그렇게 살기를 항상 마음속에 갖고 있으면 그렇게 되어 간다.

너희 증조할머니 말씀대로 남의 눈에 꽃이 되는 삶을 살았다면 인생을 잘 살았다고 할 수도 있을 것이다. 세상에 귀하고 소중한 존재가 되자구나. 자기에게도 소중하고 남에게도 소중한 사람 그런 사람이 되자구나.

어디서 살지라도 조심하여 살아야 한다. 자기 돈 쓰고, 자기 입장에서 사는데 남이 말 말아야 하는데 많은 사람은 안 그렇다. 말은 안 하지만 마음속으로는 질투심, 시기심, 용심이 꽉 차 기회가 되면 헐뜯고 물어뜯는다. 없는 것도 소설을 써서 부풀려 여기저기 동네방네 떠든다. 어디서든지 조심해야 한다. 단번에 여기저기 소문난다. 모든 것이 사실과 달리 전해지고 변명도 못하고 기정사실이 되고 끝장난다. 몇 년이 지나도 되살아난다.

겸손하고 남을 도와주고 조심하여 '사람 참 좋은 사람이야' 하는 소리 꼭 듣도록 해라. 여가 있을 때마다 시간을 내어 자주 여행을 하여라. 아름답고 멋진 추억 많이 만들어라. 여행할 때 기록도 남기고 여행담 이야기도 써놓아라.

# 당당하게 살자

　　마음에서 떠나지 않는 사랑아, 할머니 생일 날 너희들이 잊지 않고 축하전화를 해주고, 생일카드를 보내주어 할머니가 얼마나 기뻐했는지 몰라. 언제까지나 잊지 않고 우리들의 생일을 꼭 챙겨주세요. 너희들이 멀리 있거나 가까이 있거나 우리의 마음속에는 항상 너희들이 있다. 보고 싶거나 이야기하고 싶을 때는 마음속에서 너희들을 불러내어 너희들과 함께 지내고 있다.

　　옛날에 너희들 증조할머니께서 나에게 "집안 똑똑이 나간 축구."라 하셨다. 가정이라는 울타리 안에서는 날뛰고 기세를 펴지만 밖에 나가면 겁도 많고 기도 못 편다는 뜻이다. 나는 너희들처럼 어릴 때 집안에서는 무엇을 아는 척도 하고, 분탕도 치지만 밖에만 나가면 수도 죽고 주눅이 들어 바보처럼 쭉도 못쓰니까 너희 증조할머니께서는 얼마나 안타깝고 답답하게 여겼을까. 나는 어릴 때 세상이 두려웠나 봐. 너희들은 기도 펴고, 당당하고, 자신 있게 세상을 살아가거라.

세상을 너무 두려워해도 안 되고 자만하여 너무 만만하게 봐서도 안 된다. 조화를 잘 이루어야 한다. 세상에는 자기 뜻대로 되는 일이 적다. 그때는 더 용기를 내어 열정을 가지고 도전해라. 앞날이 두려우면 미리미리 계획하고 준비하면 무사히 일을 잘 넘길 수 있다. 이것이 사는 지혜이다.

어릴 때부터 마음가짐, 몸가짐, 행하는 태도가 훗날 크게 영향을 끼친다. 너희들은 참으로 잘 크고 있기 때문에 너희들이 크면 훌륭한 사람이 틀림없이 될 거야.

우리는 너희들을 가만히 지켜 보니까. 너희들은 참으로 마음이 착해, 마음씨가 고와. 그래서 남들이 너희들을 아끼고 예뻐해 줄 거야. 남에게 사랑 받는다는 것은 참으로 좋은 일이다. 남들은 예쁜 짓을 하는 사람만 좋아한다. 우리는 보면 척 알 수 있다. 너희들은 공부도 틀림없이 잘할 거라고 믿고 있고, 말도 잘 듣고, 몸도 튼튼하고 마음도 착하고, 남들에게 친절하기도 할 것이란 걸…. 우리는 하나를 보면 열 가지를 알 수 있거든. 점쟁이보다 더 점쟁이거든….

내 사랑, 참으로 좋은 내 사랑, 오늘 하루도 맑고 밝게 지내라. 나는 할 수 있다는 마음을 가지면 뜻밖에 이루어질 수도 있다. 자신을 믿어 보자.

# 향기가 나는 삶을 살자

향기가 나는 사랑아, 생각날 때마다 너희들 이름을 불러보고 싶구나. 이렇게 메일 보내면서 너희들 이름을 부르고 싶구나. 그렇지 않으면 일 년에 몇 번 불러 보겠느냐. 수없이 한없이 부르고 또 불러도 불러보고 싶은 것이 너희들 이름이다. 천번 만번 불러도 부를 때마다 부르는 순간마다 내 마음에 내 가슴에 스며드는 사랑의 향기이다.

나는 친구의 자녀혼사에 주례를 맡았다. 신랑신부의 결혼식을 축하했다. 언제부터인가 나의 주례사의 주제는 행복, 사랑, 성공, 효성이 되었다. 괜찮지. 이번 주례사의 주제는 향기로운 사람, 즉 지향(智香), 덕향(德香), 체향(體香)이 나는 사람은 성공한 사람이라고 했다.

지혜롭다는 것은 어리석지 않은 것, 슬기롭다는 것, 처신을 잘한다는 것, 상황에 따라 대처를 잘 한다는 것, 그것을 한 마디로 말하면 '우주섭리에 따라 사는 것'이다. 모든 것을 그대로 받아들이고, 집착하지 않는 삶이 지혜로운 향기가 나는 삶이다.

덕이 있다는 것은 남에게 이익을 주거나 남을 따르게 하는 힘이 있다는 것, 그것을 한 마디로 말하면 '남들이 좋은 사람으로 여길 수 있는 힘'이다. 덕을 가지려면 남에게 베풀고, 사랑하고, 헌신하면 된다. 어질고 관용이 있어 남을 포용하고, 이롭게 하는 삶이 덕의 향기가 나는 삶이다.

체(몸)가 조화롭다는 것은 몸의 균형이 잘 맞는다는 것, 건강하다는 것, 활동하기에 적합하다는 것, 그것을 한 마디로 말하면 살아가기에 불편함이 없다는 것이다. 그러려면 몸에 힘과 기(氣)가 있어야 한다. 몸이 겉과 속이 밝고 맑아 빛이 나고, 아름다워 행복을 느끼며 사는 삶이 체의 향기가 나는 삶이다.

가는 곳마다 주인이 되면 그곳은 모두 진리이다. 즉, 수처작주(隨處作主)라는 말이 있듯이, 가는 곳마다 향기를 남기라는 수처여향(隨處餘香)의 삶을 살도록 노력하자.

# 섭리攝理에 따르자

　　무엇보다 더 높은 사랑아, 올 한 해가 오늘로 마무리되는구나. 좋은 한 해 보냈느냐. 외국에 가 있는 너희들이 너무나 보고 싶구나. 우리 행복의 삼총사, 우리 사랑의 삼총사와 함께 보내는 한 해가 뜻 깊을 것인데, 올 한 해는 그냥 보내고 내년에는 함께 하길 기대해 보자.

　　금년 한 해 우리 가정에는 큰 탈 없이 그런대로 잘 보냈구나. 누군가의 보살핌이 있어 그런가 보다. 너희들 셋 모두 건강하고 잘 크고 잘 놀고 세상에 잘 적응하고 있으니까 더 무엇을 바라겠느냐. 우리의 소원은 그것이란다.

　　누군가가 우리를 감싸주고 보호해주고 지켜주시는 분이 있을 것이다. 그분께 감사를 드리고 싶구나. 다가오는 내년에도 더도 말고 덜도 말고 금년만큼 너희들을 보살펴주면 얼마나 좋을까. 아마 그렇게 해주실 거다. 너희들 소원도 들어주실 거다. 크게 꿈을 가져라 성취할 것이다.

가는 해 잘 보내고, 오는 해 잘 맞이하자. 지나간 모든 일 감사하고, 새롭게 찾아오는 모든 것 축복으로 만들자. 우리 가족 모두 건강하고, 소원성취하고, 이 세상의 모든 존재가 귀중함을 좀 더 많이 느끼고, 세상 따라 살아가는 지혜의 폭을 넓히자. 너희들은 우리의 최상의 행복이다.

금년은 영원히 사라지고, 뭔가 좋은 것이 더불어 올 것처럼 기대되는 내년이 펼쳐지는구나. 지구가 태양을 몇십억 번 돌고 돌아 찾아온 해이다. 우리는 내년에도 함께 봄, 여름, 가을, 겨울을 보낼 거야. 소중한 시간 아끼고 귀한 손님처럼 맞이하자.

너희들은 내년을 어떻게 지내면 가장 잘 지내게 될까. 한 번 생각해봤느냐. 우리는 너희들이 튼튼하게 지내는 것이 제일 첫째이다. 조금 더 욕심을 내면 세상 이치를 확 깨우쳐 하나를 알면 열개를 깨우치고, 좋은 심성을 가져 남의 눈에 예쁘고 귀한 꽃이 되어 가는 것이다.

옛날 성현들은 '우주의 운행 질서에 따라 사는 것'이 인생을 가장 잘 사는 길이라고 말했다. 대자연의 질서, 즉 우주의 섭리를 다른 이름으로 하늘님, 브라흐만, 참 자아, 알라, 아트만, 하느님, 부처라고도 하고 그저 신이라고도 한다. 하늘이 하는 일에, 하늘의 말씀에, 하늘의 마음에 거역하지 않는 삶이 참된 삶이란 뜻이다.

하늘의 가르침 중에 사랑, 욕심, 집착, 인내, 지혜에 관한 말씀대로 잘 따르면 멋진 인생이 되리라 믿는다. 다시 말하면 만물을 아끼고 사랑하고, 과욕을 부리지 말고, 자신의 에고에 너무 매달리지 말고, 기다리고 참을 줄 알고, 있는 그대로를 받아들이지 않는 어리석음을 범하지 않으면 인생은 아름답고 고통이 없고 행복하다고 한다.

　세상이 돌아감에 따라 사는 것이 세상을 잘사는 이치이다. 세상의 모든 것은 그대로 머무르지 않고 빠르게 바뀐다. 세상의 흐름은 자기 뜻대로 흐르지 않는다. 계절에 따라 옷도 갈아입고 철따라 먹는 것도 바뀐다. 법과 제도가 바뀌면 자기의 처신도 달라져야 하고, 입시제도가 바뀌면 학생의 공부 방향도 바꾸어야 한다. 기후 변화와 같은 자연의 흐름, 가족제도와 같은 사회의 변화, 가치에 대한 민심의 움직임 등이 좁은 의미에서 세상의 질서를 형성하고 있다. 세상이 움직이는 이러한 질서는 누군가의 큰 힘에 달렸다. 거역할 수도 없고 거역해서도 안 된다.

　우리에게 하늘의 은총이고 축복이고 행복이고 사랑인 사람은 이 세상에서 너희들 셋이구나. 어디를 가나 언제이거나 우리 사랑 잘 되기만 염원한다.

# 자신감과 사명감을 갖자

크고 큰 사랑아, 지금은 깊은 겨울이지만 새봄을 맞이할 준비를 하는 시기이구나. 추운 겨울이 지나면 따뜻한 봄이 온다는 믿음과 기다림이 있어 꿈과 희망을 갖는다. 우리의 꿈과 희망은 바로 너희들이다. 너희들도 아마 알고 있겠지. 그렇지?

너희 할머니가 대학교에 합격했을 때 너희 아버지의 외할아버지인 진외조부께서 하셨던 말씀을 전하고자 한다. 딸을 키워 좋은 대학에 보내는 아버지의 기대와 꿈에 부푼 말씀이라고 상상된다. 대학생활을 자신감과 사명감을 갖고 하라는 것이다.

사람은 점점 넓은 세상 새로운 세상으로 나아간다. 만나는 것이 낯설고 어려워진다. 자연이 그렇고, 환경이 그렇고, 사람이 그렇다. 부딪칠 때마다 헤쳐 나가야 하고 해결해야 한다. 그때마다 좌절하기 쉽고 절망하기도 한다. 이럴 때 꼭 필요한 것이 할 수 있다는 자신감이다.

사람들 중에는 그저 그렇게 별 생각 없이 지내는 사람과, 무엇을 해야 하며 어떻게 살아야 하며 왜 내가 이 일을 해야 하는가를 염두에 두고 사는 사람이 있다. 전자의 삶은 나태하기 쉽고 실패한 인생을 남기기 쉽다. 후자의 삶은 업적을 쌓고 성공한 삶을 살 수 있을 것이다. 후자의 삶에는 꼭 해야 한다는 사명감이 있어야 한다.

자신감을 가지려면 우선 준비를 철저히 해야 하고 능력을 키우고 경험을 많이 해 봐야 한다. 실수와 실패의 경험도 자신감에 좋은 약이 될 수도 있다.

자신감이 있으면 하는 일이 잘 풀리는 경우가 많다. 자신감의 결여는 이미 반쯤은 실패할 확률이 높다. 일의 성공 여부는 자신감이 있고 없고 엄청난 차이가 있다. 옛날의 교육은 국가나 사회에 헌신한고 봉사해야 한다는 사명감을 고취시켰다. 그러나 오늘날 교육은 그 점에 있어서는 상당히 부족함을 느낀다. 남을 위해 일하고 남의 행복을 위하여 최선을 다한다는 사명감으로 일하면 그로 인한 영광이 곧 자기에게 조금도 모자람 없이 돌아온다.

자기가 처한 위치에 따라 사명감은 달라질 수 있다. 사명감을 가지려면 약간의 희생이 요구되기도 한다. 이것을 감내해야 한다. 어떤 일이든 하려면 자신감 없이는 성공을 기대할 수 없다. 자기 최면을 걸어 할 수 있다는 자신감을 갖자. 우리 마음의 한가운데에 너희들을 안고 있다. 이 세상은 너희들 것이다.

## 가호加護, 가피加被를 받자

하늘보다 높은 사랑아, 할머니는 아침 일찍 평소 다니는 절에 가셨다. 아마 우리 사랑이들 아무 탈 없이 잘 지내도록 간절히 원하실 거야. 너희들 앞날에 나쁘고 사악한 것은 아무도 범접을 못하도록….

너무나 소중한 내 사랑이들에게 한평생 필요한 만큼 먹을 것을 주시고, 몸을 보호할 수 있도록 알맞은 입을 것을 주시고, 비바람 막고 편안히 쉴 수 있는 집을 주시기를 서원합니다.

참으로 귀하고 귀한 내 사랑이들에게 착하고 선한 사람들만 만나게 하고 해코지 하는 나쁜 사람은 얼씬도 못하게 하고, 흔히 하늘의 성품이라고 하는 온화하고 너그럽고 고요하고 남을 배려하는 성품을 갖게 하고, 너무 과한 욕심, 성냄과 어리석음은 결코 갖지 못하게 하기를. 남에게 해가 되는 일은 하지 말기를.

한없이 사랑하는 내 사랑이들에게 복과 건강을 듬뿍 듬뿍 주시고, 액운과 불행은 한 발 먼저 싹싹 쓸어 없애주기를, 그리고 이들이 부귀영화, 수복강녕, 소원성취, 만사형통하기를.

너희들은 이런 사람이 되어 주면 좋겠다. 자유롭고 행복한 사람 말이다. 그러려면 사람을 비롯한 주변 환경으로부터도 자유롭고, 몸과 정신의 괴로움으로부터도 자유롭고, 가난으로부터도 자유로워야 한다. 무엇보다도 욕망으로부터 자유로워야 한다.

너희들은 겸손하고 겸허해야 한다. 오만하고 방자하면 있던 복도 사라진다. 사람들은 자기가 지금 누리고 가지고 있는 것은 누군가의 것이다. 그것을 잠깐 맡아 있는 것뿐이다. 다른 사람들은 그것을 빼앗겼다고 여긴다. 그래서 질투심과 시기심으로 항상 노리고 있다.

누구에게나 친절하고 사랑으로 대해야 한다. 매정하거나 증오심으로 대하면 화를 입는다. 옛날 말에 부처 눈에는 모든 것이 부처로 보이고 돼지 눈에는 모든 것이 돼지로 보인다는 말이 있다. 남에게 백 번 잘해주다가도 한 번 잘못하면 백배로 되갚음이 온다. 남은 남에게 언제나 복수할 준비가 되어 있다.

세상살이를 너무 움츠려들어 살 것은 없다. 실수와 실패와 잘못을 되풀이하면서 사는 것이 인생이기도 하다. 그럴 때마다 반성하고 일어서려는 용기와 헤쳐나갈 때 자신과 열정을 가지면 된다. 나와 남과의 관계는 원만하고 조화롭고 평화스러워야 한다.

# 너희들이 있어 행복하다

높고 높은 사랑아, 연세가 아주 아주 많으신 분들이 말씀하시기를 자기 일생 동안 가장 행복한 시절은 65세부터 75세 사이 십 년이라고 하셨다. 그분들은 은퇴하여 생활 걱정 없고, 자식들 모두 결혼시키고, 그때까지는 건강에도 큰 문제가 없고, 어느 정도 자유스러운 시기였을 것이다.

우리의 제1행복시대는 나의 삼십대 너희 아빠들 어릴 때, 지금 너희들보다 조금 더 어릴 때이다. 그때는 너희들 증조부모님도 어느 정도 건강하시고 우리로서는 부모님과 아들 둘이 있어 행복했다. 너희 아빠들 키우면서 꿈과 희망이 가득 찼다.

우리의 제2행복시대는 나의 육십대부터 지금까지의 너희들이 태어나고 자라고 있는 지금 시기이다. 너희들이 있어 한없이 행복하다. 너희들이 무엇을 알아가고 배워 가고 성장해 가는 걸 지켜보면 안 먹어도 배부르다. 우리에게 아들도 있고 며느리도 있고 손주도 있어 얼마나 든든한지 몰라. 두 번째 꿈과 희망을 가져보는 기쁨도 가득 차다.

우리의 제3행복시대는 언제일지 모르겠다. 없을 수도 있고, 이 대로 쭉 계속될지는 아무도 모른다.

앞으로의 일들은 정말 모른다. 우리 사회에 어떤 일이 닥칠지 세상이 어떻게 변할지 한 치 앞이 보이지 않는다.


옛날에는 한 가정에 자손이 많이 있었다. 가문에 대(代)를 잇는 것이 조상에 대한 제일의 효(孝)였다. 요즘 우리 사회의 가정에는 손주가 없거나 있어도 한둘이다. 세상이 변하여 조상과 후대에 대한 중요성이 점점 약해져 가고 있다. 이러다가는 한 세대만 더 지나면 손주 없는 가정이 대부분일지 모른다. 옛날 문화에 젖어 살아온 우리 세대는 손주가 있는 것을 원한다. 나 역시 손주가 있다는 것이 무척 행복하다. 있다는 그 자체가 좋다.

나의 주변에 손주를 원하고 원해도 여러 가지 이유로 손주가 없는 사람들이 많다. 가끔씩 한스런 이야기를 많이 듣는다.

일구월심 우리 사랑이들 큰 걱정 없이 잘 살아가도록 염원하는 것이 우리의 삶이다. 우리는 꼭 그렇게 되리라 믿고 있다. 너희들은 우리의 삶의 모든 것이다.

# 맑고 밝게 지내라

우리의 봄인 사랑아, 새봄이 왔구나, 꽃이 피구나, 새싹이 돋구나. 봄은 언제나 희망이 있어 좋다. 봄에는 얼었던 땅이 녹아 좋다. 봄에는 꽃향기가 만연해 좋다. 겨우내 움츠린 마음 기지개를 켜고, 서서히 가슴 펴면서 일어설 준비를 하자구나.

초등학교 다닐 때 제일 중요한 것은 튼튼하게 자라는 것이다. 공부도 물론 잘 하면 좋지만 몸과 마음이 바르게 커 가는 것이 더 좋다. 어릴 때부터 맑고 밝고 예쁘게 커 가야 한다. 용기와 자신감도 가져야 한다. 우리 그렇게 하자.

이 세상은 너희들을 도와줄 것이다. 하고 싶은 것이 있으면 해 봐라 열정을 가지고 헤쳐 나가면 무엇이든지 이루어질 것이다. 망설이지 마라. 어쩌다 잘 안 되는 것은 도전과 지혜로 극복하면 된다. 행운도 따를 것이다.

조용히 눈을 감고 새봄의 따스함과 향기를 느껴보려고 한다. 느껴지기도 하고 아직 이른 것 같기도 하구나. 온 강산에 꽃이 활짝 피고 농부가 밭갈이 할 때는 언제 올까. 때가 되면 오겠지 올 수밖에 없을 거야. 그것이 시절이니까.

너희들은 우리가 사는 세상 전부이다. 그 속에서 우리는 한세상 살았다. 세월이 흐르는 줄도 모르고 마법에 걸린 바보처럼 지냈다. 아직도 그 향기에 취해 깨어나지 못하고 꿈꾸고 있다. 고맙다. 그 향기롭고 달콤한 사랑이 내 마음속에 살아 있게 해줘서. 혹시나 너희들이 남의 눈에 꽃이 되지 않을까 봐 염려되는 마음이 항상 남아 있다.

주변에 가까운 사람에게 신뢰를 쌓아라. 자기 일에 최선을 다하는 모습 보여라. 공짜는 없다. 내가 먼저 베풀어라. 베풀고 잊어라. 남은 오래된 것도 모두 기억하고 있다. 무섭다. 남은 남을 공격할 준비가 항상 되어 있다. 남의 눈에 꽃이 되려면 이것을 마음에 새기자.

우리는 너희들을 항상 응원하고 있다. 힘차게 씩씩하게 지내는 거야. 박력 있고 경쾌하게 사는 거야. 웃고 즐거운 모습으로 사는 거다. 너희들에게 밤에는 아름다운 꿈이, 낮에는 웃음과 기쁨이 항상 있기 바란다.

## 도전하고 열정을 갖자

금빛보다 더 눈부신 사랑아, 사람이 살다보면 자기가 원하든 원치 않든 도전, 경쟁 그리고 선택을 하게 되어 있다. 피할 수 없는 것이다. 이 세 가지의 결과로 성공과 실패가 반드시 따라온다. 이것들이 자꾸 쌓여 만들어지는 것이 자기의 인생이다.

먼 훗날 자기의 지나온 삶을 되돌아보았을 때 '한평생 잘 살았노라, 후회 없는 삶을 살았노라, 여한이 없는 인생을 살았노라'라고 할 수 있으려면 바른 선택, 용기 있는 도전, 최선의 경쟁을 해야 함을 마음에 새겨두어야 한다.

너희들이 자꾸 커 갈수록 남과 경쟁해야 할 일이 많이 생긴다. 학교 다니면 공부도 경쟁이고, 운동과 놀이도 경쟁이고, 미술과 음악도 경쟁이고, 심지어 남에게 좋게 보이려고도 경쟁한다. 훗날 좀 더 크면 대학입학시험, 취직과 승진 등 경쟁 아닌 것이 없다. 피할 수만 있으면 피하고 싶은 수많은 경쟁에 부딪힌다. 져도 괜찮은 경쟁도 있지만 낙오하면 삶이 힘들어지는 경우가 많다. 사실 경쟁에 이겼다고 해서 꼭 성공하는 것은 아니다. 져도 절망은 해서는 안 된다.

새롭게 도전하면 된다. 도전하려면 낯설고 두렵다. 벌벌 떨리고 기도 죽고 자신감이 사라지기도 한다. 그 순간을 피하고 싶기도 한다. 그것은 실패를 먼저 염두에 두기 때문이기도 하고, 해 보지 않은 것에서 오는 생소함에 있기도 한다. 그래서 도전하는 기회를 많이 가지면 이러한 문제들이 많이 해결되고 성공의 확률도 점점 높아간다. 무모한 도전 불가능한 도전도 세월이 가고 세상이 바뀌면 이루어질 수도 있는 것이 삶의 이치이기도 하다. 특히 젊어서 도전하여 실패하는 것은 이것이 교훈이 되어 나이 들어 성공의 씨앗이 되기도 한다.

나는 용기가 좀 없는 편에 속한다. 무엇에 도전하려면 걱정이 먼저 앞선다. 실패하면 어쩌나 창피 당하면 어쩌나 싶어 자신이 없어지고 피하고 싶은 경우가 많았다. 그러나 나는 일단 도전을 하면 준비를 많이 하고 그 일에 집중을 하고 열정을 다한다. 나 스스로와의 경쟁을 한다. 남을 크게 의식하지 않았다. 실패가 연습이 되기도 했다.

큰 꿈을 가지고 용기와 자신감을 가지고 도전하여 열정을 다하라 성공할 것이다. 꿈이 이루어질 것이다. 인생은 도전과 응전의 연속이다.

# 미리 미리 예방하자

행복 중에 행복인 사랑아, 봄에는 중국과 몽골에서 불어오는 황사 때문에 미세먼지가 많다. 호흡기를 조심해야지. 집에 오면 입을 헹구고, 손발도 씻고, 물도 자주 마셔라. 몸이 튼튼한 것이 제일 좋은 것이다.

사람이 살아가는 동안 작고 큰 불행이나 화(禍)를 당할 수도 있다. 자기가 모르게 올 수도 있고, 알면서 어찌 할 수 없는 경우도 있다. 될 수 있으면 이런 일이 없어야 하지 않겠나. 자기의 노력으로 상당히 줄일 수 있다. 자기의 생각과 마음, 행동과 습관이 참으로 중요하다. 일이 닥치기 전에 미리 예방하고 준비하고 대비하고 삼가는 마음과 행동을 해야 한다. 일을 당한 후에는 침착하고 신중하고 조심스럽게 일을 처리하고, 겁내지 말고 당당히 받아들인다. 일이 끝나면 그 일을 돌이켜 보고 반성한다. 다시는 후회하는 일이 없도록 굳게 다짐한다.

평소에 조심하고 무례하지 않으면 많은 화를 면할 수도 있고, 남에게 베풀고 겸손하면 불행의 크기가 엄청나게 작아질 수도 있다. 특히 무모한 행동과 설마 하는 마음은 금해야 한다. 한두 번은 통할 수 있지만 요행은 거듭되지 않는다. 불안하고 위험한 일은 피하는 것이 상책이다.

일을 당한 후 그 일을 헤쳐 나가는 사람, 일을 당하기 전에 미리 예측하여 사전에 그 일에 대비를 하는 사람이 있다. 발생하는 일의 성격에 따라 다르겠지만 사전에 준비하면 불행을 막을 수 있는 확률이 높다.

인류 역사상 많은 전염병이 있어 인류를 끊임 없이 위협해 왔다. 호열자, 흑사병, 천연두, 홍역, 이질, 장질부사, 폐결핵, 뇌염, 매독 등 수없는 질병이 이 지구를 강타했다. 그러나 인간은 지혜로운 존재이므로 예방, 백신, 치료제를 알아내고 발명하여 이제는 이것들을 거의 극복하고 있다. 그렇지만 최근에 와서는 에이즈, 에볼라, 사스, 신종플루 등이 인류를 괴롭히고 있다.

인류는 존재하기 위하여 항상 싸워서 이겨야 하는 운명을 가지고 있다. 너희들이 훗날 인류의 적을 무찌르는 데 일조하는 일도 장한 일이다. 인류가 극복해야 하는 것들이 무엇일까를 한번 생각해봐라.

# 남을 나무라지 말자

언제나 좋은 사랑아, 오늘도 멋진 하루를 보내고 있지. 그런 하루하루가 쌓이면 그것이 곧 멋진 인생이 되는 것이란다. 어찌 하루인들 소홀히 할 수 있겠나.

사람이 살다 보면 칭찬을 들을 때도 있고 꾸지람을 들을 때도 있다. 잘 하면 칭찬, 못하면 꾸지람을 듣는다. 사람은 누구나 칭찬을 좋아하고, 잘못 또는 실수가 있을지라도 그것을 모르고 넘어가거나 아니면 용서받아 꾸지람을 면하기를 바란다. 그러나 허물이 감춰지는 것도 한번 두번이다.

칭찬을 자주 듣다가 못 들으면 의기소침해지고 자신감이 떨어지고 열등감이 들기도 한다. 남과 경쟁하여 이겨서 얻는 칭찬은 매번 들을 수 없다. 세상 이치가 항상 성취되는 것이 아니란 것을 깨달아야 한다.

꾸지람을 들을까 봐 거짓말하거나 숨기려고 하거나 그때만 상황을 피하려고 하면 안 된다. 정면으로 상황을 헤쳐 나가고 반성하여 그런 일을 되풀이 하지 않으려고 노력해야 한다. 실수하거나 실패했으면 더욱 더 분발하거나 용기를 가지고 열정을 다한다. 절망은 금물이다.

칭찬과 꾸지람을 듣거나 하는 일이 항상 일어난다. 특히 남이 잘했을 때 칭찬을 아끼지 마라. 그러나 꾸지람은 남이 마음 상할 만큼은 하지 않는 것이 좋다. 마음에 맺히는 법이다.

사람이 살면서 남에게 정을 주거나 은덕은 베풀지 못할망정 매정하거나 원한은 사지 말아야 한다. 잘못 하면 원수를 맺는다. 남이 도움을 청하는 것을 들어줄 수 없을 때, 남이 나쁜 짓을 하자고 하는 것을 거절해야 할 때도 너무 모질고 독하게 하면 화를 입는다. 경우에 따라 단호히 거절해야 할 때도 있다. 사람뿐만 아니라 짐승에게도 매정하거나 원한을 맺어서는 안 된다.

사람이 서로 잘 지낼 때는 아무 일도 아닌 것이 두 사람 사이에 문제가 생기면 모르던 사람보다 더 적(敵)이나 원수의 일로 변한다. 질투와 원망과 원한이 쌓여서 그렇게 된다. 남녀 간에도, 부부 간에도, 부모자식 간에도 그런 법칙은 마찬가지이다. 커 가면서 사람 보는 눈이 밝아야 한다.

함부로 사람 사귀면 안 된다. 공부하는 이유가 바로 그런 판단을 기르고 악연을 맺지 않으려고 하는 것이다. 남의 한(恨)은 언젠가는 몰라도 반드시 독(毒)으로 돌아온다.

## 효도하자

　　끝없이 높은 사랑아, 너희들은 이미 우리에게 크나
큰 효도를 하고 있는 셈이다. 우리가 너희들의 조부모인 것이
더 없는 기쁨이다.

　효도하면 행복하고 불효하면 불행해진다. 효도하면 없던 복도
생기고 성취도 하고 수명도 길어지고 삶의 보람도 느낀다고 한
다. 효도하는 삶이 가장 참된 삶이라고 한다.

　무엇보다도 부모들은 자식들이 몸과 마음이 상할까 봐 항시 걱
정한다. 시도 때도 없이 건강을 염려한다. 몸을 소중히 여겨 병들
지 않게 해야 하고, 마음을 잘 다스려 심신이 편안하게 해야 한다.

　부모들은 자식들이 때꺼리가 없을까 봐 걱정한다. 먹을 것이
없어 끼니를 걱정할까 봐 걱정한다. 호구지책을 마련하여 부모

를 안심시켜 드려야 한다. 또 하나 부모들의 큰 걱정거리는 자식의 출타이다. 자식이 집나간 순간부터는 부모들은 걱정이다. 조심하고 삼가하고 잘 챙기고 자주 안부를 전해야 한다.

우리에게는 '할아버지, 할머니'라고 불러주는 그 자체만으로도 효도는 충분하다. 조금 욕심을 내면 너희들을 자주 볼 수 있게 해주면 더 큰 효도이다. 너희들도 힘이 솟고 무럭무럭 잘 자라거라. 기운차고 신나게 지내거라.

학교는 교훈이 있고, 회사는 사훈이 있다. 각각의 가정에는 가훈이 있다. 가훈은 그 가정의 가르침이다. 너희 고조할아버지께서는 '근면성실(勤勉誠實)'을 몸소 실천하고 후손에게 가르쳤다. 근면 성실은 성공의 열쇠이다.

너희 증조할아버지는 너희 아버지들이 어릴 때 '인자무적(仁者無敵)', 즉 착하고 어진 사람이 되라고 말씀하셨다. 어진 자에게는 적이 없다. 어진 자는 적을 만들지 않는다. 자기가 남을 사랑하면 남도 자기를 사랑한다. 남을 아끼면 복이 온다. 남을 어질게 대하면 화를 면한다. 인자무적은 복 받고 귀한 삶이 되게 한다.

너희 할아버지인 나는 너희들에게 '자리이타(自利利他)'를 가르치고 싶구나. 어려운 말이다. 자리이타는 나도 이롭게 하고 남도 이롭게 하라는 뜻이다. 자리이타는 세상을 아름답게 만드는 방편이다. 윗대 할아버지 말씀을 따르는 것은 효도이다.

사람은 자기의 삶이 나이가 들어감에 따라 얼굴과 모습에 그대로 쌓여 나타난다. 곱게 살았으면 고운 자태로, 거칠게 살았으면 거친 모습이 된단다.

## 사람을 잘 가리자

　　한없이 넓은 사랑아, 우리는 어제 벚꽃 구경도 할
겸 인근 작은 절에 갔다. 대부분의 벚꽃은 이미 떨어져 없었다.
다행히 우리를 기다린 듯, 절에는 한 그루 벚꽃이 만발해 있었다.
반가웠다.

　향을 싼 종이에는 향기가 나고, 생선을 싼 종이는 비린내가 난
다는 말이 있다. 좋은 사람과 사귀면 좋은 사람이 되고 나쁜 사람
과 사귀면 나쁜 사람이 된다는 뜻이기도 하다. 사람은 어쩔 수
없이 다른 사람과 무리지어 어울리면서 살아간다. 어떤 사람과
교류하느냐가 인생을 좌우한다.

　석가모니 부처님이 말씀하시기로 좋은 사람은 남을 잘 이끌어
주는 사람, 즐거울 때나 괴로울 때나 변함없는 사람, 상대방을

생각해서 말을 건네는 사람, 측은한 마음을 갖는 사람이라고 하셨다. 나는 여기에 덧붙이면 스스로 절제하고 억제하고 삼가하고 겸손하고, 항상 밝고 맑고 향기 나는 사람이다. 그리고 나쁜 사람은 무엇이건 빼앗아가는 사람, 말만 앞세우는 사람, 아첨하는 사람, 좋지 못한 장소에 출입하는 사람이라고 하셨다. 나는 여기에 한두 가지 더 말하고 싶다. 목적의식이 너무 강한 사람, 성격이 포악한 사람, 마당발인 사람, 너무 친근 친밀 친절한 사람은 멀리해야 한다.

언제 보아도 좋고 생각만 해도 좋은 너희들이 있어 우리는 아직도 꿈같은 꿈을 꾼다. 이 세상이 아름답길 바라는 꿈 말이다. 너희들이 살아갈 세상이 좀 더 자유롭고, 좀 더 평화롭고, 좀 더 거룩해지기를 바라는 마음 간절하다. 너희들이 있기에 말이다.


세상에는 좋은 사람, 나쁜 사람이 있다. '좋고 나쁘고'는 나에게 '이롭고 해롭고'와는 다른 문제이다. 좋은 사람도 나에게는 해로운 사람도 있고, 나쁜 사람도 나에겐 이로운 사람도 있다. 그래서 인간관계가 복잡하다. 남을 도와줄 때 남에게 도움을 받을 때를 잘 가리고 사리에 맞게 처신해야 한다.

해로운 사람은 몸으로 나를 위협하거나 폭행을 일삼는 사람, 나에게 악랄하고 공포심을 일으키게 하는 사람이고, 입으로는 나를 모함하고 악평하고 험담하고 욕설하고 폭언을 하는 사람, 나에게 저주와 비방을 퍼붓는 사람이고, 마음으로 나를 화나게 하거나 당하게 하고 나쁜 짓을 부추기는 사람, 나에게 질투와 시기심을 갖는 사람이다.

이로운 사람은 내가 위험과 악으로부터 미리 당하지 않게 하거나 벗어날 수 있도록 나를 위해 기도해주고 염려해주는 사람이고, 내가 어려울 때 도움을 주고 격려해주고 희망을 갖게 해주는 사람이고, 내가 필요한 것을 해결해주고 나의 잘못도 감싸주는 사람이고, 나를 보호해주고 내가 의지할 수 있는 사람이다.

나에게 이로운 사람을 만나려면 내가 먼저 남에게 이로운 사람이 되어야 한다. 나에게 해로운 사람도 그 사람을 감동시켜 나에게 이로운 사람으로 만들 수 있는 사람이 될 수 있으면 좋지 않겠나. 그리고 남의 비방과 비난에 대해 너무 민감해서도 안 된다. '종타방 임타비(從他謗 任他非)'란 말이 있다. 이 말 뜻은 남의 비방에 따르고 남의 비난에 맡겨두라는 뜻이다. 그런데 요즘 세상은 조금 다른 듯하다. 남의 비방 비난에 대해 초기에 대응하여 변명, 해명, 석명을 하여 더 문제가 생기지 않도록 대처하는 것이 더 나은 방편일 수도 있다. 이 세상 모든 사람들이 너희들께 이로운 사람이길.

# 욕망慾望을 다스리자

넓고 넓은 사랑아, 하루하루 평소와 다름없이 잘 지내고 있지요. 초봄은 꽃의 봄, 중봄은 신록의 봄, 말봄은 파종의 봄이다. 요즈음은 말봄이 접어들어 우리나라 전역에서 씨를 뿌리고 논농사 밭농사가 한창이다. 지금 씨를 뿌려야 가을에 거둘 것이 있다.

우리나라 전체가 긴 연휴를 맞이하여 수많은 사람이 해외여행 국내여행을 떠났다. 옛날은 이때 먹을 것이 없어 수많은 사람이 굶어 죽었다. 비참한 시절이었다. 이때를 춘궁기라고 하고 보릿고개라고 했다. 하도 배가 고파 익지 않은 보리를 따서 먹었단다.

지금은 얼마나 좋은 시절을 보내고 있는지 사람들은 모르고 있다. 더 많은 돈, 더 많은 쾌락, 더 나은 행복을 요구하며 한없는 불평과 끝없는 투쟁을 일삼는다. 서로 많이 차지하려고 나라가 온통 전쟁터와 같은 형국이 오늘날 우리나라 사회이다. 해결될 기미가 보이지 않는다.

우리는 가까운 친지와 더불어 남쪽 바닷가에 계시는 이분 저분을 찾아가는 여행을 하였다. 도중도중 이 절 저 절을 찾아 너희들 무탈하게 잘 지내기를 기원하는 것을 잊지 않았다. 수많은 자동차, 수많은 인파가 온 천지에 넘쳐났다. 이렇게 여유를 즐기고 살면서 나는 왜 남보다 못사느냐고 아귀다툼이다. 물론 가난한 사람도 많다. 그 끝없는 욕망을 누가 채워줄 수 있을까. 참으로 불행한 사회이다.

너희들은 남과 비교하지 말고 욕망을 다스릴 수 있는 지혜를 터득하려고 노력해라. 욕망의 끝은 없다. 어디까지가 자기의 분복임을 알아차려 솟아나는 강한 욕구를 잠재우는 것 말고는 방법이 없다. 사람은 자기가 가질 수 있는 한계를 모른다. 이것이 불행의 시초이다. 현명한 사람은 이것을 알아 차려 거기에 맞추어 사는 지혜를 터득한 사람이다.

욕망이 사라지면 생존할 수 없다. 생명유지의 욕망은 가져야 한다. 그러나 탐욕과 과욕은 모든 불행의 근원이 된다. 명심하자.

# 기도祈禱하자

아름다운 사랑아, 너희들이 바람직하게 잘 성장하고 있음이 우리의 기쁨이고 보람이다. 너희들이 더 어릴 때는 간단히 주고받는 대화만 해도 대견하고 신기했다. 지금은 웬만한 청소년보다 더 낫다. 아는 것도 참 많다. 너희들의 세상을 점점 더 넓혀 나가고 있구나.

우리는 강원도 오대산에 있는 적멸보궁에 다녀왔다. 적멸보궁이란 부처님 진신사리가 있어 불상을 모실 필요가 없는 절이다. 우리나라에는 봉정암, 상원사, 법흥사, 정암사, 통도사가 대표적 적멸보궁이다. 설악산에 있는 봉정암에는 아직 가보지 못하고 다른 곳은 수차례 다녀왔다. 참으로 좋은 곳이다. 작년 이맘때 너희들이 외국에 가기 전에 너희들과 함께 상원사 적멸보궁에 다녀왔지. 기억하고 있지. 할아버지는 산을 오르기에 힘들어 쩔쩔 쩔 맸지. 너희들은 가볍게 잘 다녔지. 다람쥐도 보았지.

우리 가족 모두 가서 촛불 켜고 향 피우고 절하고 기도하고, 좋은 곳에 가서 몸과 마음이 정화되는 천지운기를 받으면 좋겠구나.

적멸보궁에서 스님이 독경하는 동안 나는 절을 하고 또 절을 하고 얼마나 했는지 몰라. 상원사 절에 내려 와서는 다리가 후들후들 떨리더구나. 산을 더 내려와 월정사 참배로 순례를 끝냈다.

어제는 '부처님 오신 날'이었다. 너희 사촌은 난생 처음으로 엄마 아빠와 함께 봉은사 절에 참배하러 갔다. 절이 터져나갈 정도로 많은 사람들이 붐볐다. 너희 사촌은 할머니와 함께 연등을 하나 달았다. 우리 가족 모두 모두 일 년 내내 건강하고 소원 성취하기를 기원하는 마음으로 판전 앞에 달았다.

날이 너무 더웠다. 아랑곳없이 여기저기서 저마다 소원을 담아 정성껏 기원한다. 너희 사촌은 나와 함께 전각마다 다니면서 절을 했다. 나를 따라 곧잘 잘한다. 비좁은 틈이라도 전각 안에 들어가 절했다. 힘이 들어 쉴 때는 너희 사촌은 더워하는 나에게 부채질을 해준다. 언제 우리 사랑이가 이렇게 컸을까?

외국에 있는 너희들과는 언젠가 한두 번 봉은사에 갔지요. 이제 우리는 너희들과 함께 하고 싶은 큰 일 하나는 했다.

너희들 손잡고 좋은 절에 가서 우리 가족의 행복을 기원하는 것을 꼭 하고 싶었다. 그렇게 하면 겸손과 열정이 생기고 모든 것에 대한 감사를 알게 된다.

# 매력 있는 사람이 되자

예쁘고 귀한 사랑아, 우리는 인근에 있는 절에 자주 가서 소원을 염원한다. 발원하고 축원하고 싶은 것이 좀 있거든.
너희들에게 매력적인 사람 되는 것에 관해 말하려고 하던 중에 오늘 신문에 좋은 사람에 대한 기사가 있어 그걸 전하려고 한다. 미국 어느 뉴스사이트에서 좋은 사람에 대한 설문 조사한 것이다.

누가 보나 안 보나 올바른 일을 하는 사람, 본인의 행동과 원칙에 만족하고 남도 따라오게 한다. 남에게 친절하고 더 줄 것이 없으면 자기 자신까지 주려고 한다. 배려심 깊고 누구에게나 공손하고 '고맙다, 미안하다'고 말한다. 자신보다 다른 사람의 행복과 웰빙에 근거하여 결정을 내린다. 남을 깎아내리는 것보다 추켜세우는 것이 더 중요하다는 것을 안다. 남을 소중히 여기고 연민과 애정으로 대한다. 남의 고통도 느낄 줄 알고 누군가의 행운에 기쁨을 느낀다. 이 세상을 더 나은 세상으로 만들려고 애쓴다. 최소한 나쁜 사람이 되지 않으려 애쓴다. 무엇보다도 지구가 자기 자신의 주위만 돌고 있는 것이 아니라는 사실을 깨닫고 있는 사람이다. 한 마디로 남을 사랑하고, 악의 없이 말하고, 조건 없이 주고, 기대하지 않고 남을 돌보는 사람이다.

위의 것 중 한두 가지라도 잘 하는 사람이면 그래도 괜찮은 편이 아니겠는가.

육체와 정신이 건강하여 몸과 마음에서 나오는 광채가 있는 사람, 죄를 짓지 않고 거짓과 사기성이 없는 사람, 평화롭고 남에게 편안함을 주는 사람이 좋은 사람이다. 너희들은 아마 이런 사람이 될 거야. 내 말 맞지?


우리는 매실 따러 매실 밭에 갔다. 많이 있을 줄 알았는데 얼마 없더라. 거름도 주고 솎아도 주고 열심히 농사일을 해야 하는데 가꾸지 않아 그렇다. 내년은 많이 열리겠지. 인생도 이와 마찬가지이다.

사람을 비롯한 모든 것에 신성을 부여하면 가치가 높아진다. 종교에 따라 사람에 따라 시대에 따라 천한 것과 성스런 것의 기준은 약간 다를 수 있지만 거의 같다.

인류 역사상 동서양을 막론하고 인종에 따라 출신성분에 따라 귀천이 따로 있었다. 인도가 그 좋은 예이다. 인도는 출신성분에 따라 귀천을 나누는 것을 타파하려고 노력했지만 아직도 그렇다.

부처님은 천하고 성스런 것의 기준은 그 사람의 행위에 따라 정해져야 한다고 했다. 이 행위는 그 사람이 쌓아온 업에 따라 결정되는 것이라고 한다. 즉, 좋은 업을 쌓아야 귀하고 성스런 사람이 된다는 것이다.

"천한 자는 생각이 비뚤어진 사람, 아첨하는 사람, 자애롭지 못한 사람, 불효한 사람, 성자인 척 하는 사람이다"라고 하셨다. 그리고 "성스런 사람은 지혜롭고 현명하여 길과 길 아님을 구별하여 최상의 도리에 도달한 사람, 말을 거칠게 하지 않고 진실을 말하는 사람, 악의 없고 온순한 사람, 탐진치(貪瞋痴)에 집착하지 않는 사람"이다.

사람의 귀천은 직업에 따라, 먹는 음식에 따라, 빈부에 따라, 배움의 정도에 따라, 미모에 따라, 인기에 따라 있는 것이 아니고 사람의 말과, 행동과 마음에 따라 결정된다.

자애롭고 진실되고 남을 위한 기도를 많이 하면 귀하고 성스러운 자가 된다. 너희들이 그렇게 되면 얼마나 좋을까?

# 교양教養 있는 사람이 되자

변할 수 없는 사랑아, 얼마 전까지 춥다가 금방 여름이 온듯하구나. 옷은 아직 겨울옷인데 바깥날은 이미 늦은 봄이다. 우리 집 화분에는 석란, 영산홍, 아자리아, 군자란이 예쁘게 피었다. 일 년 내내 이꽃 저꽃이 번갈아 핀다. 아침마다 이들에게 인사하러 간다. 어떤 때는 꽃인지 너희들인지 모른다. 꽃이 너희들로 보이거든. 아침 꽃은 싱싱하고 은은하게 빛난다.

미래는 원래부터 불확실하지만 앞으로 미래는 더 캄캄할 것 같다. 지금까지는 다가올 앞날의 변화를 대강은 짐작하고 그것에 따라 준비하면 그런 대로 지낼 수 있었다. 안정적 직장, 예측 가능한 가정생활, 국가와 사회의 발전 등으로 잘 살아왔다. 그런데 미래는 불확정, 불확실, 예측 불가능, 무한욕심, 무관용, 고립주의, 빠른 변화 등으로 살아가기 어렵고 고달플 것이라고 생각된다. 어떻게 무엇을 준비해야 하고 대비해야 할지 알 수가 없다. 예를 들어 직업은 한평생 한 가지 직업으로 살아갈 수 있을까, 안정된 직장이 있을까, 빠르게 변하는 직업세계에 어떻게 적응해 갈까 막막할 것이다. 앞으로는 그때 그때 상황에 따라 직업을 가져야 할지도 모른다. 다시 말하면 예측할 수 없고 금방 또 변하므로 항상 새로운 상황이 전개되어 과거의 것은 낡은 것이 되어버린다. 이러한 앞날을 살아갈 수 있는 공부를 해야 한다. 아주 탁월한 사람은 몰라도 한 분야만 공부하면 버티기 어려울 것이다. 다양하고 융·복합적(融·複合的)이고 상당히 전문적인 것을 공부해야한다. 최첨단의 영역에만 답이 있는 것이 아니다. 종전의 농업, 공업, 상업 및 금융업 등도 등한히 해서는 안 된다. 자기 나름대로 창의성을 극대화하고 도전하고 문제해결력을 키워 나가야 한다.

지금은 거의 듣기 힘든 단어 중에 하나가 교양(敎養)이란 말 아닐까. 교양이란 사전적 의미는 학문, 지식, 사회생활을 바탕으로 이루어지는 품위, 또는 문화에 대한 폭넓은 지식을 말한다. 옛날에는 대학교육이 교양인이면서 전문지식을 갖춘 사람을 기르는 데 초점이 있었다.

어느 때부터인지 몰라도 교양의 비중은 미미하게 된 듯하다. 미래 세상에는 오히려 교양적인 학문과 지식·품위 등이 더 요구되지 않을까. 자연과학·인문과학·사회과학·문화·예술 분야 등 다양한 영역에 걸쳐 기본적 소양이 있어야 창의성도 생기고 융·복합적인 사고와 지식을 가질 수 있고 아이디어도 풍부해진다. 미래형 인재에 요구되는 덕목이 교양 아닐까. 세계인이 되려면 언어구사력이 좋아야 하고 세계 각국과 민족에 대한 이해와 문화를 잘 알아야 한다. 그리고 미래 세상에 살아가려면 문명의 이기(利器)를 잘 다룰 줄 알아야 하고 남과 소통하고 공감하고 협동하는 기본적 소양을 가져야 하고, 다방면의 학문적 학식을 바탕으로 한 창의성이 있어야 한다.

교양에는 크게 두 가지 요소가 있다. 학문적 소양과 사람으로서의 품위이다. 학문적 기본 소양이 떨어지면 좀 더 나은 부류에 들기가 어렵다. 기본적 지식이 부족하면 무식하다는 소리를 듣는다. 남보다 어학 능력이 있거나 음악적 소양이 있으면 좀 더 다른 눈으로 보게 된다. 교양 정도의 학식과 전문적인 학식과의 수준 차이는 일률적으로 정할 수 없다. 많은 분야에 많이 알면 좋겠지만 불가능한 일이다. 대학에서 가장 효율적으로 교양교육을 해야 하고, 자신도 자신의 부족한 부분과 필요한 영역을 찾아 열심히 공부하여야 한다.

교양인은 좋은 인성과 품성을 가져야 한다. 도덕적이고 윤리적이고 아름다워야 한다. 그리고 예절이 바르고 매너가 있어야 한다. 이것들이 부족하면 버릇없는 사람이 된다. 옛날에 비하면 요즘은 예절 예의 예법과 특히 공중도덕이 옅어진 감이 많이 든다. 얼마 전까지 우리 사회는 유교적 전통 사회였다. 예(禮)를 중시했다. 관혼상제(冠婚喪祭)의 예절은 말할 것도 없고, 사람과 사람의 모든 관계에는 지킬 예의범절(禮儀凡節)이 있었다. 인사예절·식사예절·방문예절 등 남에 대한 행위 하나하나에 일정한 질서와 법도가 있었다. 그것을 어기면 못 배운 사람, 예법에 어긋나는 행동을 한 사람, 교양머리 없는 사람으로 낙인이 찍힌다. 예의를 지킨다는 것이 사회질서 유지이고, 상대방 존중과 배려였다. 까다로운 예절 때문에 서로의 관계가 자유롭지 못하고, 어려운 면도 있었다. 요즘 사회는 과거의 예법은 거의 사라졌다. 그래도 큰 불편이 없어 보인다. 그러나 스마트폰 사용예절은 지켜졌으면 한다. 남을 억울하게 하는 일, 남을 불편하게 하는 일 등은 하지 말면 좋겠다.

과거에도 그랬고, 현재에도 마찬가지이고 미래에도 사람들은 교양 있는 사람을 가까이 하려고 한다. 미래는 더 교양 있는 사람을 원한다. 미래의 인재는 교양 있는 사람이다. 어렵지 않다. 평소에 학식과 좋은 품성을 조금씩 쌓아 가면 된다.

# 2. 무한 사랑에게

남을 증오와 악(惡)에서 구하는 것은 사랑이요,
나를 고통과 두려움에서 구하는 것은 지혜이다.

세월이 가면 세상이 변한다. 나도 변하고 삶도 바뀐다.

## 상황이 바뀌면 형편도 바뀐다

　　높고 높은 귀한 사랑아, 하루가 다르게 쑥쑥 잘 크
고 있지. 몸도 크고 정신도 커가고 있지. 우리가 너희들을 몰라보
면 어쩌나. 그럴 리야 있겠나. 헛걱정도 하지. 요즈음은 집에서
점심을 주로 국수로 먹는다. 잔치국수, 메밀국수, 냉면, 콩국수
등이다. 마트에서 사 와서 끓이면 된다. 맛도 있다.

　사람이 살다 보면, 풀 수 없는 문제, 어려운 문제, 이루고 싶으
나 잘 안 되는 일, 괴로운 일, 당하기 싫은 일 등이 많이 있다.
어떤 것은 운명적일 수도 있다. 그러나 이런 것들로부터 탈출하
거나 극복하여 더 나은 삶을 만들어 성공하거나 후회 없는 삶으
로 자기 인생을 가꾸어 나가야 한다. 묘한 방법이 있어서가 아니
라 조언하고 싶다.

무엇이 잘 안 풀리는 것은 현재 상황이 안 되는 쪽으로 인연이 얽혀 있어 그런 것이다. 그것을 잘 풀고 극복하려면 스스로 현재 상황을 바꾸거나 전혀 새로운 상황으로 만들어야 한다. 아니면 저절로 변하기를 기다리는 수밖에 없다. 기존의 생각과 경험을 깨뜨려라, 부셔라, 버려라 아니면 확 바꾸라. 그리고는 변화된 상황을 기대하고 즐겨라.

　말이 그렇지 그리 쉽게 잘 안 되지요. 이것이 잘 될 수만 있다면 세상에 안 되는 일이 있겠나. 그러나 그 방법밖에 없다면 어릴 때부터 상황과 생각의 변화를 꾸준히 연습하고 갈고 닦아야 하지 않겠나. 과거 것은 낡았고 미래 것은 새롭다. 사람은 항상 새로운 것을 맞이한다. 낡은 것은 친숙하고 편하다. 그러나 새로운 것은 두렵고 불편하다. 그래서 새로운 것을 피한다.

　이것이 문제이다. 답은 변한 상황에 있는데 지금 상황에서 찾으려 한다. 현재까지의 자기의 생각과 경험으로 만들어진 내부 통찰력(insight)으로 해결할 수 없다면 외부로부터 새롭게 터득한 지각력(outsight)을 키워야 한다. 인간 관계 등 사회성을 새롭게 하고, 생활 방식과 습관을 바꾸고 눈을 크게 뜨고 멀리 본다.

　새로운 것도 곧 낡아지고 익숙해진다. 세월이 가면 현재 가능한 것은 불가능해지고 현재 불가능한 것은 가능해진다.

# 품위品位를 갖자

무한한 귀한 사랑아, 너희들은 모두 여름에 태어났구나. 우리는 여름이 제일 좋은 계절이야 왜냐하면 너희들을 여름에 얻었거든 처음 만났거든.

사람들은 살아가는 모습이 여러 유형이다. 제멋대로 제맘대로 아무렇게나 되는 대로 함부로 사는 사람, 몸가짐을 조심하여 조신하고 상대방을 배려하고 엄격하고 절제하고 다듬고 철저하고 주의 깊은 사람, 남에게 폐가 되고 짐이 되는 것을 예사로 여기는 사람, 남의 불행과 불편은 조금도 주지 않으려는 사람이 있다.

너희들은 품격 있고, 품위 있고, 위엄 있고, 엄숙하고, 예법에 맞는 태도나 몸가짐인 위의(威儀)를 갖춘 사람이 되면 좋겠다. 이렇게 되는 것은 타고나는 수도 있고, 커가면서 교육받아 가면서 갈고 닦고 다듬어서 차츰차츰 되어 가는 것이다. 이런 마음을 항상 갖고 있으면 또 그렇게 되어 간다. 가문의 각 개인이 품위가 있으면 그 가문이 품격이 높아져서 남들이 우러러보게 된다.

품위가 있고 없고는 주로 겉으로 나타난다. 내면의 깊은 아름다움이 없는 품격은 낮다. 영혼이 맑고, 남다른 전문성이 있고, 좀은 신비로워야 한다. 그리고 문화 예술을 즐기고 조예가 있어야 한다. 뿐만 아니라 항상 단정하고 깔끔하고 스마트해야 하고, 자기만의 개성이 넘쳐야 한다. 외국어도 유창하면 더욱 좋다.

인도의 어느 선인이 싯달타가 태어났을 때 위대한 싯달타가 사는 세상에 그와 동시대에 함께 산다는 것에 감동되어 울었다. 우리도 너희들이 있는 이 세상을 함께 사는 것이 감격 그 자체이다.

나는 사람이나 상품 등에 더 나은 가치를 부여하려면 사랑, 아름다움, 신성, 스토리, 순수성 등 그 중에서도, 특히 '신성'이 깃들게 하면 훨씬 더 가치를 높일 수 있다고 여긴다. 명심해라. 신성스런 사람, 신성스런 물건이 그렇지 않은 것보다 값어치가 더 나간다. 하루하루 조금씩 자기를 성스럽게 하자.

증오는 증오로 풀 수 없고, 분노는 분노로 풀 수 없다. 증오와 분노는 사랑이 약이다. 증오 없고 분노 없는 그런 세상이 번뇌(煩惱) 없는 세상이다.

## 간절함은 힘이 있다

우리에겐 너희뿐인 사랑아, 너희들은 요즘 무엇을 생각하고 무엇을 하고 지내는지 궁금하구나. 보고 싶구나. 우리는 하루하루 똑같은 나날을 보내고 있구나. 너희들과 지냈던 일 생각하고 또 너희들을 위한 기도하는 것이 우리의 일과이다.

사람이 무엇을 이루고자 할 때, 무엇이 되기를 원할 때, 운세가 술술 풀리기를 원할 때 그것을 위하여 준비하고 노력하고 기도한다. 이것들을 적당히 해도 잘 이루지기도 하지만 대개는 그렇지 않다. 간절하고 치열해야 성취한다. 이렇게 해도 꼭 소원성취한다는 보장도 없다. 이것이 인생이다.

아주 옛날부터 인류는 달나라에 가고 싶은 것이 간절하여 1969년 미국의 닐 암스트롱이 달에 첫발을 디뎠다. 인간은 행복을 신으로부터 부여받기를 간절히 소망하여 어마어마한 신전을 만들고, 또 새처럼 날고 싶어 비행기도 만들었다. 나는 어릴 때 허약한 너희 증조할머니가 75세까지는 어떻게든 살 수 있기를 간절히 소망하여 하늘이 도와 그렇게 되었다.

우리나라 유명 운동선수들은 금메달을 꼭 따고 싶은 간절함으로 모든 난간을 무릅쓰고 더 이상 준비할 수 있는 게 없다고 생각이 들 정도로 모든 것을 다 쏟아 부어서 금메달을 땄다고 하더구나. 이렇게 하면 웬만한 것은 다 이루어진다. 여기서 명심해야하는 것은 건강을 해쳐서는 안 된다.


간절함이 애착, 집착, 갈애(渴愛)로 바뀌면 곤란하다. 간절함은 이루고 나면 버릴 수 있다. 그러나 애착과 같은 것은 항상 붙어 있어 떨어지지 않아 일을 더 고통스럽게 만든다. 자식 사랑과 행복에 관한 염원은 간절함이 집착으로 바뀌기 쉽다. 이 점 유념하자.

간절함이 쉽게 생기는 것은 아니다. 간절함의 힘을 기르려면 종교를 믿어 의지처(依支處)인 신에 의지하는 법이 있고, 또 자기의 의지를 굳게 가져야 한다. 자기뿐만 아니라 남도 위하는 마음을 가질 때 간절함은 더 강해지고 깊어진다.

너희들도 커가면서 꿈도 생기고 여려가지 소망이 생길 거다. 소원성취할 거다. 행복할 거다. 빛날 거다. 간절함이 있으면.

# 실패는 할 수 있다

우주에서 제일 좋은 사랑아, 여름이 무척 덥지. 여름에는 만물이 쑥쑥 자라는 시기란다. 그래서 좀은 더워야 하는 거다. 이 세상의 모든 동물과 식물을 비롯한 생명체는 태양의 힘을 필요로 한다. 시기마다 너무 과하지도 않고 모자라지도 않을 정도의 적당한 태양에너지를 받아야 한다.

사람은 누구나 살아가면서 작든 크든 실수를 범하고 실패를 맛본다. 이것은 피할 수 없다. 아주 간혹은 어떤 사람은 태어나면서부터 일이 술술 잘 풀리는 것 같지만 그것도 결국은 무너진다. 꿈이 없었기 때문에, 좌절을 모르기 때문에, 실수와 실패의 아픔을 모르기 때문에, 헤쳐 나가는 지혜를 키우지 못했기 때문에 한 번 당하면 일어서지를 못한다. 재기가 없다.

실수는 부주의로 잘못을 저지르는 것이고, 실패는 잘못으로 일을 그르치는 것이다. 실수의 반대는 완벽이고 실패의 반대는 성공이 아닌가 한다. 실수의 원인은 많다. 부주의, 판단과 결정 잘못, 준비와 생각 부족, 과신과 교만, 이해와 배려 부족, 조심하고 삼가하는 마음 부족, 안정과 평온함의 부족, 함부로 행하는 습관 등으로 저지르는 것이다.

학교에서 시험을 칠 때 실수가 많지. 어릴 때일수록 실수가 많다. 아는 것이 많이 틀린다. 억울하지만 그것이 실력이다. 실수와 실패는 교훈으로는 삼지만 잦으면 아니 되고, 같은 실수 실패 두 번은 아니 된다. 원인과 이유를 반드시 찾아 고친다. 실수와 실패를 줄이고, 돌이킬 수 없는 실수와 실패는 하지 않도록 항상 준비하고 대처하고, 학문과 수양 그리고 기술 등을 익히고, 사업을 이루기 위하여 자르고 갈고 쪼고 닦는다는 뜻을 가진 절차탁마(切磋琢磨)를 해야 한다.

대부분의 큰 운동선수들은 실수와 실패를 무수히 아주 무수히 하였고, 시행착오를 줄이려고 연습 또 연습을 거듭한 결과로 최고 선수가 되었다. 우리도 매일 아침마다 하는 염불도 가끔씩 틀린다. 그토록 실수하는 일은 흔하다.

실수와 실패는 큰 성공을 향해 가는 피할 수 없는 과정이다. 두려워하지 마라. 오히려 실패를 거울삼아 더 큰 힘을 내는 거다.

# 누명陋名과 모함謀陷은 항상 있다

아주 아주 착한 사랑아, 세상을 살다보면 흔히 누명도 쓰고 모함도 받는다. 반대로 자기도 알게 모르게 남을 오해하고 모함하고 누명을 씌운다. 누명은 억울하게 뒤집어쓴 불명예이고, 모함은 나쁜 꾀를 써서 남을 어려운 처지에 빠지게 하는 것이다. 그리고 무고(誣告)는 없는 일을 거짓으로 꾸며 고발하거나 고소하는 것이다. 이런 일이 생기면 억울하고 분하고 망할수 있다.

이런 것들은 오해와 의혹으로 생길 수 있으므로 서로의 의사 전달이 분명하고 소통해야 한다. 말과 행동이 사용하는 단어와 태도가 오해의 소지가 없어야 한다. 또 자기를 이용하려는 자와 자기와 경쟁하고 있는 자가 저지르는 수법이다. 이들에게 전혀 꼬투리를 잡히지 말아야 하고 반증을 꼭 준비한다. 행여 일이 발생하면 초동대처를 잘해야 한다.

아무리 당하지 않으려고 해도 자기도 모르게 그런 일에 엮이게 되는 수도 있다. 신분이 올라갈수록, 재산이 늘어날수록, 명예와 권력이 많을수록 뜻하지 않게 자꾸 당한다. 이것은 세상의 질투이다. 이것을 피하는 방법은 세상과 친하고 공감하고 항상 수신(修身)하고 수양(修養)하고, 수행(修行)하고, 신구의(身口意)가 올발라야 한다. 그리고 적을 만들지 마라. 그리고 너그러워라.

너희 할아버지도 살아오면서 몇 차례 이런 일을 당했다. 어떤 것은 해명되고 어떤 것은 해명·변명·석명할 길도 방법도 없다. 어떤 사람은 죄를 뒤집어쓰고 옥살이를 하기도 하고 일생을 그르치기도 한다.

사람은 누구나 자기가 성공하고 성취하고 원하는 바를 이루려고 하는 것이 보통 사람의 마음이다. 법과 도덕에 어긋남이 없고 정상적으로는 어떤 목적을 달성하기 어려우면 부당하거나 나쁜 방법으로 문제를 해결하려고 한다. 거짓과 사기를 행하고, 모함하고, 누명도 씌운다. 특히 승진을 하거나 취업을 할 경우와 어떤 지위를 두고 경쟁할 때는 이 피해가 심각하다. 대체로 이런 피해는 당한 후에 되돌리기가 어렵다. 당한 사람은 억울하다. 아마 이런 나쁜 짓을 하는 사람은 하늘이 벌을 내릴 것이다.

자기가 처신을 잘하면 잘 해결되는 일이 많지만 불가항력일 경우도 있다. 너희들에게는 결코 이렇게 되지 않도록, 이런 억울한 일이 생기지 않도록 염원한다.

# 고난苦難을 겪어 내자

고귀한 사랑아, 우리 최고로 예쁘고 사랑스런 손주들아 어제 밤에는 무슨 꿈을 꾸었느냐 상서롭고 아름다운 꿈 밤마다 꾸어라. 커 가면서는 밤낮으로 큰 꿈, 높은 꿈, 달콤한 꿈꾸어라.

사람의 행복과 운명은 개인 스스로의 문제이지만 자기가 처한 국가사회의 영향이 매우 크다. 오늘날 우리가 살고 있는 사회는 우리나라, 미국, 중국, 북한의 지도자에 의해 영향을 크게 받는다. 이들의 결정이 우리의 삶과 직결된다.

중국의 주석이 즐겨 쓰는 말을 너희들에게 전하려고 한다. "봉황열반, 욕화중생(鳳凰涅槃 浴火重生)"이다. 말이 어렵다. 이 뜻은 쓰라린 고통을 이겨내어 더 아름답고 새롭게 태어난다는 뜻이다. 중국이 150년 넘게 병든 사자처럼 힘없이 지낸 것을 거울삼아 환골탈태하자는 내용이다. 이 말을 지어낸 사람은 유명한 중국문학가 궈모뤄이다.

봉황은 중국 전설에 나오는 신성시하는 상서롭고 아름다운 상상의 새이다. 봉은 수컷이고, 황은 암컷이다. 곧 천자, 황제를 나타낸다. 이집트에서는 불사조(phoenix)라 불리는 새가 있다. 아라비아 사막에 사는 영원불멸의 새이다. 대략 500년쯤 살다가 향기로운 나무 가지로 만든 둥지에 들어가 스스로 불사르면 기적적으로 새로운 불사조가 태어난단다.

욕화라는 말은 불로 태운다는 뜻이다. 浴(욕)은 수행하다는 뜻도 있다. 욕화중생은 번뇌를 모두 태운 이 세상의 것들을 나타낸다. 즉, 부처란 뜻이다. 봉황열반이란 말도 결국은 봉황처럼 영원히 사는 부처란 뜻이다.

봉황열반 욕화중생은 자기 몸을 불태우는 고통을 이겨내는 고행을 하여 마침내 부처가 되었다는 뜻이다. 즉, 고생 끝에 낙이 온다는 뜻이다.

할 수 없다고 쉽게 포기하지 마라. 할 수 있고 없고는 지금이 아니라 세월이 흘러봐야 안다. 쉽게 포기하는 것은 조금도 손해보지 않으려는 욕심이기도 하다.


우리는 참으로 오랜 만에 영화를 한 편 보았다. 〈국제시장〉이란 영화였다. 국제시장은 실제로 부산에 있는 시장 이름이다. 6.25 한국전쟁 때 밀수품, 군수품, 원조품 등을 파는 시장이란다.

전쟁 때 이북 땅에서 피난 온 사람들이 많이 모여 장사하던 곳이다. 아직도 부산에 있다. 우리는 영화 보면서 처음부터 끝까지 내내 울었다. 우리 세대의 슬프고 처참하고 찢기고 부서지고 비참한 삶, 눈물과 한숨 그리고 절망과 비통함의 삶속에서도 그래도 끈질기게 살아온 삶을 그린 영화이다.

우리 세대의 70년 세월을 압축한 영화이다. 후일 한 번 보아라. 흥남철수 때 아버지와 어린 아들은 헤어진다. 아버지가 아들에게 "내가 없을 때는 너가 가장이다. 가족을 지켜야 한다."라고 했다. 아들은 엄마, 동생들의 삶을 책임져야 했다. 주인공은 자기가 하고 싶은 마도로스의 꿈도 접고 죽음을 무릅쓰고 독일 탄광에 갔고, 월남전에도 갔다. 한 쪽 다리를 잃고 돌아온다. 이북에 계시는 아버지가 행여나 찾아오실까 봐 지금까지 처분하지 못한 국제시장의 꽃분이 가게를 나이가 들어 접어야 할 때가 왔다. 자식 손주들이 와서 한 데 모여 놀고 있다. 주인공은 혼자 방에 와서 자기 아버지 사진 앞에서 마음속으로 하는 말이 "아버지 이만큼 살면 됐지예" 하고 눈물을 흘리고 있다. 영화 속의 아버지 말씀대로 자기를 희생하고 가족을 지켜 온 우리 세대의 슬프고 거룩한 이야기이다.

우리 인생이 힘들고 어렵다. 이것을 극복하고 이겨내는 과정이 인생이다. 그렇게 하다 보면 성공도 행복도 온다.

# 도약跳躍할 때는 도약하자

참되고 진실한 사랑아, 우리가 살고 있는 세상은 발전도 있고 퇴보도 있다. 개인이나 사회나 국가나 조금이라도 발전을 해 가야 한다. 일보후퇴 이보전진이란 말이 있듯이 조금이라도 앞으로 나아가야 한다. 그렇지 않고 퇴보만 하다 보면 사라지거나 멸망한다. 날로 달로 발전한다는 일취월장(日就月將)으로 발전하면 마침내 성공한다.

발전하는 속도와 크기에 따라 약진(躍進), 도약, 비약(飛躍)이란 말이 있다. 각각 뛰어 나아감, 뛰어 오름, 높이 뛰어 오름을 뜻한다. 약진은 에스컬레이터로, 도약은 계단으로, 비약은 엘리베이터나 비행기로 오른다는 뉘앙스를 가지고 있다. 서서히 조금씩 발전하다 보면 그 발전의 힘이 모여 약진도 하고 도약도 하고 운이 좋으면 비약적으로 크게 발전한다.

사업상 발전에서 보면 약진은 큰 수익이 생긴 것이고, 도약은 횡재를 한 것이고, 비약은 대박이 난 것이다 로또에 당첨된 것이다. 개인의 학업에서 보면 약진은 자기 학교에서, 도약은 자기 시도에서, 비약은 전국적으로 또는 세계적으로 최우수함을 뜻한다. 사람의 인품에서 보면 약진은 칭송을 듣는다. 도약은 존경과 사랑을 받는다. 비약은 신처럼 받들어진다. 즉, 크게 깨달은 것이다. 등산을 할 때 한걸음 한걸음 나아가는 방법, 한봉우리 한봉우리를 오르는 방법, 헬리콥터로 바로 오르는 방법이 있다. 어느 한 가지 방법만을 고집하지 말고 경우에 따라, 때에 따라 적당한 방법을 택해야 한다.

일생 동안 대체로 도약과 대박의 기회는 세 번은 온다고 한다. 아니 수없이 오는 줄 모르고 있는지 모른다. 기회가 바람처럼 스쳐 지나가면 모르듯이….

한꺼번에 비약을 바라면 안 된다. 약진을 계속하다 보면 어느새 자기도 모르게 비약하여 높은 곳에 당도하게 된다.

너희들 인생에 적어도 몇 번의 약진과 도약이 있어야 한다. 비약은 최소한 한두 번은 있어야 한다. 자기의 노력으로, 남의 도움으로, 신의 도움으로 이루어지는 것이란다.

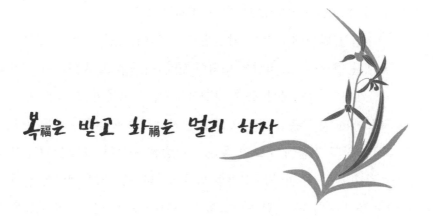

## 복福은 받고 화禍는 멀리 하자

　　세상에서 최고로 예쁜 사랑아, 세상을 살다 보면
이런 일 저런 일, 미리 예견한 일 예기치 못한 일 퍽이나 많이
만난다. 좋은 일 나쁜 일 가리지 않고 찾아온다. 그래서 세상 살
기 힘들고 어렵다는 것이다.

　사람이 살아가면서 받고 싶은 것과 피하고 싶은 것이 있다. 받
고 싶은 것은 복(福)(편안하고 만족한 상태와 그에 따른 기쁨)이다.
행복 오복 복전을 누리고 싶어 한다. 피하고 싶은 것은 재(災)·화
(禍)·액(厄)·앙(殃)이다. 모두 비슷한 말이다. 재는 화재와 같은 재
난, 화는 재앙과 액화, 액은 모질고 사나운 운수, 앙은 하늘이나
신이 내리는 재화이다.

　복이 깎이고 깎여 줄어들고 줄어들면 결국은 화로 변한다. 화

와 복은 운과 재수 또는 운명과 하늘이 만든다고 생각이 들겠지만 따지고 보면 자기 스스로 그것을 초래하는 것이다. 하늘이 그렇게 할 수도 있다. 아주 드물다. 자기가 만들어 온 인간성 인품 인덕에 따라 어떤 상황이 닥치면 같은 일이라도 화가 되기도 하고 복이 되기도 한다.

복을 부르려면 무엇보다 덕(德)을 쌓아야 한다. 덕이란 사람의 도리를 잘하여 얻어지는 힘이다. 남을 사랑하면 덕이 생긴다. 그리고 모든 것을 함부로 하지 말고 삼가하고 조심하고 겸손하고 겸양하고 겸애하고 남에게 말과 행동을 모질게 하지 말아야 한다.

사람들은 흔히 세 가지 화를 조심하라고 한다. 말을 잘못하여 생기는 설화(舌禍), 글을 잘못 써서 얻어지는 필화(筆禍), 이성 간에 생기는 색화(色禍)이다. 너희들에게는 복된 나날만 계속되면 얼마나 좋을까 그러나 화를 피할 수 없을 때가 있다. 미리 미리 재앙을 예견하여 그 크기와 범위, 충격을 줄여야 한다. 그리고는 화가 복이 되도록 해야 한다. 새옹지마(塞翁之馬), 전화위복(轉禍爲福)의 이치도 있다는 것을 깨달아 화를 슬기롭게 이겨내자.

복과 화는 따로 떨어져 있는 것이 아니다. 항상 함께 있다. 어느 것을 부르느냐 하는 것은 자기가 하기 나름이다. 우리는 너희들에게는 항상 재앙과 액화는 없고, 대복과 행복만이 있기를 기원한다.

# 위기危機 탈출을 잘하자

더 없는 선한 사랑아, 너희들끼리 잘 지내야 한다. 세상에서 너희들끼리가 제일 가까운 사이란다. 깊은 형제애로 똘똘 뭉쳐 살아야 한다.

우리가 하루하루 살아가는데 많은 장애와 위험을 만난다. 예측 가능한 것과 예측 불가능한 것이 있다. 또 피할 수 있는 것과 어쩔 수 없이 당하는 것이 있다. 이러한 것들을 되도록 당하지 않거나 그 피해를 최소화하여야 한다. 노력하면 할 수 있다. 대개 위험은 지(地), 수(水), 화(火), 풍(風), 음식, 돈, 친구, 마음으로부터 생긴다. 이것을 삼가하고, 조심하고, 대비한다.

물 조심하자. 거주지를 택할 때는 물로부터 안전한가를 고려한다. 야유회 갔을 때 갑작스럽게 물이 불어날 수 있으므로 물가에 텐트치지 마라. 바닷가에서 갯바위와 파도를 조심한다. 물놀이 뱃놀이 갈 때 구명복을 입자. 외국여행할 때는 마시는 물을 가린다. 접시 물도 조심하고 홍수도 조심한다.

땅을 조심하자. 오염된 토양, 낙석과 무너지기 쉬운 땅을 피한다. 지진·화산·해일 등 자연재해가 일어나기 쉬운 땅은 피한다.

불 조심하자. 집에서의 화재주의는 평생을 소홀히 해서는 안된다. 집에서의 가스 불, 밖에서의 가스폭발, 그리고 전기누전, 특히 비오는 날 길거리 전기누전을 주의한다. 꺼진 불도 다시 보자.

바람을 조심하자. 태풍 부는 날 가로수와 천둥번개를 염두에 둔다. 그리고 배 타고 바다에 가지 마라.

나쁜 음식, 나쁜 친구, 나쁜 마음, 돈 욕심을 조심하자. 이것은 피할 수 있다. 그러나 잘못 하면 큰 재앙을 불러온다. 미리 챙기고 조심하는 것이 상책이다.

나는 어릴 때 철봉하다 두 번 떨어져 죽을 뻔했다. 그리고 세 번의 교통사고로 죽을 뻔했다. 또 증조할머니는 개천가에 있는 집에 살다가 홍수로 물이 갑자기 불어 넘쳐나 돌아가실 뻔했다. 천우신조로 살아났다.

고통과 어려움을 없애주는 구고구난(救苦救難) 관세음보살님께서 우리 사랑이들을 굽어 보살피시어 위험으로부터 미리미리 막아주시고 벗어나게 해주시기를….

# 경험이 곧 인생이다

　　지혜로운 사랑아, 아침에 일어나 바깥을 보면 햇빛
이 너무나 찬란하고 광채가 난다. 아주 상쾌하고 시원하고 깨끗
한 빛이다. 새롭게 느껴지는 맑은 빛이다. 이 햇빛을 받은 건물과
나무들 어느 것 하나 아름답지 않은 것이 없다. 옛날 중국의 신화
에 나오는 태양의 여신 희화가 열 명의 태양 아들을 매일 매일
깨끗이 목욕을 시켜 하나씩 하늘로 띄워 올린다고 하더니 태양
은 갓 목욕한 것처럼 청초하다. 세상이 생기가 돈다. 태양이 나타
나는 날마다 색다른 신비한 모습을 보는 듯하다. 그 눈부신 햇살
속에서 너희들이 웃는 얼굴로 우리에게 아침 인사를 하는구나.
너희들 인사를 받으러 아침마다 일어나면 창밖을 본다.
　　사람은 태어나면서부터 죽을 때까지 무엇을 하든지 모든 것이 새로운 경험이다. 되풀이 되는 것은 없다. 이 모든 경험이 모이고 쌓인 것이 자기의 일생이고 자기의 인생이다. 사람마다 제각기 다른 경험하기 때문에 인생이 달라지는 것이다. 무엇을 경험하느냐에 따라 운명도 바뀌고 삶도 바뀐다. 많은 경험을 하면 인생도 풍부해진다. 같은 행위를 반복하고 연습하는 것도 엄밀히 따지면 모두 새로운 경험이다. 똑같은 것은 없다. 사람에 따라 새로운 세계를 경험하기를 즐기는 사람도 있고 싫거나 두려워하는 사람도 있다. 생명에 지장이 없는 한 다양한 경험을 해보는 것이 좋지 않을까. 그러나 위험이 없고 안전한 경험 중에 큰 경험이 있을까. 나 같은 사람은 번지 점프, 낙하산 타고 내리기, 히말라야 등반, 수중 다이버, 카 레이싱 등은 꿈도 못 꾼다. 그것으로 인한 쾌감과 스릴 행복감은 아무리 클지언정 포기한다.

경험 중에는 남에게 보시하고 남을 사랑하는 좋은 경험과 구업(口業)을 짓거나 폭행을 하는 나쁜 경험이 있고, 논밭에서 농사일 하거나 기차여행 같은 비교적 안전한 경험과 높은 건물을 짓거나 음주운전 같은 위험한 경험도 있다. 사람으로 태어나서 되도록 해봐야 하는 경험은 부모 모시기 결혼하기, 되도록 하지 말아야 할 경험은 생명에 위해를 가하는 일 도둑질하는 경험이 아닐까.

사고(思考)를 하거나 독서를 하는 정신적 경험과 운동을 하거나 근로를 하는 육체적 경험이 있다. 모든 경험이 상대적으로 비교될 뿐이지 절대적으로 그렇게 꼭 구별되는 것은 아니다. 자기가 의도적이건 비의도적이건, 자기가 행하기 원하든 원하지 않던 경험할 수밖에 없는 경우가 있다. 군인과 공무원과 같은 신분의 사람은 법과 조직의 문화에 따라 행동해야 하므로 좋은 일이면 다행이지만 옳은 일인지 그런 일인지 불분명하드라도 어쩔 수 없이 어떤 일에 휘말리고 만다. 이것은 억울한 경험이다.

옛날 내가 대학에 다닐 때 어느 교수님이 말씀하시던 것이 생각난다. 착하고 바람직한 경험만 한 학생보다 나쁘든 좋든 다양한 경험을 한 학생이 후일 더 유능한 교사가 될 확률이 높다고 했다. 머리가 좋아 어려운 수학문제를 쉽게 해결하는 학생보다 애써서 문제를 풀어본 학생이 다른 학생에게 가르쳐 줄 때는 더 이해하기 쉽도록 설명할 수 있을 것이다. 자기가 문제를 풀기 위하여 다양한 경험과 힘든 길을 헤매 보았기 때문에 가능한 것이다.

어떤 길을 가본 사람은 그 길을 잘 안다. 그 길을 가본 사람이 인도하는 것과 가보지 않은 사람이 인도하는 것과는 판이한 차이가 있을 것이다. 국가 지도자나 조직의 지도자의 경우도 마찬가지이다. 지도자는 다양하고 많은 경험을 갖추어 어느 길이 바르고 옳은 길인지 미리 알고 그 길로 국민과 조직을 이끌어야 할 것이다. 지도자의 덕목 중에 역경 극복경험과 혜안 아닐까.

경험은 행복, 성공, 창조와 창의, 문제해결, 자신감, 생명 등 자기일생의 대부분을 좌우한다. 경험의 일부는 업(業)이 되어 현세

뿐만 아니라 내세에까지 그 힘이 미친다. 경험은 행복의 가지 수를 많게 하고 폭도 넓혀주고 종류도 많게 하여 행복이 풍요롭고 풍부해진다. 어떤 사람은 경험이 행복의 요소 중에 제일로 치는 사람도 있다. 어떤 사람에게는 실패한 경험 성공한 경험이 있다. 이 두 가지 모두 다른 일의 성취에 밑거름이 되는 것은 명약관화(明若觀火)한 것이다. 대체로 아침에 일어날 때와 저녁에 잠들기 전, 마음이 고요하고 평안할 때 창의적인 생각이 떠오르는 경우가 많다. 하룻동안 많은 경험을 하고 나서야 비로소 창의성이 일어나기 때문이다. 다양한 경험을 많이 하면 당연히 문제 해결력이 나아지고 자신감이 생긴다. 그리고 경험해봄으로써 위험요소를 잘 알게 되므로 생명연장에 도움을 준다.

경험은 직접경험과 간접경험, 현실경험과 가상경험, 정신적 경험과 육체적 경험으로 나누어 생각해볼 수 있다. 그리고 경험 가능한 것과 경험 불가능한 것이 있다. 모든 경험을 다할 수 없다. 남이 이미 한 경험을 자기가 다시 해도 괜찮겠지만 효과적으로 경험해야 한다.

경험을 다양하게 가장 효과적으로 할 수 있는 방법으로는 독서, 명상, 학습, 여행, 영화 등이 아닐까.

운동, 문학, 예술도 물론 중요하다. 한 마디로 말하면 견문(見 聞)을 넓히는 것이다. 독서는 남이 경험한 것을 풍부하게 간접적으로 경험할 수 있고, 명상은 정신세계의 경험을 넓혀갈 수 있고, 여행은 여기저기 세상 생긴 것과 사람 사는 것을 경험하게 되고,

문학과 영화는 자기가 경험할 수 없는 것을 경험하게 해준다. 운동과 예술은 정서나 감성의 세계를 경험하게 한다. 또한 이들은 적은 시간에 많은 것을 경험하게 하고, 많은 공간과 과거·현재·미래의 모든 것을 경험하게 하고, 직접적으로는 도저히 경험할 수 없는 경험을 하게 하여 인생을 풍요롭게 하고 더욱 값지게 한다. 틈만 나면 부지런히 이것들을 행하자. 같은 것을 경험해도 결과는 제각기 다르다. 경험이 다르면 인생도 다르다.

경험이 곧 자기의 인생이고 자기의 행복도 좌우한다. 경험은 안 하는 것보다는 해보는 것이 좋지 않을까. 남과 자기에게 치명적인 경험은 하지 말아야 한다. 그것은 생명을 해치는 일, 남의 것을 빼앗는 일, 남과 원수 맺는 일 등은 경험해보지 않아도 된다. 자신의 정신세계를 살찌우는 일, 남에게 자선을 베푸는 일, 사람을 즐겁게 하는 일 등은 많이 경험해볼수록 좋다. 쉬지 말고 이것저것 부지런히 경험하자. 하루해는 긴 것 같지만 금방 저물어 밤이 온다. 더 많이 경험하는 것이 더 자기를 키우는 것이다.

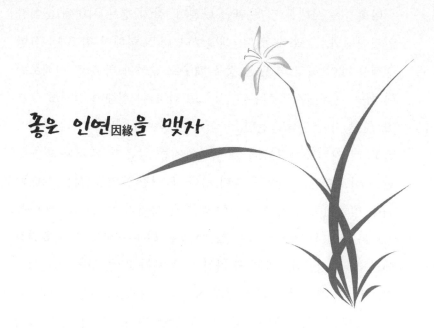

# 좋은 인연因緣을 맺자

어질고 바른 사랑아, 들과 산에는 꽃이 피고 연못에는 연꽃이 자라고 올챙이가 알에서 깨어나려고 한다. 가치가 알을 낳기 위해 나뭇가지를 물고 와서 집을 짓는다. 세상의 뭇 미물들도 기지개를 펴고 살아갈 준비를 한다. 일생이 짧은 것은 태어나서 성장하고 번식하고 사라져 가는 기간이 짧다. 사람은 비교적 일생이 긴 편이다. 일생을 하루 스물네 시간에 비교하면 너희들은 아직 새벽 두 시에 불과하다. 푹 잘 시간이다. 자고 나면 상쾌한 몸과 마음이 되도록 낮에 맺은 나쁘고 좋지 못한 것을 잠자면서 털어내고 중화시키고 악연을 풀어 버리면서 달콤한 잠을 자면 된다. 요즘 너희들과 같은 어린이들은 하는 일이 너무 많아 안타깝다.

너희들은 시대를 잘못 만난 탓일까. 살기 힘든 시대에 태어난 인연이랄까. 그럴 수 있다. 옛날보다 더 노력해야 하고 더 심한 경쟁을 해야 하고 더 많은 것을 배우고 알아야 하고 더 지혜로워야 하는 시대인지도 모른다. 앞으로 점점 더 심해져 갈지도 모른다. 한편 이런 생각도 든다. 요즘 사는 사람이 옛날보다 더 욕심이 많고 더 자기중심적이고 더 영악하지는 않은지. 과거와 현재를 단순 비교한다는 것은 무의미 하다. 하여간 오늘날 젊은 세대는 너무 힘들어하고 있다. 이것이 해결될 기미가 보이지 않아 마음 아프다. 분명히 세상은 나아졌는데 삶은 더 어렵다는 것은 합리적이지 않다. 지금까지 인류의 가장 큰 문제가 기아, 역병, 전쟁이었다. 이것이 오늘날 거의 대부분 해결되거나 관리 가능해졌다. 이제 오순도순 살면 된다. 행복하게 살면 된다. 좀 더 가치 있는 인생을 살면 된다. 그런데 점점 더 거꾸로 가는 듯하다.

평화롭고 행복하고 오래 살고 하늘에 사는 천인(天人)처럼 자유롭게 살려면 아마도 좋은 인연들을 만나야 하나 봐. 무엇보다 세상을 잘 만나야 하고 때를 잘 만나야 하고 울타리 역할을 해주는 나라와 함께 살아가는 공동체를 잘 만나야 한다. 물론 부모형제, 부부, 선생님, 선·후배, 친인척, 친구, 친지도 잘 만나야 하고, 좋은 직장도 가져야 한다. 물 좋고, 산 좋고, 땅 좋고, 공기 좋고, 기후 좋고, 때맞추어 비도 오고, 햇빛도 좋은, 자연환경을 만나면 더 할 나이 없이 좋지 않을까. 반면에 태어나고 늙고 병들고 죽는 생노병사(生老病死)의 고통, 구하려고 하여도 구하지 못하는 고통인 구부득고(求不得苦), 원망스럽고 증오스런 것과 만나야 하는 고통인 원증회고(怨憎會苦), 사랑하는 것과 헤어져야 하는 고통인 애별리고(愛別離苦), 인간 존재 자체가 고통이라는 오음성고(五陰盛苦) 같은 고통과는 만나지 않으면 오죽이나 좋을까.

인연(因緣)이란 무엇이 일어나게 하는 직접적안 것을 인(因), 간접적인 것을 연(緣)이라 하고 이것을 합한 것을 인연이라 한다. 열매를 맺을 때 꽃이 피어야 하는 것은 인(因), 때마침 바람이 불어야 하는 것은 연(緣)이 아닐까. 인연의 또 다른 하나의 뜻은 인은 원인이 되는 하나하나를 뜻하고 연은 두 인 사이의 관계를 말하기도 한다. 학생과 선생은 각각 인이고 두 사이를 맺어준 스승과 제자라는 관계는 연이 되는 것이다.

인연은 길에서 우연히 아는 사람을 만나는 것과 벼락이 치면 천둥이 필연적으로 따르는 것과 같은 인연이 있다.

부모자식 간의 인연은 우연인가 필연인가. 서로가 원해서 맺어진 인연일까, 아니면 어느 한 쪽만 원한 인연일까, 그것도 아니면 둘 다 싫은 억지로 맺어진 인연일까, 전생의 인연일까 현생의 인연일까, 저절로 맺어진 인연일까 누군가 맺어준 인연일까. 인연 중에 제일 잘 만나야 하는 인연이 부모자식의 인연과 부부 간의 인연 아닐까. 서로의 인생을 좌우한다. 자식은 젊어서, 부모는 늙어서 받는 복이 부모자식 간의 좋은 인연 복이고, 일생을 좌우하는 것이 부부 간의 인연 복이다. 한평생 좋은 인연으로 남기도 하고 잘못 하면 나쁜 인연으로 변해 가기도 한다.

전쟁과 같은 재앙과 액운은 악연 중에 악연이 아닐까. 피할 수 있는 인연인가 피할 수 없는 인연인가. 이러한 악연은 평화와 자유를 빼앗아가는 처참한 것이다. 사람으로 살아갈 수 없게 만드는 최악의 인연이다. 최대한 피할 만큼 피하고 악연이 맺어지지 않도록 미리미리 살피고 대비해야 한다. 어떻게 하면 모든 인연을 아름다운 선연(善緣)으로 맺어 가느냐 슬픈 악연(惡緣)으로 만들어 가느냐는 자기 자신에게 달렸다. 대부분의 자연의 인연, 사회의 인연, 인간관계의 인연은 이와 같다.

전생의 인연이야 어찌 할 수 없을지라도 현생과 내생에서는 서로 악연은 맺지 말아야 하지 않을까. 좋은 인연은 맺고 악연은 맺지 않으려면 어떻게 하면 될까. 무엇보다 선(善)과 덕(德)을 쌓는 것이 제일 아닐까. 그리고 매일매일 참회하고 선연은 맺고 악연은 맺지 말기를 기도하고 지혜를 넓혀가야 하지 않을까. 이미 맺어진 좋은 인연은 더욱 좋게 하고 나쁜 인연은 끊어버리려는 부단한 노력이 필요하다. 선연으로 맺어진 것은 쉽게 사라지고 악연으로 맺어진 것은 끈질기게 떨어지지 않으려고 하는 것이 인연의 속성인 것 같다. 맺어진 인연이 업(業)이 되어 과거 생, 현생, 미래 생에 걸쳐 삶에 영향을 미친다. 어느 한 생에서도 쉬지 않고 선연은 더욱 좋게, 악연은 철저히 멀리 할 것을 염두에 두어야 한다.

세상의 모든 것은 연기(緣起)로 이루어져 있다. 서로 의존하여 생성되기도 하고 사라지기도 한다. 사람의 몸도 수많은 인(因)들이 어떤 연(緣)으로 모여 형성되어 있다. 어느 하나라도 없어지면 몸이란 것도 사라진다. 사람의 정신세계도 이와 같다. 태양도 혼자 존재할 수 없다. 허공이 있어 지탱해주어야 하고 뭇별들이 서로 밀고 당기고 하는 힘이 있어야 하고 스스로를 태우는 물질이 있어야 존재할 수 있다. 꽃이 하나 피는 데도 햇빛이 있어야 하고 물이 있어야 하고 기다림이 있어야 한다. 뭇생명이 살아가는 것도 이와 마찬가지이다. 이것이 있어야 저것이 있다. 저것이 사라지면 이것도 사라진다. 남이 있어야 내가 있고 내가 있어야 남이 있다. 모든 것이 공존해야 해는 이유가 바로 여기에 있다. 이 세상에 존재하는 어느 하나 귀하고 중하지 않은 것이 없다. 서로 선연은 맺고 악연은 맺지 말아야 한다.

우리는 하늘이 주신 인연일까, 우리가 서로 전생에 맺은 인연일까. 지금까지는 좋은 인연으로 남아 있는 것을 무척 고맙게 생각한다. 제발 바라건대 앞으로는 더욱 더 좋은 인연으로 나아가야 한다. 소중하고 귀한 인연 언제까지나 이어져야 한다. 그러려면 서로가 도리를 지키고 자기의 역할과 본분을 다해야 한다. 무엇보다도 사랑의 연(緣)이 더욱 강해야 한다. 어느 한 쪽의 노력만으로는 성립되지 않는다. 이것이 행복으로 가는 지혜의 길이다.

# 서서히 조금씩 이루자

　　하늘과 땅 같은 사랑아, 너희들 커가는 모습 보는
것이 제일의 기쁨이다. 마음 같으면 너희들 다니는 학교에 너희
들을 데려다주고 데리고 오고 싶단다. 한 손은 손 잡고 한 손은
가방 받아들고 이야기하면서 학교에 같이 다니고 싶구나.

　　옛날에 인도 카필라국 왕자 싯달타 태자가 말하기로 사람에게
한꺼번에 오는 엄청난 큰 복(福)과 지혜는 더 큰 재앙이 올 수도
있으니까 조금씩 조금씩 차츰차츰 서서히 찾아오는 것이 낫다고
하셨다. 큰 복과 지혜를 받을 준비와 감당할 능력이 없으면 그것
으로 인해 더 큰 화(禍)를 입는다. 항상 복 받을 준비하자. 그리고
빗물이 한방울 한방울 모여 강이 되고, 강물이 모여 바다가 되듯
이 복은 그렇게 쌓여서 대복이 되어야 한다고 하셨고, 초하루

달이 하루 가고 이틀 가면서 차츰 차츰 커서 보름이 되면 완전히 둥근달이 되어 세상을 밝게 비추듯이 지혜도 점점 자라 크나큰 대지혜를 이루어야 한다고 하셨다.

복권을 사서 대박이 난 사람 중에 그것을 감당하지 못하고 패가망신한 사람, 부모 재산을 이어 받아 돈 귀한 줄 모르고 마약 도박으로 탕진한 사람, 주식과 부동산으로 갑자기 떼부자가 되어 더 크게 투자하다가 몸까지 망친 사람, 깜이 되지 못하면서 벼락출세하여 세상 무서운 줄 모르다가 범죄자가 되는 사람이 모두가 과욕과 어리석음의 결과이다. 일배 이배 삼배 하다 보면 어느 듯 칠팔십배 한다. 힘들지만 또 한다. 그러다 보면 백팔배를 하게 된다. 등산하는 사람은 한걸음 한걸음 오르다 보면 정상에 다다르게 된다.

사람은 한꺼번에 단번에 이루고 많이 가지려 한다. 이것이 터무니없고 황당한 과욕이다. 자기만 그렇게 될 수 없다. 이루고 가진 것을 담은 그릇도 동시에 키워가야 한다. 넘치면 그 화(禍)가 다른 데로 옮겨간다.

공부도 하루하루 조금씩 조금씩 쉬지 않고 하노라면 자기도 모르게 공부 잘하는 사람이 되어 있게 된다. 욕심내지 말고 실력을 쌓아가자. 물리가 확 트인 큰 사람이 되자.

# 가정을 중히 여기자

하늘보다 높은 사랑아, 이제 너희들도 엄마 아빠와 떨어져 잠을 잔다고 하더구나. 참으로 장하구나. 점점 커 가는 모습이 대견하구나. 축하 격려 보낸다. 매일 그렇게 자는지 아니면 어쩌다 그렇게 자는지.

너희들이 리코더를 잘 부르더구나. 너희 아빠들이 그 나이 때 리코더를 불렀단다. 리코더 소리를 들으니 너희 아빠들 클 때 생각이 나더구나. 우리의 생애 통틀어 너희 아빠들이 너희들만 한 그때가 가장 행복했을 거야. 너희들을 통해 새삼 그 행복했던 때로 돌아가게 되는구나. 물론 너희들이 현재 만들어주는 행복 또한 무한이 크다. 고마워.

우리에게는 너희 두 아빠만 있고 딸은 없다. 내가 딸이 없다고 하니까 손녀 녀석이 하는 말이 '할아버지는 손녀들 우리가 있잖아요'라고 한다. 가끔 딸이 있었으면 하던 생각이 싹 사라졌다. 너무나 고마웠다. 너희 두 아빠가 낳은 너희들 셋은 이 세상에서 가장 가까운 혈육이다. 서로 힘을 합쳐 가문을 빛내어라.

나는 가끔 나의 부모님이자 너희들 증조부모님 생각이 난다. 나이가 이렇게 많은 아들을 지금도 걱정하고 계실 거야. 작은 변이라도 당할까, 작은 일이라도 잘 풀리지 않을까, 남으로부터 미움을 사지나 않을까, 먹을 것과 잠자리는 충분할까. 아마 그러고 계실 거다. 항상 그러고 계셨으니까. 어디 그 마음 변했을까. 더구나 너희 아버지들인 손자 사랑은 끝이 없었다. 지금쯤은 틀림없이 아들 걱정보다 손자 걱정이 더 많으실 거다. 큰 손자 작은 손자를 항상 도와주고 계실 거야. 그러지 않고는 한시도 가만히 계시지 못하는 분이시니까.

너희들이 우리와 크고 높고 거룩한 인연이 닿아 우리가 서로 만났으니 우리는 참으로 기쁘다. 너희들이 우리를 반가이 맞아주면 얼마나 좋은지 몰라. 너희들이 있으니 우리 마음이 얼마나 평화로운지 몰라. 세상이 우리를 잊어도 너희들은 우리를 잊지 않겠지 하는 생각이 우리를 행복하게 만든다.


우리는 청와대 관람을 하고 왔다. 나의 친구들 내외분들과 함께 갔다. 봄이라 꽃도 많이 피어 조용하고 아름다운 곳이더라. 서울에서 제일 명당자리라고 하더구나. 훗날 너희들도 한 번 가볼 만한 곳이더라. 대한민국의 중심인 곳이다. 사진도 찍었다.

너희 할머니사진이 참으로 예쁘게 나왔다. 이승만 대통령 때 경무대라고 불렀는데 윤보선 대통령 때 지붕의 기와가 푸른색이라 청와대라 이름 지었다. 일제강점기에 조선총독관저가 있었던 곳을 없애고 확장하여 지금의 대한민국의 중심지로 삼았다.

태어난 사람은 누구나 부모가 있고 조상님이 계신다. 조상님들이 계신 곳이 가문의 중심지이다. 윗대 조상은 4대 증조부모까지는 간혹 볼 수 있지만 그 위는 알기 힘들다. 대개는 조부모와는 함께 살아 누군지 기억한다. 현재 우리 집안은 너희들의 8대조 조상님과 그 아래는 묘소를 알고 있지만 그 윗대는 어디에 사셨으며 묘소는 어디 있는지 잘 모른다.


옛날 사람들은 조상의 산소를 무척 중히 여겼다. 조상 산소는 마음의 고향이고, 자신의 뿌리와 근본이 조상이므로 조상의 영원한 안식처를 마련하고 지키는 것이 사람의 도리라 생각했다. 되도록 길지(吉地)에 모시면 조상님도 안락하고 극락 가고, 자손도 복받고 부귀영화롭고 행복하다는 이야기가 있다. 풍수지리에 따라 명당을 찾으려고 저마다 애쓴다. 명당은 찾는다고 얻어지는 것이 아니라 복 받을 사람에게 저절로 찾아온단다. 효성이 지극하면 하늘이 감동하여 그 자손에게 내리는 선물이다. 효성이 지극하다는 뜻의 사자성어 중에 반포지효(反哺之孝)라는 말이 있다. 이 말의 뜻은 다 자란 까마귀는 힘이 없는 어미까마귀에게 먹이를 물어준다는 것이다. 까마귀도 효성을 다하는데, 하물며 사람이야 말할 것도 없지 않은가?

우리 선산이 몇 년 전부터 개발에 휩쓸리게 되었다. 그 후부터 우리 집안의 큰 걱정이 되었다. 지난 해 가을 내가 잘 아는 분을 모시고 조상님을 모실 곳을 찾아 나섰다. 집안사람들이 너희 고조부모님이 계신 곳이 좋다고 하여 그곳을 우리 조상님의 영원한 안식처로 정했다. 낙동강이 휘감아 흐르고, 더 멀리는 산이 이어져 있다. 하루 종일 해가 비치는 양지바른 곳이다. 이곳을 새로운 선산으로 정해 윗대 조상님들을 모시게 되었다. 부디 우리 조상님들 극락세계에 왕생하시기를 축원합니다.

행사를 마치고 손자를 데리고 내가 옛날 어릴 때 살던 곳에 갔다. 지금은 변했지만 내가 태어난 장소, 다녔던 초등학교, 중학교를 둘러보고, 초등학교 바로 앞에 내가 어릴 때 증조할머니와 둘이서 함께 살던 집 앞에서 사진도 찍었다. 나는 감회에 젖었지만 우리 손자는 피곤하여 지루한 것 같았다. 나는 손자에게 하나라도 자기의 과거를 알려주려고 애썼다.

기회가 있으면 조상 모신 곳에 자주 가야 한다. 그곳을 우리 자손들은 잊지 말아야 한다. 잘 가꾸어야 한다. 조상을 섬기고 후손을 사랑하는 것이 사람의 도리(道理) 아니겠는가.


계절의 여왕 오월이구나. 몸과 마음 무럭무럭 성장해야지. 좋은 철을 만나 좋은 꿈도 꾸어야지. 이제 너희들도 가문의 일원이 점점 되어 가고 있구나. 옛날에는 일가친척들이 한 곳에 한 마을에 살면 서로가 가깝게 지낼 혈족이다. 지금은 서로 흩어져 있지만 가문에 큰 일이 있으면 서로 힘을 합해야 할 사람들이다.

세상의 모든 것에 대하여 감사하고 사랑을 아끼지 말아야 한다. 가족을 등한히 하거나 무심코 지내기도 한 것은 아닌지, 가족의 고마움을 모르거나 잊었거나 한 것은 없는지, 혹시 가족에게 무례하거나 상처를 주지는 않았는지 되돌아보아야 한다.

소외된 어린이와 부모들은 아무도 찾지 않으면 얼마나 서러울까. 얼마나 쓸쓸하고 외로울까 하는 마음도 가져야 한다. 가정은 행복의 샘이다. 행복이 솟아나는 원천이다. 가정에서 솟아나는 행복의 물이 풍부하면 자기의 행복이 충만하고 행복의 물이 적거나 메마르면 자기의 행복은 시들거나 사라진다. 가정의 화목과 행복이 장수와 건강과 성공의 조건이다. 명심하여라.

우리사회는 불과 삼십 년 전쯤만 해도 대가족사회였다. 대가족에서 소가족으로, 소가족에서 핵가족으로, 핵가족에서 독신가족으로 변하는데 걸린 시간은 순식간이었다. 가족 해체가 끊임없이 일어나고 있다. 자식이 부모를 밀어낸 지는 이미 옛날이고, 이제는 부모도 자식을 안으려 하지 않으려고 한다. 하물며 형제간은 거의 남남 수준이다. 과거 문화에 젖은 우리는 할 말을 잊고 있다. 세상 따라 산다고 하지만 쉽게 받아지지 않는다. 법적으로도 가족은 혈연으로만 따진다. 이러하니 사회 문제가 복잡하고 거칠다.

다시 말하면 자기 자신 말고는 모두가 남이니까 용납이 없고. 배려가 없고, 베풂이 없고, 참음이 없고, 손익만 따지고, 논쟁만 있다. 오직 자신만 있지 위로는 부모 아래로는 자식도 없다.

이러한 물결이 흘러 정착하면 그때는 그때 문화이니까 그러려니 하지만 지금은 커다란 변혁기이므로 사회적 대혼란이다. 다시 가족 관계가 복원되어야 사람 사는 맛이 나지 않을까. 우리는 가족 사랑으로 살자.

가족 간의 화목과 사랑 아무리 강조해도 모자란다. 가족 간에 각자 자기의 위치에서 가족에 대해 자기의 할 바를 다하려고 노력하자. 가족에 대한 헌신과 사랑은 대가를 기대해선 안 된다. 대가가 있든 없든 그저 그렇게 할 뿐이다. 그렇게 하기 참으로 어렵고 힘들다. 그래도 그렇게 해야 할 이유는 가족이란 이유 하나뿐이다. 가족이 자기에게 하는 사랑과 헌신이 있으면 고마워하고 없으면 개념치 말자. 이렇게 살다 보면 언젠가는 자기가 행한 사랑과 희생만큼 하늘이 되돌려준다. 조금도 적지 않고 오히려 이자만큼 불려서 돌려받는다. 자기는 희생과 사랑을 베풀지 않고 바라는 것은 도적놈 심보이다. 도적이 별 것 아니다.
나는 가족에게 어떤 존재인가. 우리 모두 다시 한 번 깊이 생각해보자. 가정은 행복의 샘, 가족은 또 하나의 자기 자신이다. 가정이 있고 가족이 있는 삶이 얼마나 소중하고 고귀한지.

# 명절은 가족과 함께 보내자

  땅보다 넓은 사랑아, 가을은 일 년을 살아가기 위해
필요한 것을 거둬들이는 계절이다. 저장하는 계절이다 북극의
곰은 회귀하는 연어를 많이 먹어 몸을 불리고 기름지게 하여 겨
울을 지내고, 산 속의 다람쥐는 도토리를 열심히 주워 모아 땅굴
속에 저장하여 겨울 양식을 준비한다. 결실의 계절에 몸을 튼튼
히 하고 지혜를 쌓아가자.

  올해 추석 때는 우리 가족 모두 한데 모여 추석을 보냈다. 작년
은 외국에 가 있는 가족이 있어 허전한 추석이었다. 올해는 별미
인 할머니 연잎 밥으로 우리 가족 모두의 심신의 안정과 건강을
도모하고, 할아버지 양갱으로 별식을 해 먹었다. 너희들이 맛있
어 하고 좋아해서 추석이 즐거웠다. 내년도 이랬으면.

너희 아빠 어릴 때 추석은 고향에서 주로 보냈다. 너희 증조할아버지께서 계실 때도 있었고 안 계실 때도 있었다. 너희 아빠들은 고향의 또래의 일가친척과 잘 어울려 놀기도 했다. 많고도많은 집안사람들이 모여 제사를 지내고 북적북적했다. 그리고산소에 가서 성묘도 하고 조상을 기렸다.

내가 어릴 때 추석은 참으로 기다려지는 명절이었다. 무명천을 밤물 들여 만든 새 옷도 입고, 새 고무신이나 운동화를 미리사 놓고 추석날 신으려고 그 날을 기다리고 기다린다. 동네 친구들이 패로 나누어 공을 차는 즐거움이 무척 컸다. 나는 너희 증조할머니 손잡고 이십 리 길을 걸어 추석 쇠러 고향으로 갔다.

추석은 중추절 또는 한가위라고도 한다. 설날과 더불어 우리나라 2대 명절이다. 평소에 멀리 떨어져 사는 부모 형제 일가친척도 오래간만에 만나서 서로 정을 나눈다. 그리고 윗대 조상님을 기리는 제사 또는 차례를 지낸다. 사람이 모였으니 윷놀이·그네뛰기 등 놀이도 하고 노래도 부른다. 세월이 거듭되는 동안풍속도 엄청나게 바뀌었다.


우리나라에 또 하나의 큰 명절이 있다. 설날이다. 설날을 지나면 나이를 한 살 더 먹는다. 우리는 나이가 너무 많다. 연세가보통 정도의 나이가 아니다. 옛날 설날은 큰집 작은집 등 많은가족이 모이고, 멀리서도 친척이 한데 모여 제사도 지낸다. 자주만나지 못하는 일가친척도 이날은 웬만한 일 다 제치고 고향을찾아 서로 만나 정을 나눈다. 즐길 만한 놀이가 별로 없으므로 화투를 치거나, 윷놀이를 하거나, 술을 마시며 한때를 보낸다.

삶이 힘들어 조상님을 잘 받들지 못하고, 살아 계시는 부모님을 비롯한 웃어른께 평소에 소홀히 한 효도를 이날만이라도 하려고 애쓰는 날이다. 옛날에는 먹는 것이 제일이었으니까, 이것저것 맛있는 것을 장만하느라 분주했다. 그리고 어른 아이 모두 새 옷을 지어 입었다. 설날은 음력으로 정월 초하루(음력 1월 1일) 날이다. 양력으로는 보통 2월 초에 든다. 새봄이 시작되는 입춘 근방에 드는데, 음력으로 금년은 윤달이 있어 설날이 매우 늦게 드는 셈이다. 농부는 한 해 농사일을 시작할 무렵이기도 하다. 모두 소원성취, 안가태평을 염원하기도 한단다.

지구가 해를 중심으로 돌고 있는데 일 년에 한 바퀴 돈다. 지구는 올 설날에 있던 자리에 일 년 후 내년 설날에 그 자리에 다시 온단다. 사람들은 지구를 타고 태양을 도는 여행을 하는 셈이다. 올 해는 멀리 있는 우리 식구가 많다. 어디에 있든 모두 건강하고 행복하기를 기원한다.


한해 한해 좋은 모습으로 성장해 가는 너희들을 지켜보는 우리는 말할 수 없이 흐뭇하다. 같이 있지 않아도 항상 우리 곁에 너희들이 있다. 몸은 떨어져 있어도 마음속에는 온통 너희들 그리는 생각뿐이거든. 이 세상, 이 우주에 있는 모든 것은 서로 끌어당기는 힘 만유인력이 있단다. 해와 지구 그리고 지구와 달은 서로 당기는 힘이 있어 헤어지지 않고 일정한 거리를 유지하면서 존재하고 있다. 이 힘은 볼 수도 듣지도 느끼지도 못하는 암흑

물질이라는 것으로 되어 있다고 하구나.

우리 사랑이 들과 우리 사이에는 어떤 물질이 있어 서로 항상 끌고 있을까. 신기하구나. 유전물질일까, 사랑물질일까, 정신물질일까, 신의 물질일까, 암흑물질일까. 도저히 모르겠다. 신묘하고 기묘하고 오묘하구나. 그 물질이 내는 힘은 무척 강하고 뜨거워 하늘이 놀란단다.

자연법칙에서 두 물체 사이에 작용하는 힘은 거리가 멀수록 약하다고 한다. 그리고 질량이 큰 쪽이 중력이 세단다. 말이 어렵지 훗날 크면 저절로 안다. 너희들과 우리는 가까이 있을 때나 멀리 있을 때나 사랑의 힘은 변함이 없다. 아마도 사랑의 힘이 강한 쪽은 우리 쪽이 훨씬 쎌 거야. 설날에 외국에 있는 두 녀석은 세배하는 모습을 사진으로 보내주어 세배를 받았고, 이곳에 있는 녀석은 집에서 예쁘게 세배를 받았다. 모두 예쁜 한복을 차려 입어 세배가 더욱 좋았단다.

올 해도 아무 탈 없이 건강하고 맑고 향기롭게 지내 거라. 사랑의 향기가 사방에 퍼져 나가 이 세상을 가득 채워주면 오죽이나 좋겠나.

# 양보는 미덕일 수 있다

무궁한 사랑아, 요즈음 너희들은 학교공부 과외공부 하느라 나와 전화하기도 어려운 것 같아. 공부도 열심히 해야지. 빗방울 한방울 한방울 모여 큰 바다를 이루어 세상에 생명의 물을 제공하고 대기의 흐름을 만들어 뭇 생명이 살아간다. 이와 같이 너희들도 하루하루 공부하고 경험하여 삶의 큰 지혜의 바다, 지혜의 하늘을 이루어라.

사람은 홀로 살기 어렵다. 더불어 산다. 세상의 모든 것을 가능하다면 자기 혼자 갖고 싶어 한다. 이것은 불가능하다. 동물은 모든 것을 오직 힘에만 의존한다. 그러나 사람은 생각과 뜻을 소통하여 문제를 해결할 수 있는 수단을 갖고 있다. 서로 좋은 것을 차지하려고 할 때, 서로 자기 뜻대로 하고 싶을 때, 서로 자기의 안전을 확보하려 할 때 다툼과 경쟁이 생긴다.

남과 같이 사는 세상에는 저절로 지배욕, 과시욕, 인기욕, 부유욕, 숭배욕, 평안욕, 탁월욕 등이 여기저기에 짝 깔려 있다. 인간 삶이 이 욕망의 충돌을 어떻게 해결해 가느냐 하는 것의 연속이다. 잠시라도 이것을 벗어난 삶은 없다. 어떤 사람은 경쟁에서 이기는 쪽을 선호하고 어떤 사람은 되도록 타협하거나 양보하는 쪽을 가르치고 있다.

양보하지 않으면 서로 불편하기도 한다. 일상생활에서 급한 일이거나 위험한 일이 아니면 서로 양보하는 미덕이 있는 사회가 선진사회이다. 양보를 하면 그 순간은 자기에게 손해라고 생각되는 것이 더 좋은 회향(廻向)으로 돌아올 수도 있다.

경쟁에서 살아남아야 한다. 혹시 경쟁에서 지더라도 너무 절망하면 안 된다. 너희 증조모님은 나에게 '사람살기 팔모이다'를 가르쳤다. 또 다른 길이 있다는 뜻이다.


경쟁에 이기려고 불법·탈법·편법 등을 쓰면 절대로 안 된다. 이겨도 곧 망하는 길이다.

양보할 때 양보하고, 타협할 때 타협하고 경쟁할 때 경쟁해라. 이것을 잘 가리고 경쟁에서 이길 수 있는 지혜와 용기를 갖추려면 많은 공부를 해야 하고 풍부한 경험을 쌓아야 한다.

# 귀하고 중한 것을 알자

믿음직한 사랑아, 우리 모두 모여 증조할머니 제사를 지냈다. 증조부모님이 참으로 좋아하셨을 것이다. "오냐, 내 새끼들. 참으로 귀엽고 예쁘구나"라고 틀림없이 말씀하셨을 것이다. 아마 증조부모님이 너희들을 잘 보살펴주고 계실 거다. 그렇게 믿어도 된다.

이 세상에는 귀한 것과 흔한 것, 중한 것과 하찮은 것들이 있다. 귀하다는 것은 보배롭고 소중하다는 뜻이고, 중하다는 것은 의미 있고 무게 있고 가치롭다는 뜻이다. 귀함과 중함은 그것이 필요한 그 누구에게 따라 다르고, 때에 따라 다르고, 장소에 따라 다르다. 귀함과 중함은 성(性)에도 관계 있지만 용(用)에 따라 정해진다고 생각한다.

목마른 자에게는 물이 귀하고 중할 것이고, 배고픈 짐승에게는 먹이가 귀하고 중할 것이다. 흔한 공기라도 높은 곳에 등산하는 사람에게는 다이아몬드보다도 귀하고 중하다. 망망대해를 항해하는 사람에게는 지도와 북극성이 금덩어리보다 귀하고 중하다. 우리에게는 너희들이 무엇보다 귀하고 중하다.

너희들은 되도록 많은 사람에게 소중하고 귀중하고 고귀한 사람이 되고, 누구에게나 존중받고 출중하고 중요한 사람이 되어라. 이러한 사람이 되려면 그렇게 되려고 끊임없이 노력해야 한다. 쉽게 그렇게 되는 사람은 타고난 사람이다. 그런 사람은 드물다. 우리에게는 너희들이 이미 태어날 때부터 최고로 귀하고 중한 사람이다. 그러나 남에게는 꼭 그렇다고 말하기 어렵다.

남이 도움을 필요로 하면 웬만하면 나서서 도와주고 보살펴주어라. 그렇게 하려면 너희들이 이미 그 무엇을 가지고 있어야 한다. 물질적인 것뿐만 아니라 그런 마음과 성정이 있어야 한다. 하루하루 착한 일 하고, 매일 매일 좋은 심성을 키워 가면 남에게 소중한 사람이 된다.

남에게 얼마만큼 소중한 사람으로 살았느냐가 가치로운 삶의 기준이 될 수 있다. 너희들은 우리에게는 이미 최고로 가치로운 삶을 살고 있다.

귀한 것은 귀한 것을 아는 데 있어야 하고, 흔한 것은 흔하게 느껴지는 곳에 있어야 한다. 귀한 것이 아무렇게나, 흔한 것이 소중한 것처럼 여겨져서도 안 된다.

# 때를 기다리자

높고 넓은 사랑아, 어느 사회나 개인에게는 반드시 위기와 절망의 시기가 있다. 위기는 극복할 수 있고 절망은 아직 희망이 있다. 그것들에 져서는 안 된다. 결코 포기하지 마라. 참고(인, 忍), 견디고(내, 耐) 그리고 기다려라(대, 待). 이것이 사람 사는 지혜이다. 견디지 못하고 극복하지 못하는 고통과 불행은 없다. 언제나 괴로움은 따른다. 이것이 세상 사는 이치이다.

인간 삶에는 성공에 대한 갈망, 행복에 대한 여망이 있다. 이런 것들을 도광양회(韜光養晦)하자. 즉, 자신의 재능 등을 밖으로 드러내지 않고 인내하고 때를 기다리자. 그리고 고통과 분노, 희로애락도 참을 줄 알아야 하고 절제하고 조절할 수 있어야 한다. 또 인욕(忍辱), 즉 욕망과 욕됨을 참을 수 있어야 한다. 참고 견디어 이겨내면 그만한 대가가 있다.

나는 많은 세월 동안 참고, 견디고, 기다리고 이겨냈다. 실수와 실패할 때 오는 좌절감도 맛보았고 자존심이 매우 상할지라도 더 나쁜 상황을 만들지 않으려고 애써 그런 일들을 외면하기도 했다. 지나고 나면 추억도 된다. 생명의 위기는 그냥 지내면 안 된다. 무슨 수를 쓰더라도 극복해야 한다. 손익의 문제는 조금은 참아도 된다. 오히려 복이 될 수도 있다. 모욕도 참고, 비방도 참고, 분노도 참자.

많은 경쟁에서 제풀에 꺾이는 일이 허다하다. 여러 가지 사정으로 도중에 포기하는 관계로 이루지 못하는 경우가 많다. 취업 문제도 그러하고, 연예계에서 살아남는 것도 그러하고, 각종 시험 합격도 그러하다. 조금 더 참고 견디고 인내한 사람이 살아남는다. 같은 경쟁자라도 뛰어난 사람은 이미 경쟁자 차원을 넘어섰다. 경쟁자는 대부분 자기와 비슷한 수준의 사람이다. 버티는 자가 최후의 승자가 된다. 한 번 시도했으면 끝까지 해봐야 한다. 기다리면 기회가 온다. 그때를 놓치지 말자.

세상의 일은 단박에 이루어지는 것이 있고, 점차로 이루어지는 것이 있다. 그리고 운 좋게 뜻밖에 이루어지는 것도 있다.

무엇이 쌓일 때까지 참고 꾸준히 행하면 대개는 성취된다. 문제는 아무리 노력해도 안 되는 것이 있다. 이것은 미련 두지 말고 과감하게 버리고 던져라. 마음에서 깨끗이 지워라.

# 지덕체智德體를 기르자

무량수보다 더 큰 사랑아, 너희들은 이빨이 몇 개씩 빠져 있다. 너희 할머니는 이빨을 잘 뽑는다. 너희 아빠들 이빨은 모두 너희 할머니가 뽑았다. 그 이빨을 사십 년 동안 여태 가지고 있었는데 최근에 어떻게 했는지 모르겠다. 나는 요즘 너희 증조할아버지께서 남기신 글을 읽고 있다. 한자와 옛날 언어로 써져 있어 읽기에 여간 힘들지 않다. 어떤 때는 글을 읽다가 한없이 눈물을 흘린다. 아버지의 불행한 인생살이, 아버지에 대한 그리움, 못 다한 효도 때문일 것이다.

사람은 태어나는 순간부터 삶의 지혜를 배운다. 살아남는 것(생존, 生存), 세상에 어울리는 것(적응, 適應), 자연의 섭리를 깨우치는 것(정각, 正覺) 등을 배우고 익힌다. 아울러 사람들은 궁극적으로는 자유와 평화를 갈망한다. 이것이 행복의 크나큰 요체이니까. 몸과 마음이 시간적으로 공간적으로부터 영원하고 무한한 자유, 뜻과 욕망으로부터의 완전한 자유, 몸과 마음으로부터 고통과 번뇌가 없는 환희의 자유, 그리고 남으로부터 벗어난 적멸의 평화를 갈망한다.

우리가 배우고 익혀야 하는 것을 크게 두 가지로 나누면 지혜(智慧)와 자비(慈悲)이다. 이것은 부처님의 가르침일뿐더러 옛날 페르시아 키루스 대왕의 가르침이기도 하다. 부처님은 이 두 가지를 사성제(四聖諦), 팔정도(八正道), 육바라밀(六波羅蜜) 등으로 가르쳤다. 이 내용은 훗날 커서 꼭 읽어서 터득하여라.

지혜는 살아가는 슬기이고, 자비는 같이 즐거워하고 함께 슬퍼하는 것이다. 지혜로우면 공덕(功德)이 쌓여 해탈열반(解脫悅槃), 즉 대자유를 얻고, 자비로우면 복덕(福德)이 생겨 이고득락(離苦得樂)을 누린다. 지혜로우려면 주로 명상을, 자비로우려면 주로 선행을 많이 해야 한다. 이것들을 하루하루 자꾸만 행하여 습관처럼 되어야 한다.

좀 더 구체적으로 우리가 갈고 닦아야 하는 것은 지(智), 덕(德), 체(體)이다. 지(智)를 키워 전문성과 예지력을 갖추고, 덕(德)을 길러 좋은 인성과 평화를 얻고, 체(體)를 잘 보전하여 건강과 활력 그리고 장수를 누린다. 이것들도 저절로 이루어지는 것이 아니다. 부단한 노력으로 매일 매일 하여야 한다. 지는 주로 독서로,

덕은 주로 보시로, 체는 주로 운동으로 기르고 키운다.

이제부터 너희들은 서서히 공부란 걸 해볼 때도 되었다. 무엇을 공부할 것인가, 이 시기에 꼭 해야 할 공부는 무엇인가 어떻게 공부해야 하는지는 집에서 학교에서 배우기도 하고 저절로 알기도 한다. 요즘 너희들이 했으면 좋겠다 싶은 공부는 표현력 공부이다. 즉, 말하기, 쓰기, 행동하기이다. 이것은 하루아침에 안 된다. 끊임없이 연습해야 한다. 쓰기 연습으로 글씨연습(한글, 한자, 영어)은 반듯하고 아름다운 글씨를 쓰도록 한다. 말하기 연습으로 대화 및 토론 연습은 부드럽고 진지한 모습의 언어로 한다. 행동은 당당함과 자신감이 있고 남에게 피해를 주지 않도록 한다. 이것이 너희들이 지금부터 해 가야 하는 공부 중에 제일 중요하다. 알았지요.

아, 참! 그리고 하나 더 이야기하자. 슬슬 조금씩 조금씩 재미삼아 중국어 공부와 한자 공부를 해보면 어떨까. 나이 들어도 할 수 있는 스포츠 하나쯤은 하면 어떨까. 그리고 남에게 도움을 주는 일을 생활화하면 어떨까. 너희들은 정말 잘할 수 있을 거야.

## 순응하느냐, 저항하느냐

    생명보다 더 소중한 사랑아, 공부가 힘들지 어려운 것도 있고 쉬운 것도 있다. 자꾸 하다 보면 저절로 알게 된다. 처음에 잘 되지 않는다고 실망할 필요는 없다.

  인류역사는 지배와 피지배의 역사, 억압과 저항의 역사, 전쟁과 평화의 역사로 점철되어 왔다. 이것들을 행하기 위한 수단으로 정치·경제·외교·군사·문화·종교·예술 등 인간의 삶의 요소들을 총망라하여 동원하였다. 지금의 세상도 예외가 아니다. 지배자는 강압적 억압적 또는 법적 도덕적 방법 등등으로 지배하고 피지배자는 투쟁·항거·복종·순응 등의 양상을 나타낸다. 우리가 사는 세상에서도 이러한 상황이 끊임없이 일어나고 있다. 내가 태어나서부터 지금까지도 그러한 일들이 벌어지고 있다.

저항할 것인가, 순응할 것인가를 끊임없이 요구받고 있다. 이 틈바구니에서 어떻게 적응해 나갈 것인가가 참으로 중요하다. 적법한 법적 권한과 권력보다 이것을 무력화시키려는 저항과 항쟁의 세력이 어떤 때는 클 때도 있다.

이러한 행동들이 언제 끝날 것인가, 누구를 위한 것인가. 진정으로 인류·국민·사회·구성원 등 남을 위한 것인가, 자기 본인의 지위 영달, 부와 행복을 위한 것인가 아니면 현재 통치체제가 싫어 세상을 바꾸고 싶어서인가. 이것이 불분명하다. 저마다 그럴듯한 이유를 내세운다. 그 이유 중 가장 많이 쓰는 것은 민주주의다. 저마다 자기에게 유리하면 민주적이고 불리하면 비민주적이다. 민주주의란 무엇인가?


너희들 고조할아버지는 자애(慈愛), 증조할아버지는 인애(仁愛), 할아버지인 나는 지애(智愛)를 너희들께 남기고 있다. 저항과 순응의 중립적 입장에 서서 잘 적응해 나가야 한다. 너희 증조할머니 말씀은 '모난 돌이 정 맞는다.'라고 하셨다.

공부를 올바르게 하면 좋은 판단력이 생긴다. 이를 위하여 공부하는 것이다. 저항적 삶과 순응적 삶 어느 것이든 하나의 인생이다.

# 화華인 꽃처럼 아름답자

우주보다 무한한 사랑아, 우리는 인도 성지순례 갈 것이다. 우리 평생 꼭 한 번 하고 싶은 일이다. 현재의 우리 가족 모두의 행복은 물론 너희들의 앞날에 행운이 깃들길 소원한다. 우리가 더 늙기 전에 더 늙으면 못할 것 같아 미리 복덕과 공덕을 쌓으러 간다. 죽어서 좋은 곳 가기 위해 살아생전에 예수재(豫修齋)를 지내는 것처럼 너희들 인생에 큰 시험, 큰 경쟁, 큰 고비 무사히 넘기기를 좋은 곳에 가서 미리 기도와 염불하러 간단다.

이 세상에는 많은 꽃들이 있다. 들에 핀 꽃, 산에 핀 꽃, 아름다운 꽃, 덜 예쁜 꽃, 눈에 보이는 꽃, 마음에 보이는 꽃 등 수없이 많다. 보통 꽃은 그저 화(花)라고 부른다. 꽃 중에는 빛나고 화려하게 핀 후 열매를 맺는 꽃을 화(華)라고 한다. 피어보지도 못하거나 열매를 맺지 못하고 떨어지는 꽃을 영(英)이라고 한다. 이왕이면 화(華)인 꽃이 좋지 않을까. 열매가 있어 영원히 이어지고 더욱 빛나니까.

자연 속에서 보면 사람도 땅 위에 있는 꽃이 아닐까. 사람 인(人)이라 부르지 말고 사람 화(花)라고 부르면 사람이 꽃이 되는 거야. 사람이 꽃이고 꽃이 사람, 즉 인즉시화(人卽是花), 화즉시인(花卽是人)이 된다.

사람은 번뇌가 있고 고뇌에 찬 보통사람을 범부(凡夫) 또는 중생이라 부르고, 고통에서 벗어나고 최상의 행복을 누리고 영원히 존재하는 자를 깨달은 자 또는 부처라 한다. 될 수 있다면 부처가 되면 좋지 않을까. 대자유를 누리니까.


영원히 죽지 않는 새 불사조인 봉황은 죽지 않게 이미 그렇게 태어났다. 봉황은 한 생명 살다가 다시 태어나려면 불 속에 뛰어든다. 불에 타도 재가 되지 않고 다시 본 모습으로 돌아와 생명을 이어간다. 사람과 꽃은 그것이 불가능하다. 그런데 영원히 사는 방법이 조금 다를 뿐이다.

사람과 꽃은 후손으로 열매로 다시 산다. 우리는 너희들 덕분에 이미 화(華)가 되었고, 너희들을 마음에 두고 공덕과 복덕을 지으려고 조금이나마 수행하고 선을 쌓으려는 삶으로 아주아주 적게나마 봉황과 부처의 길로 가고 있지 않을까. 너희들이 우리를 이렇게 만들어주어 너무 너무 고마워. 너희들은 연실(蓮實)처럼 튼튼하고 생명력이 길고, 연꽃처럼 아름답고 화려하고 빛나고 때 묻지 않는 그런 사람이 되면 얼마나 좋을까. 꼭 그렇게 되도록 우리는 간절히 기도하고 염불할게. 마음을 다하여 소망하고 염원하고 갈망하면 원하는 바가 이루어진다고 하지 않든가. 너희들을 위해 우리가 해줄 수 있는 일이 기도와 염불 이것 말고는 그리 많지 않은 것 같다.

화(花)인 꽃처럼 아름다운 사람은 사랑과 행복, 그리고 지혜가 가득 찬 사람이 아닐까. 나는 이것들을 얼마나 가지고 있으며, 남에게 얼마나 나누어줄 수 있을까를 항상 마음속에 간직하자.

도덕적이면 성(聖)스럽게 되고, 겸손하면 성숙(成熟)해지고, 자비심이 많으면 성공(成功)하게 된다. 도덕적이고 겸손하고 자비심이 많은 것 외에 또 하늘이 내려주는 복이 있어야 한다.

## 성지순례는 축복이다

대자대비 큰 사랑아, 어찌 됐던 간에 세월은 잘 간다. 마치 바람에 날리는 구름처럼. 뜻 있는 날이 되면 너희들에게 사랑이 담긴 글, 말과 노래를 들려주고 싶다. 사람은 누구나 이 세상을 지나간 흔적을 남기고 싶어 한다. 그 흔적으로 세상에 좀 더 남으려고 한다. 우리에게는 너희들 자신과 너희들과 함께 한 세월이 바로 그 흔적이구나. 참으로 좋다.

우리는 인도 불교 성지순례를 다녀왔다. 참으로 고생 많이 했다. 석가모니 부처님의 흔적과 인도불교의 유적을 찾아 2600년 전 당시의 부처님의 숨결을 직접 체감하고 싶었다. 그리고 불제자로서 범부로서의 번뇌를 조금이나마 벗어나고 싶었다. 그 무엇보다도 성스러운 곳에서 우리의 간절한 기도를 올리고 싶었다. 사람들은 저마다 소원이 있다. 우리도 마찬가지이다. 그곳에서 소원을 빌기도 했다. 부처님의 가르침과 마음을 따라 살아가겠다고 맹세하고 다짐하는 것이 불교식 기도이다. 부처님의 가피와 축복 있기를 염원했다.

고타마 싯달타는 자기 자신의 고통, 아픔과 비애보다 남들의 불행, 슬픔과 비통함을 더 안타까워하며 그것을 너무나 강렬히 두려워했다. 그리하여 그는 그러한 불만족의 원인과 해결책을 찾아 호화롭고 만족스런 삶을 포기하고 출가를 했다. 그 당시의 위대한 스승도 만나고 고행도 했지만 해결하지 못했다. 결국 스스로 이 세상의 모든 것은 항상 일정하지 않고 변한다는 무상(無常), 나라고 할 만한 것이 없다는 무아(無我), 모든 것은 고통이다는 개고(皆苦)임을 깨닫게 되었다.

시간적으로 찰라와 영원, 공간적으로 점과 광대무변, 양적으로 하나와 무한이 서로 다르지 않음을 알게 되어 대자유를 얻었다. 그리고 태어남이 없으면 죽음도 없음을 터득하여 태어남이 없는 적멸의 열반에 드셨다. 이리하여 그는 부처가 되고 우리의 큰 스승이 되었다.

우리가 인도에서 다닌 곳은 인도 수도 델리, 불교·힌두교·자이나교 유적이 있는 엘로라 석굴, 불교 미술의 정수인 아잔타 석굴에 갔다. 엘로라 석굴은 작은 바위산을 쪼아 만들었고, 아잔타석굴은 와구라강의 계곡 절벽을 파서 만들었다. 불심이 지극하지 않으면 만들 수 없는 것이다. 너희 할머니는 아잔타 석굴 맞은편에서 계곡으로 내려갈 때 무릎 관절이 아파 무척 힘들었다. 그

석굴을 보고 너희 할머니는 감격하여 눈물을 흘렸다. 불교 최대 유적지 산치대탑에 가서도 너희 할머니는 감격에 벅차 눈물을 지었다.

그리고 인도 최고의 유적지 타지마할을 관광하고, 석가가 천국으로 가서 생모인 마하마야 부인과 하늘나라 사람들에게 설법을 하고 내려왔다는 곳인 상카시아, 석가모니 당시 최대의 승가 기원정사, 부처님 왕국 카필라바스투, 부처님 출생지 룸비니에 갔다. 룸비니에서 나는 백팔배를 하고 너희 할머니는 감격하여 또 울었다. 부처님이 춘다의 마지막 공양을 받고 식중독으로 돌아가신 쿠시나가라, 부처님의 수행처인 바이샬리, 죽림정사 영축산이 있는 라즈기리, 부처님이 깨닫고 득도하신 부다가야에 갔다. 여기서 할아버지는 호텔에서 또 백팔배를 올렸다.

마지막으로 힌두교 최대의 성지인 바라나시에 있는 녹야원에 가서 또 나는 백팔배를 드린 것이 우리의 여행이다. 우리는 인도 불교 8대 성지를 순례한 셈이다. 대개는 인도 북부에 있는 4대 성지를 순례하는 것이 보통이다. 모처럼 있는 일이라 큰마음을 내어 강행했다. 참 잘했다고 여긴다. 버스 속에서, 호텔에서 유적지에서 우리는 염불하고, 우리의 소원을 기원하고, 부처님의 향기를 맡고, 고행도 행복인 양 일생의 소원을 이루었다.

너희들도 크면 인도에 한 번 다녀오너라. 그곳의 사람 사는 모습이 우리와 사뭇 다르다. 미래의 인도는 발전할 거야. 그 넓은 나라에 한 군데 꼭 가볼 만한 곳은 부다가야 마하보디 사원이다. 또 이참에 미얀마의 쉐다곤 사원에 가볼 것도 강하게 추천한다.

# 행복은 마음에 있다

복덕사랑 공덕사랑아, 너희들은 어젯밤 엄마 아빠와 함께 제야의 종소리를 들으면서 지난해를 보내고 새해를 맞이했다지요. 너희들 참 많이 컸어요. 우리는 해마다 하는 대로 불단에 촛불을 켜고 물 올리고 향불을 피워놓고 소원을 빌고 절하고 조용히 기도를 올렸단다. 우리 가족 모두 모두 건강하고, 행복하고, 소원성취하고, 영광스러운 한 해가 되고, 남의 고통도 들어주고, 감사하는 마음으로 지내기를 염원했단다.

대부분의 사람들은 건강·가족·명예·권력·재력 등을 가장 소중히 여긴다. 그리고 사람 사는 사회는 자유·평등·평화·사랑·신뢰 등을 가장 소중히 생각한다. 이것들이 모두 갖추어진 사회와 개인은 행복해지지 않을 수 없을 것이다. 인간의 한계를 감안하면 이런 세상은 이상향인 곳이다. 물론 이것만으로는 티베트 사람들의 마음의 이상향인 삼발라가 되기는 조금 부족하다. 영원성, 무한성, 초월성 등이 해결된 세상이라야 한다.

우리에겐 너희들이 무엇보다도 더 소중하단다. 다른 것 모두 없어도 너희들 있는 이 세상이 우리에겐 삼발라이고 중국 눈 덮인 어느 설산에 있다는 이상향인 샹그릴라이다. 너희들이 우리 눈앞에 있어 볼 수 있고, 우리를 불러주는 소리를 들을 수 있는 것만이라도 우리에겐 너무 소중해 우리는 행복하단다. 사람은 누구나 행복하고자 하는 것이 인간의 본성이다. 행복이 무어냐고 물으면 꼭 집어서 이것이다 하고 보여줄 수도 없고 말할 수도 없다. 행복이란 실체가 있는지도 사실 모른다. 행복은 도달할 수 있는 목표는 아니다. 다가가면 갈수록 잡히지 않고 자꾸만 멀어져가는 것이 행복이다.

행복은 순간순간 나에게 왔다가 사라져 버리는 그런 환상일까? 그 환상을 만들고 찾고 기다리고 얻으면 그때는 우리는 행복하다고 여긴다. 행복은 이것저것으로 엮어 만들어 자기 것으로 챙겨야 자기 것이 된다. 행복은 여기저기 꽉 차 있다. 행복은 자기 것으로 하려고 한 만큼만 자기에게 찾아온다. 우리가 사는 세상의 행복의 총량은 우리가 만들어내는 만큼 있다. 내가 많이 차지하면 상대적으로 나 아닌 남의 몫은 그만큼 줄어든다. 고루고루 나누어야 한다.

행복이란 뜻 속에는 우연히 운 좋게 저절로 찾아오는 것을 전제로 하고 있다. 노력만으로 얻은 복도 행복이지만 이것은 오히려 성공이라 말하면 되지 않을까. 누군가 그 무엇이 나에게 슬쩍 가져다준 그런 복이 더 행복스럽다고 할 수 있을 것이다. 그 운이란 누군가가 가피를 주셔서 생길 수도 있고, 어딘지도 모르지만 자기에게 흘러내려온 것일 수도 있고, 그래서 참으로 묘한 것이다.

요즘 유행하는 금수저, 흙수저, 금전두엽, 흙전두엽 같은 이야기는 그 사람이 전해 받은 행운인 것이다. 물론 그것이 고스란히 행복을 좌우하는 것은 아니다. 행복은 기본적으로 자기에게 주어진 자질, 자산 등과 자기의 노력, 행운, 열망 등으로 좌우된다. 무엇이 더 소중하고 더 중요한가를 아는 것이 또한 행복을 좌우한다. 나에게 건강이 중요하다고 여기는 만큼 건강해지는 것과 마찬가지 이치이다.

행복의 폭을 넓히려면 많은 경험을 해야 한다. 경험은 독서, 여행, 영화, 사회활동 등을 많이 해야 한다. 이것을 많이 하면 인성도 좋아진다.

내가 대학에서 교수로 있을 때 학생들에게 퍽이나 강조하고 가르친 것이다. 그리고 자기의 정체성(시인, 음악가, 연예인, 모임 회원, 학자 등)을 다양하게 가져야 하나가 무너져도 버틸 수 있다. 행복하려고 노력하여도 행복이 오지 않을지라도 계속 행복을 추구하는 것이 낫다. 행복하지 않다고 하늘을 탓하고 남을 나무라고 분노하여도 결코 해결되지 않는다. 차라리 자신에 대한 사랑,

자신에 대한 만족감, 행복에 대한 노력이 운을 가져다주어 행복해진다.

너희들에게 천지 운이 조화를 이루어 남들이 큰 피해를 입지 않을 정도의 행운이 찾아오기를 축원 드린다. 행복하자 행복하자.

간밤부터 매우 춥다. 우리는 밖에 나가지 않고 꼼짝 않고 집안에서 지낸다. 내의도 꺼내 입고 목도리도 하고 다녀라. 추워야 겨울 맛도 있다. 남과의 경쟁에서 살아남는 법은 방학을 어떻게 이용하고 보내느냐가 매우 중요하다. 해보고 싶고 부족한 부분은 방학인 이때를 활용해라. 언젠가는 내가 생각하는 참다운 행복을 이야기해주마. 기대하여라. 행복은 주어지는 것도 있고, 자기가 만들어야 하는 것도 있다. 복을 지으려고 하듯이 행복도 열심히 지어보자.

오래전에 내가 현대불교신문에서 읽었다. '증일아함경'에 나오는 경구라고 하는구나. 행복에 관한 명언이니 마음에 새겨라.

행복을 두려워하지 마라. 행복은 사랑스럽고 즐거운 것이니 항상 생각하라. 행복은 불에 타지 않으며, 물에도 젖지 않으며 바람에도 흔들리지 않으며, 땅에서도 썩지 않으며, 왕이나 도둑에게 **빼앗기지** 않으며, 사나운 바람에도 부서지지 않으며, 창고에 두고 지키지 않아도 줄지 않는다.

그림자가 물체를 따르듯 언제나 좋은 반려자가 되어 어려움을 건너가게 하는 뗏목이 되고, 소원성취를 하는 자원이 되며, 유일

한 후세 내생의 자본이 되느니라. 늘 참회하고 보시하며 맺힌 업을 풀어나가고, 풀어 놓은 인연을 더욱 좋은 인연으로 잘 가꾸어 나가라. 용기의 근원은 정성들인 마음에 있느니라. 정의에 기초를 둔 용기는 죽음에 대해서도 두려움이 없어지고, 안심입명하느니라. 일분 일초의 시간도 헛되이 보내지 말며 꿈은 여기 지금 현재의 일에서 찾으라.

마지막 구절이 참으로 나의 마음에 다가오는구나. 한 번 더 꼼꼼히 읽어라. 행복과 꿈은 '지금 여기'에 있다. 미래에 먼 곳에 있지 않다.

부루나 존자는 "행복하고 싶으면, 병이 낫고 싶으면, 부자가 되고 싶으면, 사랑하는 사람을 만나고 싶으면 부처님의 가르침을 따르라"고 하셨다. 불교는 행복을 창조하고 추구하는 종교이므로 불법(佛法)은 모두 행복으로 이끌어간다. 대부분의 다른 종교는 인간의 행복보다는 그들이 섬기는 신을 위하고 찬양함을 주목적으로 삼는다. 때문에 행복은 부차적인 것이 된다.

인간을 비롯한 뭇 생명체는 행복하기 위하여 태어났다. 함께 더불어 우리 모두 모두 행복하자. 행복은 결코 채워지지 않는다.

# 이름名을 소중히 여기자

　　예쁘고 고운 사랑아, 너희들은 방학일지라도 할 일
이 많지요. 한자공부, 운동을 권하고 싶구나. 이것이 모든 것의
기본이 되지요. 학기 중에는 학교 가기 때문에 자주 못 보고, 방
학이 되어도 너희들을 맘껏 보지 못함이 우리 세월에 안타까움
이구나.

　사람이 일생 동안 부르는 호칭이 보통 두서너 가지 있다. 명
(名), 자(字), 호(號) 등이다. 명은 우리가 흔히 부르는 이름이다.
이름은 아이일 때 부모나 스승이 지어준다. 어른이 되면 손아래
사람은 손윗사람의 이름을 함부로 부르지 못한다. 자는 보통 관
례를 치르면 이름과 비슷한 뜻의 새로운 부명을 갖는다. 이것이
자이다. 아래 사람이 이름을 물으면 자를 말해 준다. 공자의 이름

은 구(丘)이고, 자는 중니(仲尼)이다. 호는 나이 들어 덕이 생기면 그때 부르는 이름이다.

화엄경에 명은 본체를, 호는 덕을 나타낸다고 했다. 명은 개별적이고 호는 전체적이라 했다. 호는 아랫사람도 부를 수 있다. 벼슬을 한 사람에게 생전에 임금이 내리는 봉호(封號), 사후에 내리는 시호(諡號)가 있다. 사람은 죽으면 이름을 남기고, 호랑이는 죽으면 가죽을 남긴다. 즉, 호사유피(虎死留皮), 인사유명(人死留名)이란 말이 있다.


사람은 훗날 어떤 이름을 남기느냐가 사실 중요하기도 하다. 얼마의 덕을 갖추었느냐, 즉 어떤 호로 불리느냐가 중요하다. 때문에 사람들은 최선을 다하여 살아가기도 한다. 장관님, 총장님, 국회의원님, 회장님, 교수님, 박사님, 사장님, 판사님, 변호사님, 배우, 가수, 운동선수 등 이름에 덧붙여지는 호칭을 얻으려고 노력한다. 물론 이런 호칭이 성공의 척도 전부는 아니다. 그러나 유교문화권인 동양에서는 무시할 수 없다.

앞의 호칭을 가졌을지라도 덕의 향기가 없으면 그 호칭이 없음보다 못하다. 덕은 하늘의 뜻이요, 사랑이다. 효(孝)가 덕의 출발이자 근본이다. 하루하루 조금씩 조금씩이라도 덕을 쌓아 가면 훗날에는 덕향이 충만한 사람이 되어 위인, 성인, 성공한 사람, 후회 없이 산 사람, 행복한 사람이 되는 거란다.

또 다른 한편으로는 죄와 악업을 짓지 않도록 노력하자. 혹시 짓게 되면 매일매일 참회하고 또 참회하여 번뇌를 씻어내자. 씻

어 깨끗이 하기 힘들고 어려우면 태워버리자, 불사르자. 그리하
여 훗날 아름답고 고귀하고 큰 덕향이 만방에 퍼지도록 하자.
그런 호를 갖자. 너희 고조할아버지 호는 화산(花山)이시다. 너희
고향동네 이름을 따서 지어셨고, 증조할아버지 호는 석포(石浦)
이시다. 이는 동네 앞 들판에 있는 강가 바위에서 따왔다. 나의
호는 영명(永明)이다. 이는 대한불교조계종 종정 스님이 지어주
신 법명이다. 또 다른 것은 함조(含照)이다.

부처님은 석가모니란 명호 외에 많이 쓰는 명호가 열 가지 있
다. 여래(진리에 도달한 자), 응공(마땅히 공양을 받을 자), 정변지(우주
섭리를 알고 계신 자), 명행족(계·정·혜 삼학에 밝은 자), 선서(먼저 가
신 자), 세간해(세상의 주인인 자), 무상사(가장 높은 자), 조어장부(대
자 대비하여 정도를 잃지 않은 자), 천인사(모든 법을 깨닫고 모든 것을
아시는 자), 불, 세존(세상에서 제일 귀하신 분)이다. 부처님의 명호를
부르면 부처님 세계에 태어나고, 행복해지고, 중죄에서 벗어나고,
한량없는 복덕을 얻고, 악도에 떨어지지 않는다고 한다.
　우리는 부처님 명호를 항상 염불하고 있다. 그로 인한 가피는
너희들이 몽땅 받으면 얼마나 좋을까. 복덕을 쌓자 공덕을 쌓자.
그리하여 행복한 사람이 되자.

# 서세處世를 잘하자

　　사랑스런 사랑아, 부지런히 애써 공부해야지. 공부
도 해야 할 때가 있다. 때를 놓치면 다른 사람을 따라 가려면
더 어렵다. 무엇이든지 꾸준히 집중하여 차근차근 해나가면 어
려운 공부 그리 많지 않다. 해서 안 되면 또 시도하면 대개는
극복된다.

　손주 놈이 축구하러 학교 운동장으로 나와 같이 가면서 나에
게 묻는다. "할아버지는 우리에게 왜 반말을 쓰지 않아요"라고
한다. 나는 대답하기를 "나는 누구에게나 하댓말을 잘 하지 않는
다"라고 했다. 마음속으로는 '너희들은 나에게 귀중한 존재요 높
고 높은 존재라 감히 어찌 함부로 반말을 할 수 있나'라고 말했
다. '너희들은 나의 상전이요 행복이요 사랑인데 어찌 받드는 행

동과 말을 쓰지 않을 수 있겠나.'

사람들은 세상살이가 힘들고 괴롭고 어렵다고 한다. 그럴 수도 있고 그렇지 않을 수도 있다. 그것을 어떻게 받아들이느냐가 가장 중요하다. 세상살이는 자기가 어느 사회에서 태어나느냐, 어떤 가정에서 태어나느냐, 자기가 어떤 생활을 하느냐, 또는 자연과는 어떤 관계를 유지하느냐, 사람들과는 어떻게 어울리며 사느냐에 따라 확연히 달라진다. 즉, 처세를 어떻게 하느냐에 따라 자기의 삶이 만들어지고 결정되고 좌우된다.

경우에 따라서는 운명적인 요소도 있다. 그러나 많은 것은 자기의 과거 업보와 현재의 행위에 따라 삶이 정해지고 미래의 삶도 그것에 따른다. 서점에 가면 처세술에 관한 책이 수없이 많다. 훗날 크면 사서 보면 도움이 될 거야. 처세는 세월에 따라 사회변화에 따라 변해야 하지 않겠나.


나는 처세의 기본은 '중도(中道)'에 있다고 본다. 이 중도란 말을 너무 어렵게 생각하지 말고 여기서는 그냥 양극이 아닌 바른 길이라고 여기자. 너무 욕심이 없어서도 안 되고 욕심이 지나쳐도 안 된다. 화를 전혀 안 내어도 안 되고 너무 많이 내어서도 안 된다. 친절, 겸손, 배려, 예의, 저항, 순응, 적극, 긍정, 능동, 신중, 교만, 비겁, 불손, 공손, 근검, 절약, 강단, 포용, 조심, 의리, 용서, 양보, 비방, 사랑 등등도 이와 같다. 그리고 처세의 양축은 '지혜와 자비'이다. 자연과의 관계, 인간과의 관계의 바탕에는 이것이 깔려 있어야 한다. 이것이 없는 행동과 행위는 잘못하면 진실성이 없는 거짓이 되고, 허망하게 되고 결국에는 처세에 실패를 불러온다. 언제나 지혜롭고, 자비롭고, 중도의 길을 가자.

옛날에 공자는 위급함을 면하기 위하여 남의 가랑이 밑을 기어가기도 했단다. 비겁함인가, 용기인가?

고려 때 최영 장군의 아버지는 아들에게 '황금을 보아도 돌같이 여기라'고 한 것은 어리석음인가, 지혜로움인가?

자기에게 은혜를 베푼 높은 사람에게 분에 넘치는 사례를 하면 뇌물인가, 인사인가? 또, 영향력이 큰 사람에게 쩔쩔매고 공손함은 아부인가, 슬기로움인가? 이것들을 판단하기 참으로 어렵다. 이런 것들의 판단의 기준은 중도이다. 우리가 어릴 때 사람들은 그 시대에 살아남는 것이 무엇보다 중요했다. 살아남기 위해 '삼체'라는 말이 있었다. 그것은 '없는 것이 있는 체', '모르는 것이 아는 체', 그리고 '못난 것이 잘 난 체'이다. 이렇게 위장을 해야 살 수 있던 시대였다. 또, 아부를 해야 근근이 연명할 수 있었다. 삼체하고 아부하는 것을 비난하면서 자기도 어쩔 수 없이 또 그렇게 살았다. 세상 따라 사는 것이다. 저항하고 부정하는 삶은 고독하고 어렵다.

너희들 증조할아버지는 인자무적(仁者無敵)을 처세의 기본으로 삼았다. 어진 사람은 남에게 존중받고 고난을 피해 가고 행복이 따라온다고 하셨다.

불교에서 말하는 사섭법(四攝法)이 생각난다. 남에게 베푸는 보시(布施), 사랑스런 말인 애어(愛語), 나의 일처럼 여기는 동사(同事), 남을 이롭게 하는 이행(利行)이다. 남을 대할 때는 이것을 명심하여라.

## 체득體得하자

정겨운 사랑아, 날씨가 너무 춥다. 우리는 집안에서 꼼짝 않고 지냈다. 내 귀한 손·발·귀 꽁꽁 얼지나 않았나. 우리가 옆에 있으면 '싸자' 하면서 목도리, 장갑 등으로 감싸주었을 텐데. 추울 때는 몸 단속 잘해라. 기후와 날씨가 인간 삶에 커다란 영향을 미친다.

사람은 태어나는 순간부터 몸과 마음이 변해 간다. 자라고 커가는 것, 배우고 알아 가는 것, 성질과 성격이 형성되어 가는 것, 남과의 관계를 맺어 가는 것, 강건해지고 약해지는 것, 겉모습이 바뀌는 것, 좋아하는 것과 싫어하는 것이 생겨나는 것 등이 수없이 바뀐다. 따라서 멈춰 있는 '나'는 없다. 매 순간순간 나는 새로운 나가 된다. 조금 전의 나는 사라지고 지금 이 순간의 나가 있는 듯 하지만 나는 금방 또 다른 나가 되어 있다. 이리하여 나라고 말할 수 있는 것이 없다. 이것을 무아(無我)라고 한다.

'나'라는 것이 없는데 '나의 것'이란 건 더 더욱 있을 수 없다. 금수저를 물고 태어났거나 금전두엽을 머리에 붙여 태어났더라도 살아가는 동안 도둑맞을 수도 있고, 닳아 없어질 수도 있다. 금수저와 금전두엽이 영원히 나의 것이 되는 것이 아니다. 그리고 자기가 살아가는 모든 주변 여건이 항상 꼭 같지 않다. 이것을 무상(無常)이라 한다.

세상이 돌아가는 이치가 무상이고 무아인데 나만을 위하는 '에고'와 그것만을 고집하는 '집착'을 버려야 행복해질 수 있다고 한다. 이것을 이해했다거나 이성적 판단과 감정적으로 옳다고 하더라도 에고와 집착은 쉽사리 없어지지 않는다. 끊임없이 연습하여 체화(體化)되고 체득(體得)되어야 한다. 매 순간마다 조금씩이라도 깨끗한 나, 에고와 집착에서 벗어난 나가 되자.

에고와 집착을 버리는 하나의 방법이 있다. '아, 그럴 수 있구나', '감사해, 고마워', '잘 되겠지', '나는 운이 있어', '살맛나구나', '할 수 없지', '아이 잊어버리자', '너는 나에게 소중해', 그리고 '숨을 크게 쉬자' 등등을 습관처럼 하자구나.

공부도 연습을 많이 하면 잘할 수 있고, 습관도 연습하면 고쳐지고, 행복도 꾸준히 연습하면 행복해진다. 하루아침에 이루어지는 것은 없다.

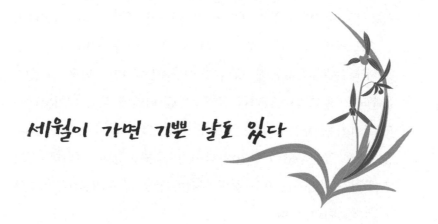

# 세월이 가면 기쁜 날도 있다

현명한 사랑아, 몸과 마음을 바람직한 방향으로 잘 키워야 한다. 그것이 중요하다. 신체의 능력도 키우고, 마음의 한계를 넓히고, 인성과 지성과 능력의 깊이를 더해 가야 한다.

우리 가족 모두에게 행복과 기쁨이 왔다. 언젠가는 이와 같은 날이 오리라 믿고 있었지만 그리 쉽게 찾아오지는 않았다. 우리 모두가 고생하고 참고 기다려 온 보람이 있구나. 하늘이 돕고 세상의 흐름이 있어 변화한 결과이다.

우리가 살아오면서 기쁜 날이 있었다. 너희 아빠들이 태어날 때 이 세상의 기쁨 전부가 우리들의 것이었다. 아직도 우리는 너희 아빠들의 향기에 취해서 살고 있다. 그 향기에 취해 깨어나지 못하고 있다. 다른 사람들은 그것이 병이라 한다. 너희 아빠들이 대학에 합격하던 날 우리는 기뻐서 어쩔 줄 몰랐다. 얼마나 행복했던지 누가 그 심정 알 수 있었을까.

세월이 흘러 너희 아빠들이 결혼을 했다. 너희 엄마들처럼 예쁘고 마음씨 곱고 훌륭한 분들이 우리의 며느리가 되었다. 마음속으로 커다란 믿음이 갔다. 깊고 흐뭇한 기쁨을 항상 우리에게 주고 있단다. 더욱이 너희들이 태어난 것이 우리에게 얼마큼 큰 기쁨과 행복인지 몰라. 이 기쁨은 세상 그 무엇과도 바꿀 수 없다. 우리 인생 최고의 기쁨이고 최대의 행복이다. 너희들이 있어 꿈이 있고 꿈이 있어 살맛나고 살아가고 있다. 너희들이 있어 고맙다.

또, 너희 큰 아빠, 작은 아빠들이 군복무를 무사히 마치고 의젓한 대한민국의 청년이 된 것이 우리에겐 큰 기쁨이었다. 그리고 직장에서 남과 더불어 열심히 일하고 있는 것이 우리의 기쁨이다.

앞에서 말한 나의 기쁨은 대부분의 사람들이 자식을 낳아 기르고 교육하고 결혼시키고 직장에서 일하는 평범한 일이라면 일이다. 같은 일도 그것을 기쁘고 즐겁고 행복이라 느끼는 사람도 있고 그것을 못 느끼는 사람이 있다. 모두 본인의 몫이다.

천지신명께 감사하고, 이 세상 모든 이들께 감사드린다. 이 기쁨과 행복을 에너지의 원천으로 삼아 더 더욱 우리 가정의 앞날을 밝고 맑고 향기롭게 가꾸어 나가자. 공부하자, 겸손하자, 자비롭자, 정의롭자, 그리고 지혜롭자.

# 내공內功을 쌓자

　마냥 좋은 사랑아, 이름만 불러 봐도 기쁨이 오는 내 사랑이들아. 어느 사이인가 훌쩍 훌쩍 자랐구나. 오늘은 새봄이 시작된다는 입춘(立春)이다. 할머니는 절에 불공드리러 가고, 나는 집에 있는 불단 앞에서 절하고 염불한다.

　평생을 해 온 일이지만 나이가 들어가니 불공드리는 것도 힘들다. 우리는 하는 데까지 하겠지만 너희 엄마 아빠가 서서히 시작하면 어떨까. 사람이 성장해 가면서 키우고 넓히고 확장하고 높여 가고 불려야 하는 것이 있고, 버리고 줄이고 좁히고 비워야 하는 것이 있다. 자비와 지혜, 팔정도는 전자에 해당되고, 삼독인 탐(貪), 진(嗔), 치(恥)과 십악, 그리고 수행자의 다섯 가지 장애(탐욕, 원한, 태만, 자만, 의심)는 후자에 해당한다. 항상 쉬지 않고

150

갈고 닦아 자기의 능력과 그릇을 확장해 나가야 한다. 예를 들어 100m를 15초에 달린다면 노력하여 그 한계를 극복하여 15초 이내로 줄여가야 한다. 또, 하나 예를 들면 평균 90점 받는 성적을 열심히 공부하여 91점, 95점, 100점으로 자기 실력을 키워 가는 것이다. 신체와 정신의 폭과 한계를 넓게 확장하자. 흔히 저 사람은 '통이 크다. 그릇이 크다. 능력이 한없다. 보통이 아니다. 참으로 자유로운 사람이다'라는 편이 좋지 않을까? 그런 사람은 시간과 공간의 제약을 좀 더 극복한 것이고, 유한한 상태를 조금 더 넓혀 무한으로 나아가는 자유를 얻게 되는 셈이다.

아주 작은 차이로 인한 결과는 엄청나다. 생명을 구할 수도 있고, 실패와 성공을 가르기도 하고, 행복이냐 불행이냐 하는 요인도 된다. 나는 노력형이다. 꾸준히 공부하고 연습하여 지식과 능력을 불려나갔다. 너희 할머니는 능력을 어느 정도 물려받았나 봐. 노력형과 천재형 중에 하나에만 머물면 안 된다. 아무리 천재라도 연습하지 않으면 안 된다. 아무리 신체조건을 잘 타고나도 연습하지 않으면 훌륭한 선수가 될 수 없다.

연습은 힘이 들고 지겹고 괴롭다. 그것을 참고 견디고 또 버텨 나가야 통이 크고 내공이 쌓인 사람이 된다.

# 매사에 충실하자

바른(正) 사랑아, 한해 한해 해가 바뀌면 어떤 사람은 나이 먹음을 좋아할 것이고, 어떤 사람은 안타까워할 것이다. 나는 후자로구나. 외로워져 가는구나.

올해는 처음으로 세배하기 전에 불단 앞에 모두 모여 불공을 드렸다. 새해 우리 가족 모두의 안녕과 행복을 염원했다. 저마다 마음속으로 원하는 바가 성취되도록 간절히 기도를 드렸다. 꼭 이루어질 것이다.

나는 새해를 맞이하여 너희 두 아빠 엄마를 옆에 앉혀 놓고 몇 가지 당부와 바람을 이야기했단다. 나는 이런 시간을 참으로 좋아한다. 인간 삶에 있어서 가장 중요한 것은 가족애이다. 부모 자식, 형제자매, 일가친척끼리의 사랑이 바탕이 되어 있어야 남도 사랑할 수 있다.

가족애가 인간 관계의 기본이고 첫걸음이다. 요즘은 자기사랑이 너무 강해서 부모자식 간의 사랑도 약해지고 메말라간다. 어찌 되려고 그러는지. 긴 인생을 살다보면 자기 혼자만으로는 결코 살 수 없는 때가 온다. 그때 뉘우쳐도 이미 때는 늦다. 세상에 공짜는 없다. 남에게 사랑한 만큼만 사랑 받는다는 진리는 나이 들면 알게 된다. 부모에게 효도한 만큼 복 받고 또 효도 받는다. 효도하는 것은 모두 자기를 위한 것이다.

우리는 너희 두 아버지를 키울 때 가졌던 꿈을 가끔 이야기한단다. 우리가 사는 집 양쪽에 두 아들들 집을 두고 살기를 꿈꾼 것이다. 그때나 지금이나 변함없지만 그 꿈이 이루어지겠나. 세상도 그 사이 많이 바뀌었고, 또 그런 타고난 복과 운도 따라야 하는데 전생에 쌓은 업대로 되겠지. 남들은 과욕이다. 허욕이다. 말도 안 된다. 부질없다. 어리석다고 말할 거야.

가정에 충실하고, 직장에 충실하고, 자기 할 일에 충실하고, 매사에 충실하자. 미래의 인생설계도 하고 꿈도 키워가자. 항상 다가올 앞일을 예측하여 미리미리 준비하자. 그리하여 힘들고 어려운 일을 슬기롭게 헤쳐가자. 이제 종교적인 문제도 생각해보자. 가족의 건강은 더욱 더 챙기자. 그리고 나와 나 아닌 남과는 어떤 관계인지 그 관계에도 충실하자.

남이 원하는 것을 내가 해줄 수 있고, 변화를 두려워하지 않는 용기와 지혜를 갖고, 이 세상을 위한 일을 조금이라도 할 수 있는 사람이 되자.

# 적소성대積小成大를 깨닫자

슬기로운 사랑아, 너희들과 같이 지내지 못해도 너희들과 전화통화라도 하면 참으로 기쁘다. 받기 싫은 전화 오면 짜증이 날 텐데 전화 예쁘게 받아줘서 너무나 고맙다. 며칠 전 너희들이 훗날 커서 무엇을 하고 싶으냐고 물었다. 둘은 로봇공학자, 한 녀석은 미술, 디자이너라고 대답했다. 무슨 일을 하는 사람이 되어도 좋다. 건강하고 행복하면 된다. 조금 여유가 있으면 인류를 위한 삶도 살면 더욱 좋겠구나. 살다보면 마음이 자꾸 바뀐다.

나는 너희 증조부모님이 몸이 편하지 못했으므로 어릴 때는 의사가 되어 부모 병환을 고쳐주고 싶었고, 우리나라 산업화가 시작될 무렵인 고등학교 시절엔 공학자가 되려고 했다. 결국은 수학교수로 살았다.

너희들도 시대와 사정에 따라 희망이 저절로 바뀔 것이다. 어떤 사람이 될지, 어떤 직업을 가질지 아무도 예측 못한다. 그래서 자기가 하고 싶은 공부만 골라서 하면서 살 수는 없다. 자기가 공부한 것이 훗날 꼭 쓰인다고도 보기 힘들다. 그렇지만 가장 핵심이 되고 바탕이 되고 근본이 되고 기본이 되는 것은 있다. 그것을 중심으로 열심히 공부하자. 너희들이 통과해야 할 첫 관문이 대학입시이다. 이것을 극복하는 열쇠가 바로 독서를 많이 하는 것이다. 초등학교 때는 책을 많이 읽자. 그리고 마음을 집중하고 안정시키고 연습하고 반복하여 몸에 익히자.

사람들은 한꺼번에 큰 성과를 거두기를 원한다. 그런 것은 별로 없다. 혹시 있다면 기적이고 대박이고 천운이다. 어찌 그것만 바라보고 살 수 있나. 한 번 성공하려면 몇 번은 실패해야 한다. 조금씩 조금씩, 꾸준히 꾸준히, 순서대로, 하나씩 하나씩 하다 보면 어느 사이인가 이루진다. 물론 요령은 필요하다. 그것은 선생님 도움을 받는다. 내가 좋아하는 사자성어(四字成語)가 있다. 너희들 마음속에 항상 새겨서 행하면 인생의 고비 고비를 슬기롭게 헤쳐 나갈 수 있을 거다.


'작은 것이나 적은 것도 쌓이면 크게 되거나 많아진다'는 적소성대(積小成大), '티끌 모아 태산을 이룬다'는 진적위산(塵積爲山), '적은 물방울이 돌에 구멍을 뚫는다. 포기하지 말고 꾸준히 나아가라. 참고 인내하며 칼을 연마하라.'는 수적천석(水滴穿石), '우공

이 산을 옮긴다'는 우공이산(愚公移山), '도끼를 갈아 바늘을 만든
다. 어떤 일이든 꾸준히 열심히 하면 이룬다.'는 마부위침(磨斧爲
針), '밥 열 술이 밥 한 그릇 된다. 여러 사람이 도우면 쉽다. 이것
말고도 한술 밥에 배부르랴, 천리 길도 한 걸음부터, 백번 찍어
안 넘어가는 나무 없다.'는 뜻의 십시일반(十匙一飯) 등등 수없이
많다. 이렇게 하는 것이 성공의 왕도이다.

어느 큰 부자는 십원 이십원 같은 적은 돈을 소중히 여기지
않는 사람은 직원으로 채용하지 않았다고 한다. 어느 학자는 매
주 토요일마다 논문을 조금씩 써서 이룬 성과가 대단하여 유명
한 대학자가 되기도 했다.


작은 행복이 자꾸 찾아오면 큰 행복이 따라오고, 작은 성공이
거듭되면 큰 성공이 절로 온다. 특수하고 화려한 삶을 추구하는
것보다는 보편적이고 소박한 삶을 살면 언제나 행복하다.

처음 시작할 때 아무것도 없는 사람과 무엇을 어느 정도 가지
고 시작하는 사람의 마음, 태도, 행동이 사뭇 다르다. 전자는 '잃
을 것이 없고 실패하면 끝이다'라는 생각이므로 죽기 살기로 노
력한다. 후자는 이미 있기 때문에 악착같은 면이 없고 쉽게 얻으
려 한다. 이것의 차이가 엄청나다.

인생은 열심히 하다 보면 도약도 생기고 비약도 생긴다. 세상
탓, 남 탓, 국가 탓, 부모 탓 아무 소용없다. 모두 자기 탓이다.

# 작은 차이가 큰 것이다

지혜로운 사랑아, 봄의 전령 봄비가 자주 오구나. 수억 년 동안 겨울이 가면 봄이 온다는 진리는 변함이 없구나. 영구한 것처럼 보이는 진리도 언젠가는 변해가겠지. 세월이 가고 또 가고 너희들이 훌쩍 자랐을 때 세상은 어떤 세상일까. 지금보다는 평화롭고 풍족하고 자유롭고 고통이 적은 세상이 되면 얼마나 좋을까. 너희들이 행복하게 살 수 있는 세상 말이다.

하루 한 번은 너희들을 보듬어보고 불러보고 할아버지 할머니라고 부르는 소리를 들으면 얼마나 좋을까. 나에게 그런 노복이 있으면 좋겠다. 아마도 내가 욕심이 많나 봐. 아마도 내가 세상을 모르나 봐. 많은 연구가들이 연구한 바에 의하면 건강하게 장수하는 사람은 자식, 부부, 친지와 관계가 좋아 외롭지 않은 사람이라고 한다. 나도 외롭지 않았으면 한다.

유정세계의 모든 삼라만상(森羅萬象)들이 살아남기 위하여 저마다 최선을 다하고 있다. 인간 세상의 사람도 그러하다. 강인한 몸, 지혜로운 마음을 소유하고 있으면 생존에 훨씬 도움이 된다. 최소한의 생존과 더 나은 삶을 위하여 누구나 자기 나름대로 열심히 노력한다. 생존경쟁에 이기려고 한다. 그렇지 않으면 뒤쳐지고 급기야는 도태된다. 우주 운행과 모든 것의 주인공인 한마음으로 보면 승리자나 패배자나 같다고 한다. 그러나 사바세계에서는 승리자가 되는 것이 답이다.

너희들은 경쟁에서 승리자로 남아야 한다. 나의 경험으로는 웬만한 경쟁은 성공할 확률의 99%까지는 자기 노력과 길러온 지혜로 채울 수 있다. 그러나 1%는 자기 힘으로 채울 수도 있지만 대개의 경우는 자기 힘의 밖임을 알게 된다. 누군가의 무언가의 힘이 보태져야 100% 완전한 성공을 한다.

다시 말하면 사람은 완벽한 존재가 아니다. 따라서 보이지 않는 조력자, 의지처, 우주법계의 섭리 등의 보살핌이 있을 때 모자라는 1%를 극복하여 자기의 뜻을 이룬다. 이 도움도 본인이 간절히 원하고 갈망하고 갈구해야 받을 수 있다. 우연히는 결코 이러한 행운이 찾아오지 않는다.

중요한 시험에 1점이 모자라 실패하고, 중요한 경기에 1초 차이로 패배하고, 중요한 선거에 1명 부족해 떨어지고, 내가 좋아하는 바둑에서는 1집으로 승부가 난다. 1초만 참으면 될 일을 참지 못하여 일을 그르치는 경우가 수없이 많다. 이 모두 얼마나 애석하고, 안타깝고, 답답하고 억울한 일인가. 이러한 경우를 줄이려면 여러 번 시도하고 반복하여 확률을 점점 높여 가거나 간절한 소망으로 이 세상의 주인공에게 기도하고 기원하는 수밖에 없다.

불교에서는 유정물은 지옥, 아귀, 축생, 아수라, 인간, 천인의 여섯 세상 중에 어느 한 세상에 살고 있다고 한다. 이것을 육도윤회(六道輪廻)라고 한다. 이 중에 사람으로 태어나기가 가장 어렵다고 한다. 이 인간 세상이 기도발, 즉 가피를 제일 잘 받는 세상이라고 한다. 우리가 돌아가면 어떤 세상에 태어날지 모른다. 혹시 다른 세상에 태어나면 너희들을 위한 기도를 하기 어려우므로 가피를 가장 잘 받는 사람 사는 이 세상에 살아 있을 때 너희들을 위한 기도를 한없이 하고 싶구나.

모든 일이 간발의 차이로 결정된다. 큰 차이로 성공과 실패, 합격과 불합격, 승자와 패자로 갈리는 것이 아니다. 지금은 머리털만큼의 작은 차이가 세월이 가면 엄청난 차이로 벌어진다는 "호리유차 천지현격(毫釐有差 天地懸隔)"이란 말도 있다. 명심하자.

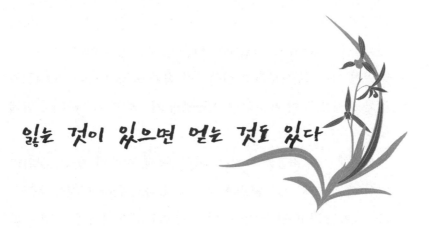

## 잃는 것이 있으면 얻는 것도 있다

참되고 진실한 사랑아, 사람들이 아는 것이 많은
것 같지만 무지(無知)하다. 인류의 역사가 거듭되는 동안 지식과
경험이 엄청나게 축적되어 왔다. 그러나 아직 미지의 쪽이 상상
도 못할 정도로 많다. 사실 인류가 밝힌 것이 있다고 말할 만한
것이 없을 정도로 미미하다. 세상의 이치를 모르는 것이 너무
많다. 진리를 깨닫지 못해 번뇌의 근원이고 암흑세계 같은 마음
의 상태인 무명(無明) 속에서 사람들은 허덕이고 헤매고 있다. 어
두운 무명의 세계를 벗으나 어떻게 하면 지혜, 진리 그리고 광명
의 세계로 갈 수 있을까 하는 것이 인류의 꿈이고 염원이다. 불가
능한 일인지 모른다.

법(法)은 이 세상의 진리·도리·실체·법칙·존재 등 모든 것을

뜻한다. 법(法)에는 평형을 이루려는 성질이 있다. 이 간단하고 평범한 이치를 사람들은 모르거나 알면서도 무시하거나 간과해 버린다.

물은 평형을 이룬다. 바다와 호수가 수평이다. 물은 수평을 이루려고 아래로 흐르고 또 수증기가 되어 위로 올라간다. 기압과 전압도 높은 데서 낮은 데로 흘러 평형을 유지하려고 한다. 이로 인해 바람이 생기고 전류가 생긴다. 화산폭발과 지진도 땅속의 힘의 균형 유지를 위한 활동이다. 지구가 태양을 도는 것도 서로 밀고 당기고 하여 일정하게 유지하려는 속성이 있기 때문이다. 모든 자연현상은 조화와 균형 그리고 평형을 이루려는 속성에 따라 움직이고 발생한다. 이러한 이치만 알아도 어느 정도 무명에서 벗어난다.

물과 불을 이용하면 편리하지만 반드시 부작용도 생긴다. 물은 댐을 만들어 가뭄과 홍수를 조절하고 농업에 편리하게 이용하지만 댐이 무너지면 엄청난 위험과 손실이 있다는 것을, 불은 전기를 만들고 방을 따뜻하게 하고 음식을 조리할 때 유용하지만 불이 나면 집을 태우고 생명도 빼앗아갈 수 있다는 것을 알아야 한다. 국가와 국가 간의 외교에서도 이익이 있으면 손해도 있다. 전쟁에서 승리하면 전리품은 있겠지만 많은 손실도 따른다. 대제국 원나라도 결국은 망했다.

두 남녀 간의 사랑에 달콤함만 있는 것이 아니라 그 사랑의 대가는 언젠가는 지불해야 한다. 쓰디쓴 아픈 이별이 온다는 것은 어쩔 수 없는 진리이다. 물론 이별이 두려워 사랑을 하지 마라는 것은 아니다. 배신으로 인한 이별은 증오를 가져오고 뿐만 아니라 처참한 파국을 맞기도 한다. 사랑하는 처자식이 있으면 참으로 행복하다. 그 행복 유지를 위해 어마어마한 육체적 정신적 에너지를 소모한다. 어쩌면 생명을 바칠 각오도 한다. 높은 지위에 있거나 많은 돈을 가진 부자는 현재의 위치와 재산을 빼앗길까 봐 하는 조바심, 질투와 시기로 인한 모함과 누명을 쓸까 봐 하는 근심 걱정에 시달려야 한다. 원자력 발전소는 적은 비용으로 많은 에너지를 얻지만 잘못하면 크나큰 비극을 가져올 수 있다. 우리가 먹는 음식과 약은 약이 되기도 하고 독이 되기도 한다.

모든 법은 긍정적인 면과 부정적인 면이 있다. 안전과 위험, 이익과 손해, 편리함과 불편함, 성공과 실패, 사랑과 증오, 약과 독 등의 양면이 있다. 우리의 일상생활에 일어나는 많은 일들에도 양면성이 있지만 사람들은 자기가 원하는 어느 한 쪽만 염두에 두거나 바란다. 다른 쪽은 애써 외면하거나 나쁜 쪽으로 일이 벌어질 수 있는 확률이 아주 낮을 것이라고 치부한다.

등산을 하면 맑은 공기, 탁 트인 경치, 건강 챙기는 것만 생각하지 자칫 잘못하면 크게 낭패 본다는 것은 잊어버린다. 어려운 시험에 도전하면 합격의 영광만 눈에 보이지 실패의 아픔은 나에게 그런 일이 없기를 바란다. 자동차를 타고 다니면 편리하고 편하지만 사고의 위험이 있다는 것을 마음에 두어야 한다. 어떤 일에 실패하면 모두를 잃은 것 같지만 그 일을 하는 동안 반대급부로 얻은 것도 많다. 어쩌면 그것이 더 큰 성공의 씨앗이 될 수도 있다. 어떤 사람이 친구 빚보증으로 재산을 날렸다. 후일 선거에 출마했을 때 신세를 진 친구가 죽기 살기로 도와준 덕택으로 당선이 되었고 돈도 돌려받았다. 자기 땅이 개발에 휩싸여 헐값에 팔렸지만 그 돈으로 더 좋은 곳에 자리 잡아 더 큰 이득을 얻었다. 조기유학이나 선행학습을 하면 그 당시 그 또래에 앞서는듯하지만 학생이 나쁜 환경에 빠지거나 발달 단계에 맞추어 학습을 하지 않은 관계로 학습에 지장이 많아 공부에 흥미를 잃을 수 있다. 도박이나 주식투자는 잃는 쪽을 먼저 생각해야 하는데 대부분의 사람들은 얻는 쪽만 생각한다. 패가망신한다. 특히 돈에 관계되는 행위는 선한 행위를 해도 나쁜 쪽이 생기고, 악한 행위를 해도 좋은 쪽이 유발되는 경우가 허다하다.

사람들은 자기가 선택한 일과 행위에 대하여 완벽히 좋은 결과만 기대한다. 나쁜 결과도 수반된다는 것은 계산에 없다. 나쁜 결과가 초래될 확률이 미미하여 거의 무시해도 된다고 생각하거나 그런 확률이 커지만 상당한 위험을 걸고 모험을 하는 수도 있다. 결과에 대한 응보는 모두 자기 몫이다.

자기에게 플러스되는 것만 챙기고 마이너스되는 것은 생각조차 하지 않는 것은 도적질인 투도(偸盜)이고 욕심인 탐애(貪愛)이다. 자기가 바라는 쪽을 얻었으면 반드시 따라오는 마이너스 부분도 감수하고 감내하고 받아들여야 한다. 그런데도 불구하고 손해보거나 위험하거나 불편한 것은 자기에게 해당되는 사항이 아니라고 여긴다. 명분을 얻었으면 실리를 버리든지 꿩을 먹었으면 알은 먹지 않든지 해야 하지만 명분도 챙기고 실리도 챙기려 하고 꿩도 먹고 알도 먹으려 한다. 모두 다 챙기지 못해 억울해 한다. 얻은 것만큼 대가를 지불해야 한다. 그것을 하지 않으려고 한다. 그것을 남에게 전가시키려 하고 남 탓으로 돌리려고 한다. 심지어 하늘을 원망하거나 분노한다.

잃은 것이 있으면 얻는 것도 있고, 얻은 것이 있으면 잃는 것도 있다. 이것이 세상사는 이치이다. 화(禍)와 복(福)은 함께 있어 항상 똑 같은 양으로 나타난다. 선(善)과 악(惡), 사랑과 증오도 마찬가지이다. 현명한 사람은 어떤 일이든 모든 법(法)에는 긍정적인 면과 부정적인 면, 플러스 쪽과 마이너스 쪽이 있다는 것을 명심하고 그것에 대한 준비와 대비를 하고 적절히 대책을 마련하여 대응한다. 세상의 이치를 받아들이지 않으려는 어리석음을 범해서는 안 된다.

# 3. 한마음 사랑에게

고통은 사랑의 씨앗이요, 번뇌는 지혜의 씨앗이다.
사랑과 지혜는 복(福)을 부르고 화(禍)는 멀리한다.

바치는 것이 사랑이요, 비우는 것이 지혜이다.

# 나를 항상 새롭게 하자

따뜻한 사랑아, 상급 학년이 되면 학교공부 내용이
좀 어려워진다. 한 번 더 생각하고 같은 것을 자꾸 연습하고 했던
것을 또 반복하면 잘할 수 있을 것이다. 비단 공부뿐만 아니라
우리 삶도 그렇게 살면 대부분의 문제는 해결된다. 다시 말하면
집중, 열정, 열심이다. 그렇게 하자. 또 우리의 마음을 풍부하게
하고 아름다운 감성을 갖도록 하자.

증조할아버지께서 돌아가신 지 오래 되었구나. 세월이 참 잘
간다. 증조할아버지는 너희 아빠들을 무척 사랑하고 이뻐했다.
오죽하면 족보에 별명으로 용과 호랑이를 상징하는 이름으로 올
려놓으셨을까. 아마도 너희들 자라는 모습도 보시고 계실 거야.
그리고 보살펴주실 거야.

너희 아빠들 초등학교 때는 어떻게 지나갔는지 기억에서 많이 사라져 버렸구나. 우리는 그때가 너무나 행복했던 때인데 그때는 그 행복을 모르고 지냈구나. 지금은 행복했다는 기억만 아련히 남았구나. 너희 엄마 아빠는 너희들 공부시키느라고 힘들어 할 거야. 그래도 이때가 부모의 일생 중 가장 행복한 시기란다. 이때부터 너희들은 철이 조금씩 들고 세상 삶을 하나하나 알아가고 있단다.

사람은 어떤 계기가 있을 때마다 새롭게 각오를 다지고 새판을 짜고 마음을 가다듬고 새 꿈을 향해 나아가야 한다. 그것이 성장이다. 이제 새 학년이 되었으니 매일매일 하루하루 나 자신을 새롭게 하자. 그것이 바람직한 방향으로의 전진이다. 고귀한 삶의 방법이다. 담임선생님, 교실, 친구 모두 낯설지만 곧 익숙해질 거야. 새로운 것에 대한 설렘과 기쁨을 잊지 말고, 몸·마음·생각·행동·공부 모두 모두 새 출발하자.

'법구경'에 나오는 구절 하나 이야기하마. "사람은 원래 깨끗한 것이지만 모두 인연을 따라 죄와 복을 부르는 것이다. 어진 이를 가까이 하면 곧 도덕과 의리가 높아 가고, 어리석은 이를 친구로 하면 곧 재앙과 죄가 따르는 것이다. 향을 싼 종이는 향을 가까이 해서 향기가 나고, 생선을 꿴 새끼줄은 비린내가 나는 것과 같은 것이다. 사람은 다 조금씩 물들어 그것을 익히지마는 스스로 그렇게 되는 줄을 모를 뿐이니라."

좋은 친구를 사귀자. 엄마 아빠는 누가 좋은 친구인가를 안다. 부모님, 선생님 말씀 잘 듣고 따르자. 행복의 첫출발이다.

## 나를 제일 사랑하자

고마운 사랑아, 날이 따뜻하다 못해 갑자기 덥기까지 하구나. 외출할 때 타성에 젖어 겨울옷으로 입고 나가면 갑갑하더구나. 남쪽 야산에는 이미 꽃들이 활짝 피었겠구나. 도심에서는 아직은 화사한 꽃의 세상은 아닌 것 같구나.

세상의 모든 것 중에 무엇을 제일 먼저 그리고 많이 사랑해야 할까. 애인일까, 부모일까, 형제일까, 부처님 예수님 공자님일까. 또 다른 거룩한 신일까, 아니면 돈일까, 벼슬일까, 힘일까, 그것도 아니면 자기 조국일까, 민족일까, 지구일까.

나의 생각으로는 자기 자신을 제일 먼저 사랑하고, 제일 많이 사랑하고, 제일 오래 사랑해야 한다고 마음속에 담아 두고 있다. 싯달타 태자가 태어나자마자 일곱 발짝을 걷더니 오른손은 하늘로 왼손은 땅을 가리키면서 천상천하유아독존(天上天下唯我獨尊)이라고 하셨다. 이 말씀은 절대적으로 자기가 가장 존귀하다는 뜻이다. 자기가 우주의 중심이고 우주의 주인이란 말씀이다. 즉, 자기가 있고 남이 있다. 이것이 있어 저것이 있고, 저것이 없으면 이것도 없다는 것이 연기법이다. 나가 있어 남이 있고, 남이 없으면 나도 없다.

　나도 이롭고 남도 이로워야 한다. 나에게는 해롭고 손해인데 남만을 위한다는 것은 어리석은 일인 것이다. 물론 나의 손해가 미미하고 남의 이익이 매우 크다면 혹 모를 일이지만 대개는 그러하다. 남과 이 세상을 지극이 아끼고 사랑하는 사람 중에는 자기를 희생하고 헌신하는 사람도 있다. 그것을 최상의 낙으로 여기는 분이다. 그러나 자칫 잘못하면 자기가 도움을 준 사람으로부터 무한한 대가를 바라기 쉽다. 어느 누구도 완전한 희생과 헌신은 존재하지 않는다고 생각한다.


　남이 도움을 필요로 할 때는 외면 말고 최대한 도움을 줘라. 자기 생각만으로 불쌍히 여겨 도와주고 싶을 때는 반드시 도와줘도 좋으냐고 물어라.

　자기가 좀 부족하다고, 좀 못 낫다고 절대로 자기 자신을 비하하거나 멸시하거나 학대하지 마라. 자기가 자기 자신을 아끼고 사랑하지 않으면 남이 자기를 사랑하거나 알아주거나 챙겨주지 않는다. 남은 더 자기를 업신여기거나 무시해 버린다. 나부터 나를 먼저 사랑해라.

나를 제일 귀하고 소중하게 여기는 것이 잘못하면 자만(自慢)을 가져오기 쉽다. 건방지기 쉽다. 이것을 경계해야 한다. 세상이 자기 위주로 자기를 위해서 존재하고 돌아간다고 생각하면 안 된다. 그런데 요즘 현실은 그렇게 생각하는 사람이 많은 것 같다. 남을 사랑하는 것이 자기를 사랑하는 것이란 이치를 깨달아야 한다. 이것이 큰 사랑이요, 한마음 사랑이다.

자신을 왕자로 여기면 부모는 왕이 되는 것이고, 남을 왕으로 만들어주면 자기는 왕도 만들 수 있는 사람이 되는 것이다. 모든 사람이 자기 자신만을 생각하고 사랑하면 문제는 있다. 그렇게 되면 세상은 온통 갈등과 싸움이 끝나질 않을 것이다. 따라서 자기를 사랑하되 지혜 있는 사랑을 해야 한다. 지혜 없는 사랑은 독이 될 수도 있다. 지혜로운 사랑에는 몇 가지 지킬 것이 있다.

남의 것을 탐하지 말 것, 남의 불행을 나의 행복의 요소로 삼지 말 것, 나에게도 남에게도 더 바라지 말 것, 웬만하면 감싸주고 받아들여줄 것 등이다.

자기 자신을 사랑하고, 자기 자신에게 헌신하고, 자기 자신을 보살피고, 자기 자신에게 투자해라. 그러면 행복이 따라올 것이다.

## 미세한 것도 살피자

그냥 좋은 사랑아, 물이 자작하게 있는 개천에 까치가 논다. 자세히 보니 올 봄에 알에서 깬 어린 까치 같았다. 어미인 듯싶은 것은 그 근처에서 이리저리 날며 지켜보는 듯했다. 개천바닥에 꿈적도 하지 않는 오리 한 쌍이 서 있다. 왜 움직이지 않나 했더니 새끼오리 세 마리가 얕은 물에서 놀고 있더구나. 봄은 생명을 깨우는 계절 기(氣)를 듬뿍 받아라.

법구경은 부처님께서 행복한 사람, 훌륭한 사람, 깨닫는 사람이 되기 위하여 사람이 가져야 하는 마음, 행위, 태도 등을 가르쳐주신 말씀이다. 그리고 공자는 군자, 지도자, 정치가가 되는 길을 가르쳐주셨고, 또한 석가모니는 중생을 고통 없고 즐거움을 얻는 이고득락(離苦得樂), 번뇌 없고 윤회가 없는 적정열반(寂靜涅槃)으로

가는 길을 가르쳐 주셨다.

이 경전에서 말을 할 때는 항상 조심하고 삼가하고 생각하여 말하라. 즉, 상신사언(常愼思言)하라 하셨다. 이렇게 하면 악행을 소멸하고 편안함을 얻고 심지어 불사(不死)한다고 하셨다.

옛날 어른들께서 왜 말을 많이 하지 마라 하셨을까. 말은 한 번 한 것은 되돌릴 수가 없기 때문이다. 말을 하다 보면 할 말, 안 할 말을 막하게 된다. 말 때문에 큰 상처와 낭패를 보게 되는 것은 흔한 일이다. 눈 위에 발자국은 지울 수 있지만 한 번 한 말은 그렇게 지워지는 것이 아니다. 말뿐이 아니라 글 쓰는 것도 그러하다. 한 번 인쇄되어 뿌려진 글은 주어 담을 수 없다. 마음에 새겨라.

적은 것을 보는 지혜 있는 사람이 되라. 즉, 견미지자(見微知者)가 되라는 뜻이다. 이런 사람은 후환이 없고 근심 걱정이 없다고 하셨다. 사소한 일이 후일 큰 일로 되는 경우가 너무나 많다. 처음 작은 일이 생길 때 그것을 미리 알아 차려 대책을 세워 대응하면 화를 면할 수 있다. 남이 보지 못하는 미세한 부분도 놓치지 않고 볼 수 있고 챙길 수 있는 능력은 대단한 것이다. 이 능력이 사람 개인의 능력 차이가 되어 성공과 실패의 원동력이 되기도 한다. 살피고 또 살피고, 주의하고 또 주의하고 무엇이든지 예사롭게 보지 말고 항상 깨어 있도록 하자.

말을 삼가하고, 작은 것도 챙기는 행동은 무의식적으로 나올 수 있도록 어릴 때부터 노력하자. 마치 무명베에 물이 스며들듯이 내 몸에 서서히 베이게 하자.

역지사지易地思之하자

있어 좋은 사랑아, 벌써 봄이 무르익어 가구나. 바깥에 나가보지 못해 보지는 못했지만 아마도 산과 들에는 봄 냄새, 봄 향기, 봄기운, 봄바람 등이 가득할 거야.

세상은 나와 나 아닌 것으로 나누어져 있다. 나 아닌 것에는 사람과 사람 아닌 것으로 나누어진다. 나와 이들 사이에 관계가 형성된다. 관계의 가깝고 먼 정도, 많고 적은 정도, 깊고 얕은 정도, 좋고 나쁜 정도 등의 차이는 있지만 모두 관계를 맺고 있다. 관계가 생기면 갈등이 생기기 마련이다. 따라서 나는 "인생은 갈등의 길"이라 말하고 싶다.

나 아닌 것과의 갈등뿐만 아니라 나 자신과의 갈등도 생기는 것은 어쩔 수 없다. 우리는 이 갈등을 풀고 해소하면서 살아가야

174

한다. 따라서 나는 '인생은 갈등 해소의 연속이다'라고 말하고
싶다. 지혜로운 갈등 해소가 성공한 삶, 행복한 삶, 성스러운 삶
을 가져온다.

　나와 관계가 밀접하지 않으면 그들과의 갈등은 외면하고 지내
도 큰 문제가 없다. 그러나 그 관계가 깊고 가까운 사이와의 갈등
은 피할 수도 없고 크게 다가온다. 나 자신과의 갈등, 부모형제와
의 갈등, 자기가 속한 사회와의 갈등 등은 우리의 삶의 질을 좌우
한다. 이 중에서도 나 자신과의 갈등과 부모형제와의 갈등이 행
복에 커다란 영향을 미친다. 이것이 오늘날 우리 사회의 중대한
문제이다.

　갈등 구조가 하도 복잡하므로 그 해결 방법도 다양할 수밖에
없다. 갈등을 해결하려면 기본적으로는 도덕, 법, 계율, 규칙 등
을 정하고 종교를 끌어오기도 한다. 그리고 성인들의 가르침, 옛
조상들의 가르침, 스승님들의 가르침, 나 스스로의 경험과 수행
등에 의지하기도 한다.

　옛날 중국의 성인 공자에게 제자가 물었다. "인간 관계에서 꼭
가져야 하는 것을 하나의 한 자로 표현하고자 하면 어떤 한 자
냐"고 물었다. 공자가 답하기로 "서(恕)"라고 했단다. 이 한자의
뜻은 어질다, 용서하다의 뜻을 가지고 있다. 어질다는 인(仁)과
같은 뜻으로 사랑의 넓은 의미가 아닌가. 그리고 용서하다는 포
용과 관용 아니겠는가. 즉, 자비와 관용을 한 마디로 '서'로 나타
낸 것이다. 물론 여기에 지혜로움이 깃들어 있어야 한다.

　지혜 없는 자비, 자비 없는 지혜는 아름답지 못하고 위험하다.

기독교에서의 으뜸 가르침은 사랑이다. 사랑이 사람과의 관계를 선하고 아름답게 만들 수 있다고 했다. 불교에서는 자비와 지혜가 사람뿐만 아니라 삼라만상 모두에 있어야 한다고 했다.

서(恕)를 행하는 길이 역지사지(易地思之)이다. 즉, 처지를 바꾸어서 생각하라는 뜻이다. 너희 증조할머니께서는 이것을 "내 맘 짚어 남의 맘 헤아려라"고 하셨다. 너희 할머니, 할아버지는 이 말씀을 마음에 깊이 새겨 항상 염두에 두고 생활한다. 정말로 훌륭한 가르침이다. 너희들도 명심하여라.

'법구경'에서 "자신을 본보기로 삼아서 남을 해치지 마라. 나를 사랑하듯 남을 사랑하라" 등을 말씀하셨고, 기독교 신약성서에 나오는 황금률에서도 "다른 사람에게서 바라는 대로 남에게 해주어라"라고 하셨다. 얼마나 귀중한 말씀이기에 황금 같은 율법이라고 했을까. 그리고 공자께서도 혈구지도(絜矩之道), 즉 '자기의 처지를 미루어 남의 처지를 헤아려라'라고 말씀하셨다. 뿐만 아니라 소크라테스 등 동서양의 많은 성인들께서 이 혈구지도를 말씀하셨다.

남과의 모든 관계에서 혈구지도를 행하면 좋지만 최소한 부모 형제 간에는 꼭 혈구지도의 길을 지킬 것을 부탁하고 당부한다.

176

# 기회를 놓치지 마라

마음에서 떠남이 없는 사랑아, 놀 틈이 없지. 그
래도 놀 때는 놀아야지. 아빠·엄마와 함께 자주 여기저기 다녀
체험도 하고 견문도 넓히고 휴식도 취해야지. 여유와 여가를 지
혜롭게 보내는 것도 참으로 중요하다. 꼭 필요하다.

우리나라 국회의원 뽑는 총선이 있었다. 훗날 너희들도 어떤
선거에 출마할지도 모른다. 출마하면 당선되어야 한다. 당선되
려면 어떻게 하면 될까. 사람들은 정말 맘에 들어 찍어주는 경우
는 드물다. 차선으로 밉지 않은 사람, 무난한 사람, 손해를 주지
않을 사람, 진실해 보이는 사람, 꼬롬한(꽁하다, 속이 좁다, 언짢아
하다. 음흉하다, 뭔가 다른 꿍꿍이가 있다) 사람이 아닌 사람 등 이런

것이 기본이다. 사람들은 보통 때는 내색을 하지 않는다. 그러나 그 사람 됨됨이를 정확하고 분명히 알고 있다.

당선되려면 자질과 능력, 최선을 다하는 노력, 때와 운이 있어야 한다. 능력과 노력의 구비는 넘치도록 준비하고 그리고 때를 기다린다. 때가 와야 한다. 바람(여론)이 불어야 한다. 불어오는 바람을 이용하든지 바람을 일으키든지 하는 것은 그 사람의 몫이다. 무엇보다 중요한 것은 꿈을 향해 꾸준히 준비하고 평소에 여러 사람의 힘이 되어 주는 것이다. 한 표를 얻으려면 그만한 대가를 지불해야 한다. 세상에 공짜는 없다는 것을 명심해야 한다. 철칙이다.

시간의 뜻에는 두 가지가 있다고 한다. 하나는 강물처럼 흐르는 물리적인 시간, 또 다른 하나는 흐름의 구간을 나타내기도 하는 때라는 뜻이 있다. 그리고 때는 찬스·기회·전환점 등을 나타내기도 한다. 우리는 이'때'를 잘 알아야 한다. 일할 때, 놀 때, 공부할 때, 사랑할 때 등을 잘 구별하고, 마음을 내거나 멈추거나 바꿀 때를 잘 알아야 한다. 나에게 어떤 때가 올 것을 예견하고 그때를 맞이할 준비를 항상 해야 한다. 그때를 놓치면 안 된다. 자기에게 때가 옴은 하늘의 축복이다. 외면하거나 거절하지 마라. 때는 너무나 중요하다. 독수리도 때가 되어야 둥지에서 날 수 있다. 욕심을 빼고 보면 때가 보인다. 때는 이미 와 있는지도 모른다. 다만 자기는 모를 뿐이다.

너희 증조할머니는 나에게 물러설 때 나아갈 때, 즉 진퇴현은 (進退見隱)을 늘 말씀하셨다. 이것을 잘못하면 패가망신한다고 하셨다. 때에 따라서는 욕심을 좀 내기도 하고 분노도 좀 내기도 해도 된다. 다만 과하지 말아야 한다.

너희들 앞에는 수많은 기회와 찬스 때가 온다. 때를 너희들 것으로 만들어야 한다. 놓치지 않으려면 항상 기다리고 준비하자.

사랑을 베풀고 지혜를 기르는 것이 그것에 대한 준비이다. 지혜 없는 사랑은 갈애(渴愛)를 낳고, 사랑 없는 지혜는 업보(業報)를 쌓는다.

어제보다 오늘, 오늘보다 내일, 조금이라도 더 나은 나가 되기 위하여 끊임없이 정진하여라.

말을 끝맺을려니 〈무소의 뿔〉 경에 나오는 구절이 생각나는구나. 소리에 놀라지 않는 사자처럼, 그물에 걸리지 않는 바람처럼, 물에 때 묻지 않는 연꽃처럼, 무소의 뿔처럼 혼자서 가라.

## 무탈無頉하기를 기원한다

있어 든든한 사랑아, 우리가 좋아하는 작은 절에 다
녀왔다. 이 절의 산신각도 좋고 그기서 멀리 바라다보면 경치가
참으로 아름답다. 마침 그날은 그 절에서 백제왕과 신하들 제사
지내는 날이었다. 천오백년을 더 이어오는 행사였다.

사람은 누구나 잊혀지는 것을 제일 두려워한단다. 백제왕과
신하는 죽어서도 행복할 거야. 지금껏 추모하고 있으니까. 그 동
안 천재지변도 없었나 보다. 숱한 세월을 지나고도 아직도 흔적
을 찾는 이 있으니까.

요즈음 전 세계적으로 재앙이 잦다. 중동과 유럽은 내전과 난
민, 그리고 테러로 몸살을 앓고, 일본과 에콰도르를 비롯한 환태
평양화산대는 불의 고리가 되어 지진과 화산폭발로 그 피해가

엄청나다. 특히, 금년에 이런 현상이 자주 일어난다.

재난과 재앙은 천재지변과 인재지변이 있다. 이런 변(變)으로 인해 생기는 재앙과 피해를 재해(災害)라 한다.

천재지변을 자연재해와 같은 뜻으로 쓰기도 한다. 재해로 인한 대참사를 아포칼립스라 한다. 재해 아포칼립스를 막아야 한다. 천재지변에는 지질학적 재해(지진, 화산폭발, 쓰나미), 기상학적 재해(태풍, 해일, 홍수, 폭설, 한파, 가뭄, 황사, 번개), 기후변동 재해(빙하기, 지구온난화), 생물학적 재해(전염병, 해충, 녹조, 적조), 우주적 재해(행성접근, 태양풍) 등등이 있다고 한다. 인재지변은 교통사고, 화재사고, 폭발사고, 오염, 소요사태와 전쟁 등 주로 부주의해서 일어나는 사건 사고이다. 사실 어떤 것이 천재인지 인재인지 명확히 구분이 되지 않는 것이 많다.

재난과 재앙은 우리 인간에게 꼭 필요한 물, 불, 공기 등의 자연과 탐, 진, 치의 마음의 번뇌로부터 생긴다. 재해는 피할 수 있는 것과 피할 수 없는 것이 있다. 대부분 자연재해는 피하기 어렵다. 특히, 우리 인간이 간절히 막고자 하는 생노병사(生老病死)는 피할 수 없다. 이러한 재앙이 언제 다가올지 모르고 얼마큼 피해를 입을지 모르므로 우리 인간은 공포에 떨고 있다.

과학의 발달과 역사의 교훈, 그리고 인간들의 경험으로 많은 재해를 예방하고, 피해의 정도를 줄이고, 사후 수습에 노하우가 있지만 그래도 대부분은 불가항력인 것이 많다. 인간은 아직도 자연 앞에서는 나약하다. 자연을 겸허하게 대하고, 자연을 성스럽게 대해야 한다. 인재지변은 우리가 어떻게 하느냐에 따라 최소화할 수 있다. 매사에 조심하고, 주의하고, 자세히 살피고, 수칙과 원칙대로 하고, 방심하지 말고, 설마 어떠랴 하는 마음은 안 된다. 인재는 대부분 부주의에서 비롯된다. 아무리 재해를 막으려고 애써도 오는 재난을 막을 수 없다면 대처와 대응을 잘 해야 한다. 이때는 긍정적 적극적으로 실망하지 말고 재난 수습에 최선을 다한다.

분쟁과 전쟁 그리고 다툼이 자주 생기는 곳, 화산폭발과 지진이 잦은 곳, 물·공기·토양 등 오염이 심한 곳, 화재 위험과 위험물질이 있는 곳, 특히 평소에는 안전하지만 폭우·폭풍·폭설 등이 생기는 곳은 주의하고 조심하자. 친구들과 등산, 야유회 등을 함께 할 때는 갑작스런 계곡 범람, 교통 문제 등에 신경을 써야 한다. 그리고 술, 담배는 하지 말고, 약과 음식 등에도 주의해야 한다. 당하지 말고 미리 챙기자.

재난을 막고, 재앙을 방지하는 것을 습관화하자. 당하면 처참하다. 우리 한반도는 자연재해로부터 상대적으로 안전하다. 서울 근방이 좀 더 안전한 것 같다. 살기에 길지인 것 같다.

재해에 대한 방지, 대응, 수습에도 건강과 체력이 매우 중요하다. 대응기술과 체력을 기르자. 너희들에게는 이런 재해가 일어나서는 결코 안 된다. 너희들이 무탈하기를.

# 남 탓 하지 마라

이유 없이 좋은 사랑아, 오늘은 미세먼지가 매우 심하단다. 옛날에는 황사와 미세먼지는 큰 문제가 되지 않았는데 요즈음은 그 피해가 엄청나다. 중국의 사막지대에서 부는 모래바람, 중국의 공업화로 인한 공기오염, 우리나라의 산업화 등으로 생긴 것이다. 이럴 때 건강관리를 잘해야 한다.

우리는 용인에 있는 절에 갔다 왔다. 새로 생긴 절인데 규모가 상당하더라. 대웅전, 삼성각, 극락전, 관음전 등 모든 전각에 참배하고 왔다. 물론 너희들의 행복도 기원했다.

현대사회는 과거와 달리 그 구조가 복잡하고 다양하다. 사람들은 자기가 살고 있는 자연환경과 사회에 따라 사는 방식과 생각이 다르다. 우리나라는 자연환경이 사람살기에 지구상에 가장 좋은 나라 중에 하나이다. 기후는 봄·여름·가을·겨울 사계절이 있고, 꽃도 있고, 바람도 불고, 눈도 내린다. 삼면이 바다이므로 온화한 기온이 항상 감싸고 있다. 물도 풍부하고 산과 들이 적당이 잘 어울려져 있어 먹을 것도 많다. 더욱이 화산폭발·지진과 같은 천재지변은 거의 없어 평화로운 곳이다. 이렇게 살기 좋은 곳이니까 이웃 나라에서 자꾸만 탐을 내어 쳐들어와서 약탈하거나 침략해 온다. 이것이 제일 큰 재난 중에 재난이다.

전쟁은 천재가 아니라 인재이다. 이렇기 때문에 우리 민족의 사건 사고는 자연재해는 미미하고 인재가 대부분이라고 생각한다. 때문에 우리나라 사람은 모든 행복과 불행, 성공과 실패, 사건 사고는 사람의 잘못이라는 생각이 많은 것 같다. 지진의 나라, 화산폭발의 나라, 쓰나미의 나라 등 자연재해에 노출되어 있는 나라 사람은 사람의 잘못이라기보다 운명으로 받아들인다고 한다. 사람의 탓이란 생각과 하늘의 탓이란 생각의 차이가 생긴다.
우리나라 사람들은 '사람이 하는 일인데 못할 것이 없다', '무엇이든 할 수 있다', '해내라', '하면 된다', 그리고 '해봤어'라는 말은 우리나라 유명 정치가, 유명 기업인의 말이다. 심지어 죽은 사람도 '살려 내라'라고 막무가내로 우겨도 된다고 생각하는 듯하다.
법과 원칙쯤을 바꾸는 것은 예삿일이고, 어겨서라도 해내라고 강요한다. 자기에게 유리한 결정을 하도록 도장만 찍으면 되는데 왜 도장을 안 찍느냐고 덤비는 일이 비일비재하는 듯하다.

얼굴이 못생기고 돈 없으면 부모 탓, 공부 못하면 학교 탓, 취직이 안 되면 빽 없는 탓, 뜻대로 안되면 정부 탓, 사건 사고 나면 나라 탓, 운이 없으면 조상 탓 모든 것이 남 탓이다. 내 탓은 없다. 남 탓이 아님이 분명한데 남에게 덮어씌우려고 하는 듯하다. 이 대열에 끼이지 못하면 엉뚱하게 책임을 지기도 한다. 그러하니 책임회피의 기술이 능란하다. '너만 잘 했으면 이런 불행은 나에게 오지 않았을 텐데' 하고 절규한다. 불행을 당한 억울함과 분함을 끈질기게 끌어간다.

어느 책임쟈가 완벽히 잘할 수 있느냐. 약간의 허점이 보이거나 아니면 없는 것도 지어내어 물고 늘어진다. 이러한 관습은 세월이 가면 변하기 마련이다. 불행을 그냥 포기하느니보다 남 탓을 하면서까지 이겨내려고 하는 것은 어쩌면 보통사람의 마음인지도 모른다.

남을 탓 하고 남을 원망하기 전에 자신을 한 번 더 돌아보자. 거의 대부분의 문제는 자기 탓으로 생긴 것이다. 자기 탓인 것을 인정하는 순간에 당하는 피해가 너무나 크기 때문에 사람들은 기를 쓰고 탓을 회피하려고 한다.

남 탓을 너무 심하게 하거나 덤터기 씌우는 것은 옳지 않다고 생각한다. 우리는 불행이 오기 전에 미리 막자.

# 남의 허물 찾지 마라

세상 전부인 사랑아, 내가 서점에 가는데 좁은 길에서 중학생쯤 되는 여학생이 길바닥에 강아지 똥을 누이고 있었다. 까딱 잘못 했으면 그만 밟을 뻔 했다. 내가 아직 운동신경이 있어 급히 피하긴 했다. 왜 자기 집에서 해결하지 않고 밖에서 남을 성가시게 할까?

우리나라는 옛날보다 잘 사는 편이다. 여유가 조금 생겼다. 옛날에는 반려동물을 기르기 어려웠다. 지금은 외롭고 허전함 등 여러 가지 이유로 반려동물 없이는 살아가기 힘든 사람이 많아졌다. 사람 가족의 수는 줄어드는 대신에 개·고양이 가족으로 그 부족을 채우고 있다. 우리는 애완동물을 키우지 않는다. 정이 들면 헤어지기 어렵고, 사랑의 총량은 정해져 있는데 짐승에 정을 주면 사람에게 줄 정이 줄어들 것 같다. 우리는 집에서 화초는 가꾼다. 반려동물보다 반려식물은 어떤가?

우리나라 사회가 참으로 많이 바뀌었다. 요즘은 어떤 사건의 책임과 죄과는 원인 제공자보다 그 때문에 걸려든 자의 행위에 더 있다. 누구든 당하면 화내거나 분노하거나 거칠어진다. 참지 못하고 그 대응이 조금만 지나치면 사건의 원인은 간데 온데 없고 지나친 대응행위만 세상이 꾸짖는다. 이러하니 많은 사람이 저질러 놓고 보자. 악수만 놓아라 하고 상대방의 큰 실수를 유도한다. 상대의 허물, 허점, 흠, 실수, 결점만 보였다 하면 들추어내고 진돗개처럼 물고 늘어진다. 허물이 있는 것을 탓하고 비난하면 그래도 좀 낫다. 없는 것을 지어내지 않으면 다행이다. 하여간 나보다 나은 자, 있는 자, 경쟁자는 못 봐준다. 옛날은 허물을 덮어주기도 하고 용서했다.

사람들은 자기보다 잘 난 사람을 싫어한다. 사람에게는 기본적으로 질투와 시기가 있어 그렇다. 정도의 차이가 있을 뿐이다. 웬만큼 뛰어나고 우수한 사람은 자기와의 비교에서 더 낫다고 인정하지 않으려고 한다. 도저히 따라 가지 못할 만큼 월등하면 인정할 수밖에 없다. 이만한 사람 어디 쉽나요. 그래서 남에게 호감 있고 인정받고 선택받고 사랑받기가 힘들다. 선두주자는 모든 이의 경쟁의 대상이다. 그래서 상처 나기 쉽다. 조금의 잘못도 용서 없고 잘못의 대가를 몇 배로 치러야 한다.

모난 돌이 정 맞는 격이다. 큰 꿈이 있으면 맨 앞에 나서지 말고 조금은 뒤쳐져 가도 된다. 한 발 물러서서 덕을 쌓고 때를 기다리고 준비한다. 사람들은 장점이 많고 뛰어난 사람보다 약점이 작고 허물이 더 적은 사람을 선호한다. 말이나 기록이나 통화수단에 허물을 남기지 말자.

우리나라에는 많은 선거가 있다. 이때는 서로의 정책과 비전을 알아보고 후보의 인물 됨됨이와 능력을 검증한다. 사실과 진실에 입각하여야 하지만, 그렇지 않은 것 같다. 너무나 많은 가짜 뉴스와 허위 사실이 난무한다. 일반 시민은 무엇이 진실인지, 흑색선전인지 모르는 경우가 많다. 남의 없는 허물을 만들어낸다. 선거뿐만 아니라 사회의 어느 분야이건 남의 허물찾기에 여념이 없는 것 같다.

너희 증조할머니께서는 항상 말씀하시기를 "남의 흉보기는 쉬워도 자가 허물은 모른다"라고 하셨다. 이 말씀은 세상에 허물없는 사람 어디 있나? 남의 허물 일일이 들추어내자 말고 묻어두라는 뜻이다. 그렇게 하면 남도 나의 허물을 덮어준다는 뜻이기도 하다. 그리고 또 말씀하시기를 "남의 나쁜 점은 보지 말고 좋은 점만 보아라"고 하셨다. 나는 되도록 증조할머니 말씀을 따르려고 했다.

# 모든 행위는 되돌아온다

항상 마음속에 있는 사랑아, 너희들 모두 자기 할 일 열심히 한다니 반가운 소리이다. 우리는 아주 오랜 만에 햄버거를 먹었다. 옛날 생각이 나더구나. 나 혼자 미국 있을 때 햄버거로 끼니를 때웠다.

너희들도 좋아하지. 그런데 자주 먹으면 안 돼. 함께 먹는 감자튀김·콜라도 모두가 몸에 나쁘다. 맛들이고 즐기면 비만해지고 면역력이 약해지고 결국은 몸을 망친다. 가공식품과 트랜스지방이 많이 든 음식은 되도록 피하자.

신문과 방송에 매일매일 하루 종일 유명 정치인들의 말, 행동 그리고 태도에 관한 이야기이다. 한 번 잘못을 저지르면 며칠이고 몇 년이고 생각나면 들춰낸다. 이토록 사람의 행위는 영원히 남는다. 지워지지 않는다. 깨진 그릇이요, 엎질러진 물이다.

요즘 항간에 남을 향한 막말, 비아냥대는 말, 남을 업신여기는 말, 남을 비하한 말, 남을 비꼰 말, 실없는 말, 씨잘 대기 없는 말, 주책없는 말, 쩔뚝 없는 말, 허튼소리 등이 난무한다. 이런 말을 쓰지 않으면 말이 성립되지 않는 것처럼 되어 버린 것 같다. 더 심하면 십악(十惡) 중에 중죄인 구업(口業)을 짓기 일쑤이다. 헛된 말 거짓말인 망어(妄語), 교묘하게 꾸며대는 말인 기어(綺語), 험하고 악한 말인 악구(惡口), 이간질하는 말인 양설(兩舌)이 입으로 짓는 구업이다. 사람의 됨됨이, 인격, 품격, 품위는 말로 좌우된다.

남에게 가한 말과 행위는 그만큼 자기에게도 되돌아온다는 이치는 까맣게 잊고 있다. 똑같은 말과 행위로 되받는 것이 아니더라도 어떤 형태로든 되받는다. 마치 거울이 빛을 하나도 남김없이 반사시키듯, 하늘이 그대로 되돌려준다는 것을 잊지 말자.

말을 잘 한다는 것은 좋은 내용을 나와 남을 괴롭히거나 상처 주지 않고, 사랑스럽고 아름답게, 그리고 진실되고 진정성 있게 말하는 것이다. 신분이 상승하면 할수록 말과 행동이 다듬어져야 한다. 끊임없이 삼가하고 조심하고 좋은 말하는 습관을 기르고 연습하자.

사람들은 어떤 사람을 싫어할까. 만자(慢字)가 들어간 행동을 하는 사람을 싫어한다. 물론 악자(惡字)가 들어간 행동을 하는 사람은 말할 것도 없다. 만(慢)은 게으르다, 업신여기다, 방자하다, 깔보다, 건방지다 등의 뜻이 있다. 이 글자가 들어가는 말 중에 가장 해서는 안 되는 행위는 교만(驕慢)이다. 교만은 잘난 체하고 뽐내고 건방지다는 뜻이다. 반대말은 겸손이다. 동서고금, 불교 기독교, 유교 등 각종 종교를 막론하고 사람이 하지 말아야 하는 것 중에 하나로 꼽는다. 교만과 비슷한 말로 거만, 오만이 있다. 특히, 불교에서는 '나'라는 것은 없는 데 있다고 여겨 이것에 집 착하여 자기가 최고이며 으뜸이라고 믿고 스스로를 높이는 것을 없애고, 남을 무시하거나 업신여기는 아만(我慢)을 버리면 세상 을 바로 보게 된다고 한다. 우리들의 말과 행동 그리고 태도에 교만, 오만, 거만, 아만을 쏙 빼어 버리자.

인간사회를 수호하는 데 두 가지 법이 있다고 한다. 하나는 부 끄러움(慙, 참) 또 하나는 창피함(愧, 괴)이다. 부끄러움은 악한 일 을 하는 것을 내심으로 수치스럽게 생각하고, 스스로 죄를 짓지 않는 것이고, 자신의 관찰을 통해 죄를 수치스럽게 생각하는 것 이다. 창피함은 악한 일을 하는 것을 외부로부터 두려워하는 것 이고, 자신의 죄를 타인에게 고백하여 부끄러워하는 것이고, 타 인의 관찰을 통해 자신을 부끄럽게 여기는 것이다. 부끄러움은 사람에 대해 부끄러워하는 것이고, 창피함은 하늘에 대해 부끄 러워하는 것이다.

사람들이 좋아하는 사람은 부끄러워할 줄 알고, 창피스러움을 알고, 무례하지 않고, 겸손한 사람이다.

## 도움 없이 이루어지는 것이 없다

거룩하고 성스러운 사랑아, 어린이가 있는 집안은 희망이 있고 꿈이 있고 사랑이 있다. 그리고 생명이 이어지고 행복이 찾아온다. 우리는 너희들이 있는 것만으로도 기쁘고 환희에 넘친다. 말할 때, 침묵할 때, 움직일 때, 고요히 있을 때, 즉 어묵동정(語默動靜)과 행할 때, 머무를 때, 앉아 있을 때, 누워 있을 때, 즉 행주좌와(行住坐臥) 단 어느 한순간도 너희들을 생각하지 않는 순간이 없다.

너희들 생각이 그칠 줄 모르니 우리는 항상 행복하단다. 하늘을 나는 새는 자취를 남기지 않는다지만 그것을 바라본 이의 머릿속에는 그 잔상은 남아 있듯이 너희들의 삶의 자취와 향, 내음은 우리의 몸과 마음에 어느 곳, 어느 순간이고 녹아 스며 있다.

지금은 너희들이 있어 행복하고, 옛날에는 너희들 아빠들이 있어 행복했다. 너희들 아빠 키우던 시절을 회상하면 사랑스럽고 믿음직스럽고 든든했던 마음이 더운 여름날 솔밭을 지나 불어오는 상쾌한 바람처럼 나를 휘감는다. 너희 아빠들 참 좋았다.

너희 할머니께 나는 감사했다. 아들들 잘 키워줘서 고맙다고 두 손을 잡아줬다. 이제는 그들에 대한 애착을 버리고, 순리에 따른다고 해도 여한이 남을 것 같지 않더라. 우리 딴에는 너희들 아빠 잘 키운다고 정성 참으로 많이 쏟았다.

너희들 살아갈 이 세상이 맑고 아름답고 빛나고 먹을 것이 풍부했으면 좋겠다. 연기법에 내가 없으면 이 세상도 없다고 했다. 나에겐 너희들이 있으니까 이 세상이 있게 되는 셈이다. 너희들이 있는 이 세상에는 태양이 항상 빛나야 한다.

옛날 중국의 여신 희화가 매일 태양을 목욕시켜 하늘에 맑은 태양을 뜨게 했단다. 어떤 신이 있어 앞으로도 영원히 태양은 빛나게 해야 한다. 공기는 항상 깨끗하고 풍부해야 한다. 너희들이 마셔도 마셔도 줄지 않아야 한다. 물과 식량은 메마르지 않고 풍부해야 한다. 가뭄·홍수·기근·질병은 이 땅에서 사라져야 한다. 그리고 불은 영원히 타올라야 한다. 불의 신은 불이 절대로 꺼지게 해서는 안 된다. 우리 후손이 살아갈 이 땅에 축복이 충만해야 한다.

우리가 살아오면서 배우고 듣고 경험하고 터득하여 얻은 것이 있다.

첫째, 작은 일이든 큰 일이든 남과 하늘의 도움 없이는 이루어지지 않는다는 것이다. 이러한 인덕과 천운은 전생의 업뿐만 아니라 현생에 자기가 행하여 얻은 업보에 따른다는 것이다.

둘째, 자기가 행한 행위에 따라 하늘이 그것에 따라 되돌려준다는 것이다. 선한 행위와 악한 행위 그리고 베푼 사랑에 따라 원인과 결과가 동시인 인과동시(因果同時) 아니면 원인과 결과가 다른 때인 인과이시(因果異時)일 뿐이지 꼭 되돌아온다.

셋째, 자기가 바뀌든지 세상이 바뀌어야 운명이 바뀐다. 운이 풀리지 않는다고 원망만 하지 말고 세상을 변화시킬 힘이 없으면 자기가 변하면 된다.

너희들은 나의 영웅이다. 행복하여라, 축복을 받아라, 고귀하고 성스러워라, 탁월하여라, 지혜로워라, 자비로워라, 향기로워라, 빛나거라, 평화로워라.

# 남의 고독을 이해하자

자유로워야 할 사랑아, 5월은 감사의 달, 사랑과 은혜의 달이라고 하여 나 주변의 사람들을 생각해보기도 한다. 또 부처님 오신 날이 주로 5월에 들기도 하여 뜻하는 바가 크다. 이렇게 5월은 참 좋은 날이 많다. 이 모든 기념일의 가장 큰 뜻은 남을 배려하고 남의 잘못을 용서하고, 화합해서 살아가란 뜻이다.

어버이날에 엄마 아빠에게 잘 키워주셔서 감사하다고 인사를 했지요. 부모의 은공을 챙길 줄 알아야 한단다.

사람에게는 꼭 휴식이 필요하다. 개구리는 멀리 뛸 때 몸을 움츠렸다가 몸을 쭉 펴면서 날듯이 뛴다. 새도 날개를 접고 쉬다가 날 때는 날개를 펴서 나른다. 곰은 겨울잠, 즉 동면을 하면서 쉰다. 그래야 봄에 활력이 넘쳐 생명활동을 할 수 있다. 이것들이 자연의 이치이다. 인간도 쉬어야 에너지를 비축할 수 있다. 더 나은, 더 강한 삶의 열정을 펼치려면 휴지(休止) 시간은 필수이다. 공부도 계속 열공만 할 수 없다. 잠시 쉬다가 공부하면 어렵고 안 되는 것도 쉬워질 수도 있다. 무엇이든지 잠깐 쉬기도 하고, 멈추기도 하고, 마음의 평화를 갖는 것은 한 발 더 나아가게 하는 원천이 될 수도 있다. 쉴 때는 쉬고, 할 때는 최선을 다 하여 열과 성을 바쳐야지. 지치면 또 쉬어야지.

어제는 어버이날이라 TV에서 이에 관련되는 방송을 했다. 어느 서양의 이야기이다. 아주 나이 많은 할아버지가 혼자 산다. 자식은 몇이 있지만 모두 떨어져 따로 산다. 몇 년이 지나도 전화 한 통 없고 찾아오지도 않았다. 할아버지는 무척 외롭고 자식이 보고 싶었다. 자기가 죽었다고 소식을 보냈다. 자식들이 장례를 치르기 위하여 아버지 집에 왔다. 자식들은 놀랐다. 식탁 위에는 접시와 수저가 놓여 있다. 그때 아버지가 요리를 들고 나타난다. 자식들은 이제야 아버지의 고독을 깨닫고 이후로는 자주 아버지를 찾았다는 이야기이다.

또 하나의 이야기는 다음과 같다. 역시 나이 많은 노인이 혼자 살고 자식들은 따로 산다. 모처럼 어렵게 어쩌다가 한 번 가족이 모이기로 약속이 되었다. 노인은 자식도 보고 손주도 보게 되는 것이 무척 기뻤다. 자식들이 좋아하는 음식, 손주들이 좋아하는 선물도 사고 만날 날만 기다렸다. 만날 날이 가까워졌다. 어떤 자식은 갑작스런 직장일로, 어떤 자식은 더 급하고 피치 못한 일로 올 수가 없다는 소식이다. 할아버지는 서운했지만 어쩔 수

없이 마음을 접었다. 후일 알게 되었지만 자식들은 자식들대로 힘들게 살고 있다는 것을 알고 긴 한숨을 쉬었다.

어버이날 때 부모들이 제일 받고 싶은 것은 선물이 먼저이고, 현금·꽃·카드 등이란다. 어느 집 아들이 요즘 공기가 나쁘므로 부모님 건강을 염려하여 공기정화기를 부모님께 선물했다. 이 사실을 두고 어느 노부부가 서로 이야기를 주고받는다. 누구 아들인지 참 효자로구나. 그 아버지는 부자이니까 선물 받은 거요. 요즘 자식들은 부모 돈 보고 효도하지 그냥 하는 사람 없대요. 당신이 부자라면 당신도 자식한테 선물 받을 수 있소. 선물 못 받아 한탄 말고 돈 없는 것을 한탄하소. 선물 액수도 부모 재산정도에 따라 다르다고 해요. 이제 다 돌이킬 수 없는 일이요. 잠이나 잡시다.

이런 현상이 오늘날 우리 사회의 일면이기도 하다.

사람은 누구나 늙으면 외롭다. 그리고 가족이 곁에 없으면 괜히 슬퍼진다. 어쩔 수 없다. 그래도 옆에서 도와주면 큰 도움이 된다. 그래서 가정이 행복의 샘이요, 기댈 곳인 의지처이다. 사람은 늙어 가면 사랑하는 사람, 재산과 명예, 쌓아온 삶 뭐든 하나하나 차츰차츰 잃어간다. 그리고 모조리 자기 곁에서 멀리 사라진다.

사랑하는 사람과 헤어지는 고통인 이 애별리고(愛別離苦)가 사람에겐 가장 무서운 고독이요 고통이다. 이것을 견디고 이겨내려고 사람은 종교를 가지지도 하고, 명상을 하기도 한다.

# 복전福田을 가꾸자

응공 같은 사랑아, 어제 참으로 예쁘더라. 사랑스럽지 않은 때가 없었지만 어제는 사월 초파일 '부처님 오신 날' 봉은사에서 너희들을 만나니 더욱 더 우리가 기뻤던 모양이다.

여기저기 전각을 다니면서 참배를 했다. 참배하는 너희들 모습이 얼마나 귀여운지 너희들은 짐작이나 했겠나. 할머니는 너희들 따라다니면서 언제 준비하셨는지 시주(施主)돈을 너희들 손에 들려주셨다. 복(福) 많이 받을 것이다. 너희들 엄마 아빠도 일 년에 한 번만이라도 절에 가는 것을 우리는 흐뭇하게 생각한다. 한 번이라도 마음의 때를 씻고 거룩한 님을 마음에 새긴다는 것은 안 하는 것보다는 형언할 수 없을 만큼 큰 복을 짓는 것이다. 발 디딜 틈이 없을 정도로 많은 인파였다. 저마다 소원을 발원하고 기원하러 왔다. 우리도 소원을 기원했다. 무량대복 받자.

세상 사람은 누구나 할 것 없이 복(福) 받기를 좋아한다. 그런데 그 복이란 놈이 저절로 굴러들어 올까. 감나무 아래 누워 입을 벌리고 있으면 감·홍시가 떨어져 입으로 들어올까? 그 정도라도 바라고 있었으니 혹시나 어쩌다가 그렇게 될 수도 있을 것이다. 이와 같이 찾아오는 복은 평생에 한 번 있을까 말까 하는 복이다. 또 살다 보면 가끔은 의외의 행운이 찾아와 사람이 살 수 있도록 숨통을 틔워줄 때도 있다. 이런 복은 행운이 가져다준 복이다. 이것이 행복이다. 행복은 필연의 결과로 오는 복보다는 자기도 모르게 찾아온 복이다.

전생에 많은 복덕을 쌓아왔다면 이생에서 저절로 찾아오는 복은 많겠지만 그렇지 않으면 이생에서는 박복(薄福)한 삶이 된단다. 이생을 위해서 또 살아야 하는 내생(來生)을 위해서 우리는 부지런히 복 밭인 복전을 가꾸어야 한다.


세상 사람들이 모두 그렇게 말하는 이야기이지만 나도 여태껏 살아보니 틀림없이 맞는 말이 하나 있더라. 다름이 아니라 '세상엔 공짜가 없다'는 말이다. 꽃으로 인해 열매를 보게 된다는 뜻인 인화견실(因花見實)이 세상의 이치이다. 복을 짓지 않았는데, 복을 베풀지 않았는데 복이 찾아올까? 꽃이 없는데 열매가 맺게 될까? 복을 짓지 않았는데 복이 저절로 굴러들어 올까? 어림없다.

문제는 어떤 복의 씨앗을 어떤 복 밭에 심느냐가 문제이다. 좋은 씨앗을 좋은 밭에 심느냐 그리고 얼마나 정성껏 가꾸느냐에 따라 복의 양(量)은 달라진다. 여기에 사람마다 복 받음의 차이가 있다. 많은 사람들이 부처님, 하느님, 태양님, 거석님, 거목님의 복 밭에 복의 씨앗인 제사를 지내면서 복을 달라고 정성껏 기원한다. 그렇게 하는 것보다는 사람이란 복 밭에 덕이란 복의 씨앗을 심으면 더 많은 복이 오지 않을까?

우리에게 최고의 복을 가져다주는 덕성의 기본은 효(孝)가 아닐까? 어떤 학자가 말하는 효의 뜻은 '어머니 마음'이라고 하더구나. 자식이 아플까, 자식이 잘 못 될까, 자식이 못 살까 늘 걱정하고 두려워하는 어머니 마음이 효라고 한다. 국가에 대한 효는 충(忠)이고 부모에 대한 효는 효이고, 자식에 대한 효는 사랑이다. 사람에 대한 효, 즉 인애(人愛)야말로 가장 좋은 복 밭에 가장 좋은 복의 씨앗을 심는 것이다. 그 중에서도 부모에 대한 효, 즉 부모에 대한 사랑은 최상의 복 밭에 최고의 복의 씨앗을 심는 것이다. 효도를 다 하지 못한 자식의 슬픔인 풍수지탄(風樹之嘆)을 한들 무슨 소용이 있을까. 살아생전에 효를 다하자. 어느 스님은 이렇게도 말씀하시더구나. 부모가 살아생전에는 다른 형제가, 부모가 돌아가신 후에는 자기가 효도하겠다고 하더구나.
효로써 복전을 가꾸는 것이 가장 적은 투자로 가장 큰 복을 얻는 경제 원리에 딱 맞다.

# 권도權道의 길도 있다

무상사 사랑아, 할머니는 어제 충청도 서해안 지방에 있는 사찰에 할머니가 평소 다니는 절의 스님과 신도들과 함께 기도순례를 하고 오셨다. 가고 싶어도 누구 데려다주는 사람이 없어 가지 못한 곳에 가게 되어 너희들을 위해 맘껏 기도하고 나니 하도 좋아 꿈인가 생시인가 모르겠다고 하신다.

바닷물이 발목까지 잠기는 바닷길을 건너야 갈 수 있는 간월암을 저만치 두고 망설이다가 너희들이 눈앞에 아련 거려 용기를 내어 건넜단다. 겁 많은 너희 할머니로서는 대단한 용기와 욕심이었다. 그리고 마애삼존불 있는 곳에 무릎관절의 아픔을 무릅쓰고 가시게 되어 평생소원을 이루셨다.

사람들은 살아가면서 끊임없이 선택하고 판단하고 결정한다.

그리고 쉴 사이 없이 어떤 행위를 하고 산다. 행위를 하고 나면 자기가 행한 행위가 정당한가 하는 문제에 봉착하게 된다.

이 행위의 정당성을 판단하는 기준은 크게 두 가지가 있단다. 하나는 행위가 규범에 일치하느냐를 묻는 규범성과 하나는 그 행위가 상황에 적절했느냐 하는 적시성이다. 규범성에 일치하는 것을 정도(正道) 또는 상도(常道)라 하고, 적시성 또는 상황성에 따르는 것을 권도(權道) 또는 시중(時中)의 도(道)라 한다. 예의나 경상(經常) 등이 규범성에 따른 것이다. 권도는 특수한 상황에 정당성을 갖는 행위를 의미하므로 편법과는 다르다. 정도, 권도 둘다 정당한 행위로 판단되지만 권도를 행할 때는 그 사람의 인격, 지성, 실천력 등이 높게 요구되기도 한다.

권도를 자주 행하면 자칫 잘못하면 상황논리에 빠지고, 예외를 자꾸 만들게 되고, 법에 대한 신뢰가 떨어지기도 한다. 그러나 권도의 길도 참으로 중요하다. 버릇이 나쁜 학생을 선생님이 체벌을 가해 선량하게 했다면, 부모가 편식하는 자식을 삼 일 굶겨 식습관이 개선되었다면, 외과전문의가 아닌 의사가 응급수술로 사람을 구했다면 이런 행위는 권도인가 아닌가? 판단 기준이 애매할 수도 있다. 따라서 권도는 시비꺼리가 되거나 말썽을 일으킬 소지가 있다. 같은 술을 마셔도 도력이 높은 스님은 권도로, 수행이 미흡한 스님은 계율을 어긴 것으로 간주될 경우도 있다.

『삼국유사』에 있는 이야기 하나 하자. 백월산에서 노힐부덕과 달달박박 두 스님이 수도를 하고 계실 때, 비바람이 세차게 부는 어느 캄캄한 밤에 어느 여인이 길을 잃어 달달박박이 있는 곳에 가서 밤을 지내기를 청했으나 청정 비구는 여인과 한 방을 쓸 수 없다고 거절했다. 이 여인은 불빛 따라 노힐부덕이 있는 곳에 가서 하룻밤을 지냈다. 이 여인은 다름 아닌 관세음보살이었다. 노힐부덕은 미륵불이 되고, 달달박박도 노힐부덕이 사용하고 남은 금물에 목욕을 하고 아미타불이 되었다고 하는 전설이 있다.

나는 옛날에 교수를 하면서 학생에게 학점 줄 때 가장 고민이 되었다. 학생이 좋은 성적을 받으면 격려도 되고 취업하는 데 도움도 된다. 아무리 법대로라지만 나에게서 받은 성적으로 인해 취직에 큰 지장을 초래한다면 이 또한 어찌 하랴. 가능한 한, 할 수 있는 한 성적을 후하게 주자고 한 것이 나의 권도였다. 모든 법도 법을 위한 것이 아니라 궁극적으로는 사람을 위한 것이다.

그리고 사람이 하는 행위이다. 권도의 판단의 기준은 사람에 바탕을 두어야 하지 않을까. 사회가 권도를 받아들이면 나중에는 새로운 정도가 생긴다.

정도가 옳지만 상황이 상황인 만큼, 때가 때인 만큼, 급하면 급한 대로 권도인 임기응변과 상황 타개 능력이 꼭 필요하다. 생각과 마음의 유연성을 기르자.

# 천륜天倫을 알자

물불가릴 수 없는 사랑아, 할아버지 생일날을 너희들이 축하해줘서 너무너무 행복하고 즐거웠다. 마치 앙꼬 많은 찐빵이고, 물 많은 오아시스였다. 너희들이 너무너무 예쁘고 사랑스럽고 귀엽고 대견했다. 이 세상에 너희들이 최고이다.

작년에 너희 할머니 생일 때는 손녀가 생일축하카드를 주었는데 이번에 나의 생일 때는 손자가 생일카드를 주었다. '사랑해요, 감사해요'라고 해서 할아버지 눈에서 눈물도 났다. 글씨도 예쁘고 그림도 예쁘고 너희들 마음이 더 예뻤다. 고마워요.

사람이 늙어지면 누구나 겪는 것이 밤에는 잠이 오질 않고 낮에는 졸리고, 자식들은 별로이고 손주는 보고 싶다고 하더구나. 나도 마찬가지이다. 사람들은 나를 보고 자기 자식, 자기 손주 사랑이 유별나다고 한다. 내가 볼 때는 자기들도 마찬가지인데…. 남들이 뭐라 하든 나는 좋다. 내가 물불 안 가리고 사랑뿐만 아니라 줄 수 있는 것은 몽땅 다 주고 싶다. 다만 나이가 들어 무엇을 줘야 하는지 자신이 없다. 나의 사랑과 관심이 필요한지 혹시 싫은지 머뭇거려진다. 그래서 우리는 기도를 할 뿐이다. 언제나 행복하라고. 우리의 기도 한 번에 너희들이 한 번 웃을 수 있다면 우리는 쉼 없이 기도하련다. 우리가 절을 하면 너희들 꿈이 이루어진다면 수만 번 절을 마다하랴.

사람들은 소중하다는 정도를 천륜과 인륜이란 것으로 정해놓았다. 천륜은 하늘이 맺어준 인연과 도리, 인륜은 사람이 맺어준 인연과 도리란다. 천륜은 서로 공유한 혈(血)의 량의 정도에 따라 요즘 말로는 나눠 가진 DNA의 양에 따라 맺어진 것이고, 인륜은 서로의 역할과 작용에 따라 맺어진 것이다.


천륜은 맹목적 헌신과 사랑이 흐르고, 인륜은 신(信)과 의(義)가 그 바탕이다. 동양에서는 천륜을 대체로 더 소중이 여긴다. 군사부일체(君師父一體)라 하여 천륜과 인륜을 차이 두지 않기도 했다. 옛날에는 천륜으로 맺어진 부모자식 간의 사랑은 무한대였다. 그러나 오늘날 우리 사회는 천륜도 무너지고 말았다. 하물며 인륜은 말할 것도 없다. 쉼틈없이 고통 받는 무시무시한 지옥인 무간지옥(無間地獄)에 갈 사람도 수두룩해졌다. 오직 자기 자신만 안다.

또 하늘이 맺어준 인연이 있다. 부부 관계인 천생연분(天生緣

分)이다. 불완전한 둘이 만나 완전한 하나가 된 것이 부부이다. 떨어지면 떨어진 둘은 자기를 잃은 것과 같다. 하늘이 짝지어 주었기 때문에 사람이 떼어 놓을 수 없다. 그런데 요즘 사람들은 하늘이 못하게 한 금지 영역에 자꾸만 겁 없이 침범한다. 언젠가는 하늘이 화를 내지 않을까. 아니 요즘 우리 사회는 이미 그런 시기에 접어든 것이 아닐까?

하늘의 사랑 천애(天愛)가 조금 남아 있을 때 사람들이 정신을 차려야 할 텐데. 부처님이 말씀하신 말법(末法)시대가 온 것이 아닐까? 답은 하나이다. 사랑과 신의의 충만이 그 해답이 될 수 있다. 천륜과 천생연분은 진실한 것이다. 아름다운 것이다. 하늘의 말씀이고, 부처님의 마음이다.

사랑의 힘은 강하다. 하늘을 무너뜨리기도 하고 보천(補天)하기도 한다. 나 아닌 남 다른 것을 사랑하는 것은 바로 자기 자신을 사랑하는 것이다. 사랑하는 것도 연습이 필요하고 기교도 필요하다. 사랑하는 것이 습관화되면 복덕과 공덕과 행복이 덩굴째 굴러들어온다. 이것은 진리이다. 사랑도 에너지이므로 하면 소모된다. 사랑하기가 그래서 힘들다. 사랑의 에너지를 끊임없이 보충해야 한다.

천륜과 천생연분에 따르면 하늘에서 만다라꽃비처럼 큰 복을 내려보내준다. 아무리 써도 또 채워준다. 우리 가정에는 사랑의 샘물이 끊임없이 샘솟아 강물이 되어 바다를 이루어 다시 천지를 적시는 축복의 우담바라화가 피어나기를 바라면서.

# 감사와 찬사를 보내자

세상에서 제일 멋진 사랑아, 우리가 서유럽여행을 하고 온 관계로 우리 이야기를 하지 못했다. 할머니는 일찍 시차와 피곤함을 극복했지만 나는 아직도 불규칙한 밤잠, 신진대사의 부조화로 고통을 받고 있다. 오늘에야 겨우 조금 정신이 든다. 사람마다 유럽여행이 힘들다고 하는구나. 여행 중에는 몸의 큰 불편 없이 잘 다녔다. 너희들을 만났을 때 건강하게 잘 크고 있어 무엇보다 기뻤다. 너희들 아빠들이 어릴 때 건강하여 우리가 행복했던 시절이 생각나기도 했다.

런던, 로마, 피렌체, 베네치아, 밀라노, 융프라우, 파리를 여행했다. 너희 할머니를 서유럽여행을 꼭 시켜드리고 싶었다. 인류문화와 문명의 중심지를 보여주고 싶었다. 미얀마, 베트남, 라오스, 인도 등 불교국가에는 성지순례로 다녀왔다. 이때는 기도와 소원성취를 위한 여행이므로 마음 놓고 쉬거나 즐기는 여행이라고는 할 수 없었다. 이번 서유럽여행은 마음 놓고 다니고 싶었다.

너희 할머니가 나에게 시집와서 잘 살았는지 못 살았는지 모르겠지만 세계 최고의 선진국을 너희 할머니에게 구경시켜 주지 않으면 후회될 것 같아서 큰마음 먹고 용기를 내기로 했다. 무엇보다 너희 할머니 무릎이 좋지 않은 것이 마음에 걸렸다. 빨리 걷지 못하면 남 따라 다닐 수 없다.

이것이 문제인데 남의 눈총을 받는다 해도 이겨내자. 더 나이가 들거나 무릎이 더 나빠지면 영영 불가능하다. 역시나 내가 일행 중에 나이가 제일 많고 할머니는 최선을 다하지만 일행 따라 걸을 수 없다. 난감했다.

그러나 어쩔 수 없다. 남에게 양해를 구하고 요령껏 최선을 다하는 수밖에 없다. 그 중에 하나가 남과 잘 어울리는 것이다. 다른 사람의 장점을 발견하여 칭찬도 해주고, 잘하는 일이 있으면 찬사도 아끼지 않는다. 영어를 잘하는 사람에게는 참 영어 잘하는군요, 효성이 지극했던 부부에게는 큰 복 받을 거예요, 몸이 건장한 사람에게는 젊을 때 운동을 아주 잘했겠군요. 듣자 하니 젊을 때 공부를 참 잘하여 동네 소문이 자자했다고 하더군요 등등 찬사를 보내고, 너희 할머니를 부축해주는 사람에게는 감사를 보내고 아픈 사람에게는 약을 주었다. 며칠이 지나고서는 우리가 남에게 큰 피해를 안 주고, 우리의 약점을 보완하려고 최선을 다하는 모습을 보고는 일행이 우리에게 마음을 열었다.

남과 처음 사귀는 방법으로는 사귀고 싶은 사람의 장점, 강점을 찾아 찬사를 보내고, 잘한 행위를 보고는 칭찬하고 베풂을 주는 사람에게는 감사를 보내는 것이 좋다고 여긴다.

현재 자기를 존재하게 하여 살게 하는 모든 것에 항상 감사해야 한다. 따지고 보면 이 세상의 모든 것, 모든 일 어느 하나 자기의 생존에 관계되지 않은 것이 없다. 길거리 흔한 돌멩이 하나라도 나와 인연이 아닌 것이 없다. 인연이 있는 것은 모두 나에게 고마운 존재이다. 나에게 물 한 잔 주거나 자리를 양보해주는 사람은 엄청나게 고마운 사람이다. 나는 나이가 들어서 모든 것에 고마움을 알고, 고마운 것에 대한 감사의 말을 전한다.

좋은 사람, 훌륭한 사람, 배울 것이 많은 사람이 너희들께 결코 먼저 다가오지 않는다.

그런 사람이 보이면 너희들이 먼저 나서라. 남녀노소, 지위고하를 막론하고 너희들의 마음의 스승으로 삼을 만한 사람을 찾아 나서라.

여행을 하다 보면 삶의 세계가 바뀌므로 마음의 세상이 바뀐다. 이리하여 인생의 폭이 넓어지고, 커지고 깊어진다.

너희들도 훗날 여행을 많이 하여라. 그러면서 인생은 성장하고 좋은 친구를 보는 안목도 좋아진다. 남에게 감사, 칭찬, 찬사를 아끼지 말자.

## 투도偸盜는 죄악이다

빛나는 사랑아, 요즘 우리나라 사회에 만연되어 있는 화제꺼리는 갑질, 표절, 막말, 성희롱 등이다. 누구든 이것에 휘말리면 끝장이다. 참으로 조심해야 한단다. 변명, 해명 또는 용서를 구할 방법도 없고, 그런 기회도 안 준다. 법의 심판을 받기 전에 사회적 여론의 뭇매, 몰매를 맞고 평생 쌓아온 모든 것이 허물어지고 물거품되어 사라져 버린다.

남보다 조금 나은 위치에 있는 사람이 걸려들면 분노의 화살을 수만 다발로 쏘아 되어 흔적도 없게 만들어 놓는다. 그 정도는 용서하고 반성하게 하여 새로운 기회를 주는 경우는 거의 없다. 이미 우리 사회는 남을 용서하고, 타이르고, 관용을 베푸는 사회는 아닌 듯하다. 한 발만 까딱 헛딛거나, 잘못 짚으면 그걸로 아웃이다. 세상살이 조심하고, 말과 행동 항상 바르게 행하여야 한다. 순식간에 공든 탑이 무너지고 인생을 망친다.

정의(正義)란 자기 것을 자기에게 돌려주는 것이라고 들었던 적이 있다. 다시 말하면 자기 것 아닌 것을 가지면 불의이고 도둑이다. 갑질, 표절, 막말, 성희롱은 크게 보면 모두 투도에 해당되는 말이다.

갑질은 남보다 상위에 있다는 우월감에서 나온 행위인데 남들은 그 사람을 상위에 올려놓은 적이 없는 경우이다. 따라서 지위를 도둑질한 결과이고, 표절은 남의 것을 자기 것으로 했으니 결과적으로 도둑질한 것이고, 막말은 그런 말을 해서는 안 되는 말을 한 것이므로 이것 또한 도둑질한 것이고, 성희롱은 서로 농담으로도 해서는 안 되는 사이에서 벌어지는 일을 한 것이니까 도둑질한 것이다. 도둑질은 반칙이고 정의에 어긋난다. 이제 우리사회는 투도 행위는 분노를 넘어 증오한다.

남이 용서해주겠지, 이 정도는 이해해주겠지 하는 마음은 마음에서 없애야 한다. 세상은 그리 후하지 않다. 남을 용서해주는 척하지만 언젠가는 꼭 들추고 나온다. 각오는 언제나 해야 한다. 사이가 좋을 때는 잊은 것이 아니라 숨기고 있다가 활용가치가 있다고 싶으면 가차 없이 꺼내든다. 지나간 일이라 이때는 방어하기도 어렵다. 속수무책이다.

매사에 항상 말과 행동 조심하고, 삼가하여 실수 없도록 하여라. 이렇게 하도록 습관화되어야 한다. 부드러운 말, 사랑스런 말, 남에게 이로운 행동 생활화하자구나.

# 이상향理想鄉을 꿈꾸자

눈부신 사랑아, 나는 앞으로 너희들이 살아갈 세상은 어떤 세상일까 하고 가끔 머릿속에 상상해보기도 한다. 오늘날은 열심히 일을 해야만 살 수 있는 세상이다. 인간은 먼 과거에는 오직 먹을 것을 구하느라 다른 것을 생각할 틈이 없었다.

차츰차츰 삶에 여유를 가졌지만 아직까지도 의식주 해결을 위한 투쟁과 고난의 연속이다. 그러나 너희들 세대는 인간 삶의 형태가 엄청나게 변화할 거야 지금으로서는 누구도 모를 거다. 짐작하건대 노동과 전문성 일은 아마 사람이 아닌 그 무엇이 대부분 다 맡아할 거다. 따라서 사람들은 지금보다 훨씬 일하지 않는 시간이 많겠지. 그렇다고 여유로운 시간은 아닐지도 모른다. 이 남는 시간을 어떻게 보내느냐의 문제에 직면할 거야. 그것을 지금부터 준비해야 할 것이다. 소규모의 농사일, 예술활동, 사회활동 등에 관심을 갖자.

깨달음의 세계에서의 광명은 진리와 생명을 뜻하기도 한다. 기독교에서의 빛은 창조와 구원을 의미한다고 한다. 그리고 대자유는 시간과 공간으로부터 자유, 모든 번뇌와 고통으로부터의 자유, 환희와 평화를 누리는 자유를 뜻한다. 누가 이런 빛의 세상 대자유의 세상에 상주할 수 있을까. 그런 분을 부처라 한다. 사람을 비롯한 뭇 중생은 이미 불성(佛性)을 가진 부처인데 다만 그 사실을 모르고 있을 뿐이라고 한다. 불교도들은 수행을 통하여 자기가 부처임을 깨달으려고 정진하는 사람들이다. 사람들을 수행정진하게 하고, 이 우주섭리를 다스리고, 이 세상을 통할하는 존재는 무엇일까? 그런 존재를 한마음, 주인공, 또는 부처라고 한다. 다른 종교에서는 브라흐만, 하느님이라 부른다.

사람들은 죽어서 가든지 살아서 가든지 가고 싶은 상상의 이상세상을 염원한다. 극락, 천당, 파라다이스, 유토피아, 샹그릴라, 삼발라 등이 그것이다. 삼발라는 사람 자연 그리고 신과의 완전한 조화를 이루고, 마음 안에 존재하고, 땅이나 하늘 길로는 가지 못하고, 착하고 선한 마음으로만 갈 수 있고, 엄청난 고통을 이겨낸 후 도달할 수 있는 머나 먼 곳에 있다는 이상향이다. 이런 초월적 세상이 실제로 존재하든 안 하든, 신이 만들었든지 인간이 만들었든지 아니면 그 스스로 존재한 것인지 알 수 없다. 과연 이런 세상이 존재하고 있을까. 이 물음에 선뜻 답할 수 있는 분은 아무도 없다. 나의 생각은 수학에서 제로 벡타의 방향은 360도 중에서 생각하고 싶은 방향으로 하듯이 그런 세상을 그 누가 만들었든지, 존재 여부는 좋을 대로 생각하면 된다고 여긴다. 우리는 어떻게 하면 그런 좋은 세상에 갈 수 있을까? 불교에서는 자비와 지혜로, 기독교에서는 사랑으로 갈 수 있다고 한다. 우리 중생이 자비롭고 지혜롭다는 것을 우리의 주인공 한마음, 하느님에게 전하는 방법이 무어냐 하면 기도, 명상, 찬양, 염불, 주문, 말씀 따르기, 절 등이다. 이것을 게으르지 않고 한결같이 하면 우리의 주인공이 우리를 그 좋은 세상으로 인도한다고 한다.

부처의 말씀과 마음 중 가장 중요한 것은 사성제, 팔정도, 중관사상, 유식사상, 공(空)사상이다. 이 세상 모든 것은 마음에 달렸다고 하는 일체유심조(一切唯心造), 고행과 쾌락을 넘은 또 다른 길 중도(中道) 그리고 모든 것은 무상(無常)하고 변한다는 공사상(空思想)을 마음에 새겨 팔정도를 행하면 주인공 한마음이 중생을 살아서 아니면 죽어서 그곳에 데리고 간다고 한다.


우리는 우리를 이 세상에 있게 해준 모든 분들, 그리고 소중하고 소중한 너희들을 위해 매일 합장한다. 아마 우리가 이 세상을 마친 후에도 계속 될 거야. 중생은 살아서도 죽어서도 서로 많은 영향을 끼친다는 것을 믿고 있다.

# 관행慣行도 조심하자

잘 살아야 하는 사랑아, 너희들은 쑥쑥 성장해야
지. 튼튼하게 커야지. 마음도 건강해야지 손자 녀석은 이제 가족
을 도울 정도의 나이가 되어 가고, 손녀들은 예쁜 마음을 가지도
록 예쁜 꿈을 키워가고 있지요. 방학 중에 밀린 공부도 좋지만
서울에서라도 여기저기 체험학습 많이 다니는 것이 어떨까요?
너무 더울 때는 집에서 책도 읽고, 한자공부도 하고, 쉬는 것도
좋다. 방학 활용이 중요하다.

세상을 남과 함께 살아간다. 사람은 본래 자기중심적이고, 욕
심이 많아 자기 맘대로 할 수 있다면 아마 몰라도 사람들 모두가
남을 지배하고, 한없이 가지려 할 거다. 그래서 사람들 사이 충돌
을 방지할 그 무엇이 필요하다. 그것이 도덕과 법이다. 이것은

사람들이 살아온 관습과 풍습, 현재의 사회현상과 환경 그리고 미래의 삶의 방향에 따라 정해지고 바뀌어간다. 따라서 법과 도덕도 현실과는 동떨어질 수도 있다.

여기에 사회 갈등의 요소가 생긴다. 현실에 맞지 않는 법은 악법이므로 지킬 필요가 없다는 사람, 그래도 법은 법이니까 지켜야 한다는 사람 등으로 나누어진다. 나의 견해는 후자이다. 사회 갈등의 문제는 법과 도덕만으로는 해결되지 않고, 또 이것이 모든 사람에게 고르게 적용되지 않음을 숱하게 보았다. 많은 사회 문제를 법과 도덕으로 해결하지만 때로는 관행과 관례로 해결하기도 한다. 이 관행과 관례 중에는 정의롭지 못한 것이 묵인된 경우가 있다.

어떤 조직 속에서 내려오는 조직문화 등 사회 곳곳에 관행과 관례는 뿌리 박혀 있다. 관행과 관례 중에는 불법인 줄 모르고 저지르는 경우도 있고, 법에 어긋난다는 것을 알면서도 자기로서는 어쩔 수 없이 관행과 관례를 따를 수밖에 없는 경우가 많다.

자기 혼자만의 문제면 나쁜 관행과 관례는 아마 쉽게 사라질 것이다. 사회 구조상, 법의 맹점상, 조직 문화상 등으로 쉽게 없어지지 않는 것이 현실이다. 관행과 관례가 별 문제없이 통하다가 법에 걸려들기도 하고 언론에 걸려들기도 한다. 걸려든 사람은 억울하고 분하고 왜 하필 나냐 하고 분통을 터트린다.

리베이트를 예를 들면, 병원에서 그 돈을 안 받으면 환자에게 약값이 싸지는 것도 아닌데, 이 병원도 저 병원도 모두 그러한데 참 재수 없다고 여길 수 있다. 유원지 자릿세 문제는 자기들이 좋은 위치에 자리 잡고 있는 대가이기 때문에 당연히 상품값이 비싸야 한다고 생각할 수 있다. 그런데도 바가지요금이라고 비난받으면 마음이 상할 수 있다. 그러나 관행 때문에 손해를 본다는 생각이 드는 사람, 관행이 부도덕하고 법에도 어긋난다고 생각하는 사람이 훨씬 더 많다. 다수의 뜻대로 해결된다. 이것이 사회문제 해결 방식의 하나이다. 분하고 억울해도 당한 후에는 어쩔 수 없다.

자기가 당하기 전에는 관행과 관례로 통했지마는 자기가 당하면 그때는 더 이상 관행과 관례가 아니다. 그렇게 되면 커다란 상처를 받는다. 나 주변에 어떤 고약한 관행과 관례가 있는지 잘 살펴보고 대처해야 한다. 그런 위험이 여기저기 도사리고 있다. 벗어나야 한다. 관행과 관례로 부당한 이익을 취했다면 이것 또한 투도, 즉 도적질이다. 내 것이 아닌 것을 가져 가면 도둑질이다. 반드시 대가를 치르게 되어 있다.

현재 나의 것이란 것도 임시로 나의 것이지 근본적으로 내 것이란 것은 없다. 따라서 내 것이라도 합당하게 사용해야 한다. 사람들은 너그럽지 않다. 한 번 실수를 범하면 용서가 없다. '상습적이다, 상투적이다'라고 하면서 파렴치범으로 몰아간다. 항상 주변을 정화하고, 삼가 일을 행하여라.

## 정情을 나누자

그저 보고만 있어도 좋은 사랑아, 아니 보지 못해도 생각만 해도 좋은 사랑, 이래도 저래도 좋은 사랑, 언제나 우리 맘속에 품어져 있는 좋은 사랑. 맑고 명랑하여라.

우리는 가끔 노래를 불러본다. 너희들과 너희들 아빠들 키울 때 부르던 노래를 불러본다. 우리가 가장 행복했던 시절의 노래이거든. "새 나라의 어린이는 일찍 일어납니다. 잠꾸러기 없는 나라 우리나라 좋은 나라……", "삼천리 강산에 새봄이 왔구나. 농부는 밭을 갈고 씨를 뿌린다……", "수천 년 묵묵히 솟아 있는 아름다운 그 봉우리 소리 높이 불러주던 그리운 뒷동산아……", 그리고 "넓고 넓은 밤하늘에 누가 누가 잠자나 하늘나라 애기별이 소록소록 잠자지……" 등의 노래이다. 이 노래를 부르면 행복에 겨워 눈물이 날 때가 많다. 너희들 잠재울 때, 너희들 안고 어를 때 부르고 또 불렀던 노래이다. 사랑과 정이 듬뿍 담긴 우리들의 행복의 노래이다.

사랑과 정은 서로 다른 듯 같은 듯 쓰이는 말이다. 그러나 무언가 다르게 쓰인다. 물론 엄격히 구분되는 말은 아니다. 사랑은 '하는 것, 주고받는 것'이지만, 정은 '드는 것 일방적인 것'이다. 사랑은 의지대로 또는 자기도 모르게 하게 되는 것이지만, 정은 자기의 의지와는 상관없이 자기도 모르게 자기 속으로 스며드는 것이다. 그리고 사랑은 시간이 필요치 않는다. 인연이 닿는 순간에 서로 사랑을 할 수도 있다. 그러나 정은 푸른 잎에 단풍이 물들 듯이 서서히 자기 속으로 들어간다. 따라서 서로 함께한 시간과 서로의 경험을 필요로 한다. 사랑은 행위의 일종이고, 정은 마음의 한 부분이다. 사랑은 위하고, 아끼고, 소중히 여기고, 좋아하고, 베풀고, 탐내고, 돕고, 이해하고, 따뜻이 감싸주고, 믿고, 같이 아파해주고 함께 즐거워하는 행위인 것이다.

한편 정은 자기 자신을 비롯한 무엇이든지 간에 그것에 느끼어 일어나는 마음의 작용, 사랑이나 친근감을 느끼는 마음인데 정성, 인정, 심정, 멋, 참의 뜻이 있다.

나의 견해인데 사랑은 생명력을 뜻한다. 만물을 존재하게 하고 서로를 살게 하는 힘이다. 그리고 정은 나와 남이 하나 됨을 뜻한다. 정이 든다는 뜻은 서로가 얼마나 하나로 되어 가느냐의 뜻이다. 하나 된 양만큼 서로 정든 양이 된다. 정이 많이 들었다고 해서 사랑이 깊은 것도 아니다. 미운 정, 고운 정도 있다.

욕망이 모든 것을 탄생시키고 존속하게 하고 삶의 원동력이라 한다. 그러고 보면 사랑과 욕망이 같은 말이 되어 버리기도 한다. 생각해보면 틀린 말도 아닌 것 같기도 하다. 좋은 욕망인 선욕(善慾)이 사랑 아닐까. 정은 이 세상에서 가장 큰사랑 하나 됨의 사랑, 한마음 사랑이 정이 아닐까.

요즘 우리 사회는 정이 없는 가정과 사회, 정이 메마른 가정과 사회로 변해 버린 지 이미 오래 전의 일인 것 같다. 과거는 가난하고 힘든 사회였지만 온정, 우정, 연정, 인정, 애정이 넘친 사회였다. 그러나 오늘날은 서로 벽을 쌓고, 폭로하고, 서로 헐뜯고 싸우는 비정한 사회로 변한 듯하다. 이러하니 서로 기댈 곳, 의지처가 없다. 하나 됨이 없다.

그 정 많던 우리나라 사회가 세계에서 잘 사는 나라 중에 꼴찌로 나이 들어 의지할 곳이 없다고 하는구나. 어쩌다가 이 지경이 되었을까. 우리 사회가 두렵고 외롭다.

또 요즘 우리나라 젊은이 들이 부르는 노래의 가사의 주된 내용이 '이별'이다. 물론 인간의 고통 중에 가장 큰 고통이 애별리고(愛別離苦)이니까 그럴 만하다. 이제는 정별리고(情別離苦)의 고통이 다가오는 세상이 되는 듯싶다.

무엇보다 부모자식 간의 정, 형제지간의 정, 사제지간의 정, 친구지간의 정, 이웃 간의 정이 파괴된 것이 너무나 안타깝다. 앞으로 우리사회 사람들은 누구에게 의지해야 하나. 자기 자신, 종교, 국가와 사회에 기댈 수밖에 없다. 정다운 것 정겨운 것이 그립다.

# 스승의 가르침을 따르자

하늘이 주신 사랑아, 나의 기억으로는 올해 여름이 제일 더웠다고 생각된다. 덥다고 사람도 난리고 동물도 난리고 식물도 난리다. 집집마다 더위를 견디지 못해 어쩔 수 없어 냉방기를 과도하게 사용한 탓으로 각 가정에 부과될 전기료 폭탄에 모두들 떨고 있다. 너희 할머니도 그 돈을 어떻게 감당할까 하고 큰 걱정이다. 옛날에는 선풍기도 없고, 물론 에어컨도 없었다. 오직 부채로만 한여름을 이겨냈다. 그때를 생각하면 지금은 천국이다. 그래도 아우성이다.

이번 주에는 오래간만에 국제수학사학회에 참석했다. 나는 이 학회회원이 아니지만 옛날 나의 스승님의 탄생백주년기념을 겸하는 학회이므로 선생님을 추모하는 마음에서 참석하게 되었다.

국제학술발표회라서 그렇지만 발표하는 사람, 질문하는 사람, 듣는 사람 모두 영어가 능통하다. 우리가 젊을 때는 통역을 하거나 퍽이나 어설픈 영어로 서로 소통했다. 너희들 세대는 영어는 우리말처럼 사용할 줄 알아야 할 테고, 중국어나 일어 중 하나는 능통해야 할 것이다. 너희 아빠들도 이러해야 할 텐데.

사람은 얻기 어려운 네 가지가 있다고 석가모니 부처님이 말씀하셨다. 사람 몸으로 태어나기가 어렵다는 인신난득(人身難得), 남자로 태어나기 어렵다는 장부난득(丈夫難得), 불법을 만나기 어렵다는 불법난득(佛法難得), 마지막으로 바른 불법을 만나기 어렵다는 정법난득(正法難得)이 그것이다.

요즘 젊은이들이 생각하는 사난득은 세상을 잘 만나야 하는 세상난득, 배우자를 잘 만나야 하는 부부난득, 자식을 잘 만나야 하는 자식난득, 부모를 잘 만나야 하는 부모난득이 아닐까? 그 중에서도 돈 많은 부모를 얻어, 즉 금수저를 물고 태어나는 것을 최고로 치지 않을까? 우리가 여기서 하나 잊은 것이 있다. 스승난득이다.

인생 행복을 좌우하는 것은 좋은 스승을 만나는 것이다. 나는 훌륭하신 선생님을 많이 만나는 행운을 얻었다. 제발 너희들에게는 최고의 스승이 계시기를…. 나는 좋은 수학선생님들로부터 가르침을 잘 받아 수학교수가 되었다. 중학교 선생님으로부터는 수학을 잘할 수 있다는 자신감을 갖게 하고, 고등학교 선생님으로부터는 수학의 원리와 개념의 이해력을 길러준 덕분에 더 어려운 수학을 전공하게 되었다. 대학교와 대학원 석사·박사 공부할 때는 당대 최고의 선생님을 만나게 되었다.

특히 박사과정을 지도해주신 선생님은 수학 공부하는 방법과 태도 자세 등, 그 도(道)를 가르쳐 주셨다. 수학은 어렵다. 단숨에 극복하기 힘들다. 어려운 난제에 부딪치면 잠간 거기서 쉬었다가 처음으로 돌아와 다시 시작한다. 이것을 되풀이 하여 점차로 조금씩 조금씩 전진하고, 또 처음에서 다시 시작하다 보면 어느 순간 깨우쳐지는 것이 수학이다. 마치 스님들이 깨달음을 얻기 위해 점수(漸修) 수행을 하듯이 수학공부를 하면 결국에는 수학을 돈오(頓悟)한다고 하셨다. 인생의 어려운 난제 해결도 이와 마찬가지이다.

이번에 회고하게 된 선생님은 우리가 결혼할 때 결혼주례 보신 할아버지 선생님이다. 하도 긴장하여 주례사가 들리지 않았다. 한 가지는 지금도 기억한다. 독일시인 칼 붓세의 시 '저 산 넘어 멀리'라는 시이다. "저 산 넘어 멀리 행복이 있다기에 남 따라갔다가 눈물만 머금고 돌아왔다네"라고 하는 시 한 구절이다. 선생님께서 어떤 의미로 말씀하신지는 그때도 몰랐고 지금도 사실 잘 모른다.

행복의 조건, 행복의 창조, 행복의 추구 등 모든 것은 행복이 나 아닌 밖에 있을 때 이야기이다. 나는 행복이 밖에 있는 것이 아니라 나의 내면에 있다는 것을 실로 겨우 이제서야 깨달았다.

행복을 남 따라 밖에서 찾으려니 어디 있나. 내 안의 구석구석에 꽉 차 있는 행복을 느끼고 불러내면 행복한 것을. 너희들은 이미 행복 그 자체이다.

## 도리道理를 지키자

하늘의 축복인 사랑아, 순수하고 천진난만한 사람은 복을 받는다. 누구나 좋아한다. 깨끗하고 때 묻지 않고 거짓없는 사람이 그런 사람 아닐까. 마치 갓 태어난 어린애 같은 사람을 두고 하는 말이 아닐까? 사람은 살아갈수록 때 묻지 않을 수없다. 그것을 틈나는 대로 정화해 나가야 한다. 그 방법이 도리를 지키고 참회하는 것이다.

올해 여름은 무척 덥기는 했지만 가뭄은 없었다. 홍수도 없고 태풍도 없었다. 풍년이 예고된다. 너희 증조할머니 말씀에 가뭄에는 건질 종자는 있지만 홍수에는 모든 것을 쓸어간다고 하셨다. 모든 생물은 여름에 성장한다. 너희들도 무럭무럭 자랐을 것이다. 나는 요즘 세태에 대해 아무 소용없는 걱정을 하기도 하고 불안해하기도 한다. 본인은 그럭저럭 한평생을 살았지만 너희들이 살아가야 하는 세상이 그리 만만해보이지 않기 때문이다. 그 이유는 여러 가지 많겠지만 갈등이 너무 심해 세상이 어지럽다.

갈등해소의 중요한 요소 중 하나가 서로 간에 마땅히 행하여야 할 바른 길인 도리(道理)를 지켜야 하는데 어찌된 일인지 그것이 보이지 않는다. 하기야 오천년 전 옛날에도 앞선 세대는 후대 세대의 세태가 마음에 들지 않아 걱정과 염려를 했다는구나. 도리는 하늘과 사람, 자연과 사람, 국가와 백성, 사회와 구성원, 부모와 자식, 남편과 아내, 형제자매, 스승과 제자 사이 등등에 흘러야 하는 따뜻한 사랑과 정(情)이 아니겠는가.

바로 얼마 전 세대까지는 우리나라는 유교의 가르침인 삼강(三綱)과 오륜(五倫)을 그 근본으로 삼아 사람의 행실과 도리를 행하여 왔지만, 요즘은 인권, 알 권리, 평등, 개인주의, 자유 등등의 가치가 우리사회를 훨씬 더 강하게 지배하게 되어 옛것은 허물어졌지만 아직 새것이 정립되지 않아 우리는 심한 혼돈과 갈등 속에 살고 있다. 모든 것이 심하게 변하는 사회이므로 이러한 것도 순식간에 바뀔지도 모른다. 지금의 우리사회는 남에게는 도리를 다할 것을 요구하지만 정작 자기는 자기의 유리함과 불리함에 따라 또는 자기의 형편에 따라 행동한다. 그렇게 하고는 자기 합리화, 변명에는 모자람이 없다. 이럴 때의 자기 방어기제(防禦機制)는 누구나 뛰어나다. 하늘이 우리에게 보낸 도리는 서로 간에 사랑, 신뢰, 존중, 공평, 정의 아니겠는가?

『불설선생자경(佛說善生子經)』에서 친족 간의 도리로서 "베풀어주고, 공경하고, 이롭게 하고, 서로 칭찬하고 가르쳐 주는 것" 등이고, 부모와 자식 간의 도리로서 "부모는 자식에게 자식을 사랑하고 결혼을 시키고 재산을 물려주고 성현의 경전과 도학을 가르치고, 자식은 부모를 공경하고 봉양하고 부모를 대신하여 집안일을 보살핀다" 등이고, 스승과 제자 간의 도리로서 "스승은 제자에게 배울 것을 배우게 해주고 기능을 다하여 가르쳐주고 좋은 도(道)에 인도해주고, 제자는 스승에게 듣는 것을 좋아하고 배움을 좋아하고 스승을 공경하는 것" 등이고, 남편과 아내의 도리로서 "남편은 아내에게 바른 마음으로 공경하고 뜻에 원한이 없으며 다른 뜻을 두지 않고, 아내는 남편에게 살림살이를 잘 보살피고 남편을 잘 봉양하는 것" 등이고, 친구 간에 도리로서 "서로 공경하고 의리를 저버리지 말고 은혜를 저버리지 않는 것" 등을 말씀하셨다. 이렇게 하면 덕망이 높아지고 바른 길로 나아가서 참으로 행복해진다고 하셨다.

내가 너희들에게 한 가지 하고 싶은 이야기가 있다. 너희 할머니는 며느리로서, 아내로서, 어머니로서, 일가친척의 일원으로서 도리를 할 만큼 할 일을 했다고 생각한다. 물론 완벽하고 완전하고 최상은 아닐지는 모른다. 그만하면 됐다고 할 수는 있다. 특히 항상 몸이 부실한 시어머니를 정성껏 최선을 다한 것은 나로서는 머리가 숙여진다.

세상의 도리는 사라졌지만 가족 간의 도리는 살리자. 멀리 있는 남은 먼 남인 것이다. 가까이 있는 사람의 인간 관계는 자기 삶 그 자체이다.

# 역사는 변한다

하늘이 안겨준 사랑아, 우리는 너희들 아빠들이 커 갈 때 생각은 점점 희미해져서 안타깝기는 하지만 너희들이 있어 항상 새로운 사랑과 행복이 내면에서 연꽃이 피어나듯 살며시 솟아나기도 한다. 그래서 우리는 연꽃보다 더 예쁜 너희들을 바라보는 기쁨과 즐거움으로 세월 가는 줄 모르고 꿈꾸며 산단다. 너희 할머니는 너희 아빠들 키울 때 제일 중요하게 생각한 것이 신체 건강이다. 건강해야 공부도 잘한다.

오늘날 우리나라는 눈부신 경제성장을 이루어 한반도 역사상 유례없는 풍요로움에 겨워하고 있다. 세계 최상의 의료, 교육, 교통, 통신, 의식주 등등을 누리고 있다. 물론 천국과 낙원은 아니다. 끝없는 욕망이야 어찌 나무랄 수 있겠나. 그러나 상대적 박탈감, 빈부양극화, 사회적 지위의 불균등 그리고 이념갈등, 정치갈등, 안보갈등, 역사갈등, 평등에 대한 갈등으로 우리 사회는 혼란과 불안으로 휩싸여 있다. 더구나 북한은 핵무기와 미사일을 개발하여 우리를 심히 위협하고 있다. 잘못하면 힘들여 쌓아놓은 국가번영이 하루아침에 잿더미가 되고 수많은 인명이 사라질 위기에처할 수 있다. 북한의 위협이 크면 클수록 우리의 안보 상황이불안하다. 그러하면 경제활동의 위축으로 모든 것이 허물어진다. 현재 우리가 직면한 최대의 과제가 국가안보이다.

우리는 옛날부터 외세에 많은 영향을 받아 왔다. 외세에 따라우리의 여론은 갈래 갈래로 나누어진다. 그 갈등의 골이 너무나깊다. 오늘날 우리를 둘러싸고 있는 현실은 미국과 중국의 두강대국 사이에 놓여 있다. 자연히 친미세력, 친중세력이 생겨나갈등이 생기는 듯하다. 그리고 또 하나의 우리 현실은 북한을어떻게 보느냐 하는 문제로 인해 큰 갈등이 야기되는 듯하다. 위대한 지도자가 나타나 이 갈등을 해결하면 얼마나 좋을까.

오늘날 세계는 자기 국가 우선의 고립주의로 치닫고 있다. 서방 강대국이 그 길로 간다. 우선 나부터 살고 보자는 식이다. 이럴 때 우리는 어떻게 대처해야 하나. 해답이 없다. 오늘날 우리사회는 서로 불신하고, 불법을 예사로 저지르고, 자기와 국가를 비하하고, 불만족으로 가득차고, 자기와 국가를 조롱하고 비아냥거리는 일이 만연되어 있는 듯하다. 상대방을 사대주의자, 매국

노, 친일파, 종북 세력 혹은 친미파라고 몰아붙인다. 민주도 중요하고 인권도 중요하고 언론자유도 중요하다. 그보다는 국가안보가 더 중요하다고 생각한다. 혼란과 갈등 그리고 불만족으로 우리사회의 가정, 공동체, 국가가 온전하기가 어렵지 않겠나. 기대 요구를 줄이는 것과 상대방을 받아들이는 마음을 넓히는 것이 절실히 요구되는 것이 현실이다. 세상에 존재하는 어떠한 향기로운 향기일지라도 바람 따라만 간다. 결코 바람을 거슬러 갈수는 없다. 동시에 바람 따라도 가고 바람을 거슬러 갈 수는 더더욱 없다. 연꽃향, 자스민향, 라벤다향도 그렇다. 그러나 남에게 베푸는 덕(德)의 향기는 바람과 관계없이 아무런 걸림 없이 천지 사방으로 퍼져 나간다. 우리 사회가 덕의 향기가 넘쳐나는 사회가 되면 얼마나 좋겠나.

역사는 무엇이 진실인지 알 수 없다. 시대에 따라, 세력에 따라 바뀌기도 하더구나. 세상은 공(空)하다는 진리에 따라 과거의 일도 오늘날에 와서 변하기도 한다. 무엇이 진실이고 사실인지 흐려지고 감춰지고 뒤바뀌어질 수도 있는 것이 역사인 것 같다.

# 4. 진선미 사랑에게

남을 진실 되게 하는 것이 사랑이요,
나를 밝히고 지키는 것이 지혜이다.

분노와 미움은 사랑이 약이고,
욕망과 어리석음은 지혜가 답이다.

# 권학 勸學을 마음에 새기자

이름만 들어도 좋은 사랑아, 우리나라에 가을이
있다는 것이 이 땅에 살고 있는 이들이 받은 복덕이고 축복이다.
이런 좋은 계절을 그냥 흘려보내면 후일 얼마나 후회가 될까.
부지런히 몸과 마음을 윤택하게 하고, 복덕을 많이 받도록 노력
하자. 밀렸던 공부를 열심히 하는 것도 좋고 독서를 많이 하는
것도 좋다. 한 가지 더 권하고 싶은 것은 조용한 절을 찾아 마음
을 새롭게 가다듬어보는 것도 좋다. 절에서 힘들고 어렵고 고생
스러운 것과 근심 걱정 두려움은 모두 부처님께 주어버리고, 즐
거움과 기쁨과 행복만 가져오자.

사식경(四食經)은 사람의 몸과 마음을 기르고 살찌게 하고, 더
욱 풍요롭고 빛나게 하는 것 네 가지를 심신이 받아들여야 한다

고 말하고 있다. 식(食)은 생명유지의 근본이다. 사식이란 우리가 일반적으로 육체보존에 필요한 음식인 단식(段食), 그리고 정신적인 양식인 촉식(觸食), 의사식(意思食)과 식식(識食)이 있다. 촉식이란 음악 운동을 할 때 서로 닿는 접촉이 양식이고, 의사식은 연인 꿈 등을 그리워하는 것과 같은 생각이 양식이고, 식식은 살아야 한다는 간절함, 자기의 것으로 하고 싶은 것과 같은 의식이 바로 양식임을 말한다.

이 사식을 몸과 마음이 잘 받아 들여 육체와 정신이 아름답고 평화롭게 만들어 가야 한다.

또 복덕과 착한 법을 윤택하게 하는 네 가지 안락한 음식이 있다고 했다. 이 네 가지는 부처님, 불법, 승가, 계율이다. 부처님은 육체와 정신의 건전함과 좀 더 나은 차원의 사람이 되려면 이러한 사식(四食)이 필요함을 설하셨다.

옛날 사람들은 젊어서 부지런히 배우고 익히기를 권하였다. 혹은 젊어서 놀아야지 늙으면 놀 수도 없다고 하기도 한다. 내가 늙어보니 두 가지 모두 일리 있는 말씀이다. 그런데 젊어서 할 일을 게을리 하면 특별한 일이 없는 한 그 인생은 불행하게 된다. 몸과 마음에 좋은 양식을 먹을 때 먹어야지. 때를 놓치면 소용이 없거나 그 가치가 떨어진다.

법구경에서 "떨쳐 일어날 때 일어나지 않고 젊음을 믿어 힘쓰지 않고 마음이 약하고 인형처럼 게으르면 그는 언제나 어둠 속에 헤매리"라고 하셨다. 그리고 중국의 시인 도연명은 "청춘은 두 번 올 수 없고 하루는 두 새벽이 없나니 젊어 지금에 부디 힘써라 세월은 나를 기다리지 않나니"라고 하셨다. 얼마나 많은 사람들이 젊음을 아까워하는지 모를 것이다. 젊음을 보내고서야 모두들 후회한다.

중국의 학자 주희께서는 "소년은 늙기 쉽고 학문은 이루기 어려우니 짧은 시간이라도 가벼이 여기지 마라. 아직 못가의 봄풀은 꿈에서 깨어나지 못했는데 어느덧 세월은 빨리 흘러 섬돌 앞의 오동나무는 벌써 가을 소리를 내느니라"라고 하셨고, 중국의 학자 순자께서는 "발걸음을 쌓지 않으면 천리에 이르지 못할 것이요 적게 흐르는 물이 모이지 않으면 강하를 이루지 못할 것이니라"라고 말씀하셨다. 이 밖에도 무수히 많은 학자와 성현들이 젊어서 방일하지 말고 정진하라고 하셨다.

사실 오늘날 현실은 생존경쟁에서 살아남기 위하여 이것저것 돌볼 형편이 못됨을 잘 알고 있다. 그러다가 보면 또 한 세상이 간다. 그러면 언젠가는 후회한다. 이것이 오늘을 사는 삶이다.

조금만 더 열심히 조금만 더 시간을 내자. 그것이 쌓이면 지금도 좋고 중년에도 좋고 말년에도 좋다. 결코 내일을 위한 것만 아님을 명심해주기 바란다. 몸과 마음을 열심히 갈고 닦아 고매한 인품을 가진 자, 위품(威品)을 가진 자, 달관한 자, 초연한 자, 세상의 이치를 통달한 자, 어둠을 뚫은 자, 자유가 충만한 자, 생각이 있는 것도 아니고 없는 것도 아닌 곳인 비상비비상처(非想非非想處)에 머무를 수 있는 자가 되기를 갈구하자. 그리고 남에게도 그 길을 인도하는 삶을 살자. 인생을 아끼고 아끼자.

보험保險에 들자

카일라스 산 같은 사랑아, 세계 전체가 어지러워
져 간다. 여기저기서 테러가 발생하고 전쟁이 일어난다. 우리나
라는 안전과 평화를 더 위협받고 있다. 위협을 받거나 위험이
심할수록 의견과 생각이 달라 갈등과 혼란이 증폭된다. 너희들
이 살아갈 이 땅이 평화롭고 풍요로워야 할 텐데 희망이 보이지
않아 크나큰 걱정이다. 사람들은 불안한 앞날에 혹시 닥칠 수도
있는 큰 재난에 대하여 미리 준비하는 제도인 보험이란 것을 생
각해 내었다. 보험은 오랜 옛날부터 있어 왔다.

큰 불행이 언제 어디서 어떻게 생길지 아무도 모른다. 대비 없
이 큰 재난을 당하면 그때는 속수무책으로 망하고 만다. 이러한
환란을 피하거나 손실을 극소화하기 위해서는 꼭 보험이 필요하

다. 짐승도 보험이라는 것을 아는지 모르겠다. 강아지가 주인을 충실히 따르는 것도 일종의 보험 행위일 수도 있다. 우리나라 밖의 사람들은 우리나라를 언제 어떤 일이 벌어질지 모르는 화약고 같은 땅이라 여긴다. 따라서 국가도 보험에 들어야 하고, 사회도 보험에 들어야 하고, 가정과 개인도 보험에 들어야 한다. 보험은 일이 발생하지 않으면 손해일 수도 있다. 국가는 재난·환란·전쟁을 대비하여 국제적으로 서로 도움을 주기도 하고 받기도 하고, 평화를 유지할 수 있는 국방의 힘도 기르고 외교를 잘 펼쳐나가야 한다.

사회는 옛날 우리나라의 상부상조의 전통을 잘 이어받아 공동체가 무너지지 않도록 하여야 한다. 자선단체에 기부하는 것, 양극화를 없애는 것도 일종의 보험이다. 개인이 보험에 들어야 하는 큰 이유는 사업 실패, 실직 또는 파산, 재난, 질병, 가정 파탄, 자녀교육 및 결혼, 노후생활 등등이다. 대개는 돈 문제이고 건강과 환란 문제이다.

보험은 어디에 들어야 할까. 사람에게 드는 법, 보험회사 등 보험제도에 의존하는 법, 교육 및 종교에 의존하는 법, 육체 및 정신 건강을 챙기는 것 등이 아닐까. 또한 보험은 남과 외부에만 의존하는 것만으로는 부족하다. 자기 자신에게도 역시 보험을 들어야 한다. 어려움을 극복하려는 굳은 의지 등 정신적 내공이 그것이다. 사람은 옛날에는 노후 보험으로 주로 자식과 일가친척에게 들었다. 그러나 지금은 그것이 거의 완전히 무너지고 국가의 복지제도와 사회의 자선제도에 의존한다.

수명이 늘어나고 자식도 늙고 경제적 여유도 없고 하여 생기는 현상이다. 다행히 우리나라는 국가가 어느 정도 부유하여 노후문제를 최소화시켜 준다. 그러나 앞으로도 계속될까 조금은 걱정이 된다. 평소에 인간 관계를 잘 유지하는 것도 하나의 큰 보험이 될 수도 있다. 남의 큰 일에 꼭 상부상조해야 한다. 요즘 사람들은 이것에 너무나 약하다. 부조하는 것도 일종의 큰 보험이다.

남의 어려운 일에 외면하지 마라. 누구에게든 가리지 말고 할 수 있는 것보다 조금 더 보시해라.

보시에는 재물을 보시하는 재물보시, 부처님의 가르침을 전하는 법(法)보시, 남의 두려움을 없애주는 무외(無畏)보시 등이 있다. 또한 어른을 공경하고 윗사람을 섬기는 공경(恭敬)보시도 매우 중요하다. 요즘 사람들은 이것이 너무 부족하다. 이것도 보험의 일종이다. 너희들은 공경보시를 많이 하도록 하여라.

공부를 열심히 하는 것도 일종의 보험이다. 영어 등 외국어를 잘 하는 것이 참으로 중요하다 수영처럼 요긴 할 때 쓰이는 것이 외국어이다. 그리고 음악·체육·예능 등도 참으로 중요한 보험이다. 그리고 믿고 의지할 곳이 있는 종교도 하나의 보험이다. 정신적 방어기제가 참으로 중요하다.

평소에 운동 열심히 하고 균형 있는 식사 그리고 면역력 강화를 위한 노력은 최고의 건강보험이다. 보험은 보시, 인간 관계, 교육과 건강, 그리고 저축이다.

## 후회後悔 없도록 하자

　무한 자유를 누려야 할 사랑아, 일주일 중에 금요
일도 좋은 날이지요. 오늘이 지나면 토요일 일요일 이틀 동안
자유롭게 지낼 수 있으니까 일단은 신나지요. 그러나 학원 다니
랴 밀린 공부하랴 사실상은 힘들기는 마찬가지지요. 우리가 젊
을 때는 토요일에도 학교 다니고 직장에서도 근무했다.

　우리나라가 잘 살게 되자 선진국처럼 공부하고 일하는 시간을
단축했다. 일을 적게 하여도 잘 사는 세상이 온 것이다.

　요즘 신문을 보면 우리나라의 큰 문제는 북한의 핵위협, 젊은
이의 일자리 절벽, 노령화사회 대책, 저출산 등 인구 절벽이 그것
이다. 물론 이것뿐만은 아니다. 이 모든 문제는 미리미리 대처를
잘해 왔으면 아무른 문제가 발생하지 않았겠지만 사람은 일을

당해야 그때서야 우왕좌왕하는 경우가 많다. 개인의 일도 이와 같다. 미리 준비하는 사람을 이상하게 여기기도 한다.

삼십년 전쯤 우리나라가 한창 경제성장을 하여 돈이 많아져서 사람들은 자동차도 사고, 골프도 치고, 여가를 즐기고, 해외 조기 유학 등 자녀에게 돈을 아낌없이 썼다. 그런데 지금은 그들은 나이가 들어 은퇴자가 되어 보니 노후생활을 어떻게 해야 할지 막막한 사람이 은퇴자의 절반이 넘는다고 한다. 나라를 부유하게 한 주역들인데 정작 그들은 현재 가진 게 아무것도 없다. 자식 덕도 볼 수 없다. 후회해도 이미 늦었다.

사람은 대개 소년, 중년, 노년으로 일생을 산다. 소년기는 중년·노년에 영향을 끼치고, 중년기는 노년에 영향을 끼친다. 다시 말하면 살아온 과거가 현재에 그대로 반영된다. 현재 큰 불편 없는 사람은 젊을 때 과거의 자기를 무척 고마워할 것이고, 현재 불행하다고 여기는 사람은 과거의 자기를 매우 원망할 것이다. 복이 많은 사람은 미래를 준비하지 않고 여유롭게 지내도 여전히 잘 사는 사람도 있고, 잘 살아보려고 아무리 억척같이 살아도 형편이 풀리지 않는 사람도 있다.

사람이 누구나 불행해지는 경우는 대체로 무직과 실직, 실패와 파산, 노화와 질병, 가족 관계 및 인간 관계의 부조화 등이다. 이런 일을 당하지 않거나 최소화시키기 위하여 평소에 대비해야 한다. 그렇지 않으면 후회한다.

후회란 이전의 잘못을 깨우치고 뉘우치는 것이다. 엄밀히 따져보면 후회란 성립되는 것이 아니다. 사람은 모두 그때그때 최선을 다하여 열심히 살아왔다고 생각하기 때문이다. 그때 그래야 할 것을, 그때 그러지 말았어야 할 것을 하고 후회한다는 것은 결과적으로 지금 그 일에 대하여 욕심이 좀 생긴다는 뜻이 아닐까. 후회는 해봐도 아무 소용없다. 차라리 자신의 언행이나 행동에 잘못이나 부족함이 없는지 돌이켜보는 반성함이 어떨까.

옛날 성인들은 하루에 세 번 정도는 반성을 하라고 가르치기도 했다. 반성은 다시 실수·실패 또는 잘못 등을 저지르지 않게 하고, 다시 꿈과 이상을 향해 나아가게 한다. 후회는 꼭 나이가 들어 하는 것만도 아니다. 어릴 때도 젊었을 때도 늙었을 때도 시도 때도 없이 후회는 하게 되어 있다.

옛날 가뭄에 하루 종일 논에 물을 퍼올리고 나니 그 날 밤에 비가 충분히 내렸다. 전날 고생한 것이 얼마나 후회되었겠는가. 사람이 미래에 일어날 일들, 성공의 여부 등을 알 수 있다면 참으로 좋으련만 신이 인간에게는 그런 능력을 부여하지 않았다.

후회하지 않으려면 결국 미리 대비하고, 악한 행동을 하지 말고, 적선(積善)을 하고, 올바른 마음으로 살아가야 한다. 과거는 흘러간 것, 미래는 아직 오지 않은 것으로 이 둘은 실체가 없다. 오직 바로 '지금 여기'만 보고 살라고 한다. 순간순간을 최선을 다해 살아가라는 뜻이다. 이것이 후회 없는 삶이다.

주자십회朱子十悔를 명심하자

땅보다 더 단단한 사랑아, 옛날에는 순전히 사람의 힘으로만 농사를 지었지만 지금은 모든 일을 기계를 사용하고 농약을 사용하여 한결 쉬워졌다. 한 사람이 하는 일의 량은 많아 고되기는 옛날과 마찬가지이다. 다만 옛날보다 노동 인력 수가 적게 들 뿐이다. 애써 지은 식량 한 톨이라도 아끼고 우리가 맛있게 먹는 과일 등도 조금이라도 버리지 말고 먹어야 한다. 우리에게 몸을 기르고 생명을 이어가게 해주는 음식을 먹을 수 있게끔 해주신 많은 분들께 항상 감사해야 한다.

가을에는 밤도 익어가고, 고추도 익어가고, 고구마도 커지고, 목화도 피어난다. 사계절이 모두 가을만 같으면 오죽 좋으랴 세상 사람들이 살 만할 거야. 마음이 부유하고 세상이 풍성한 것도 봄에 씨 뿌리고 여름에 힘써 일하지 않았다면 어찌 생길 수 있을까. 게으르고 부지런하지 않으면 후회한다. 우리가 어릴 때 교훈 급훈은 거의 근면·성실 또는 정직이다. 부처님은 돌아가실 때 마지막 유언이 방일하지 말고 부지런히 정진하라고 하셨다.

이 말씀은 사람은 살아있는 동안 시간을 아끼고, 사람으로 태어난 이때 많은 일, 좋은 일, 사람으로서 해야 할 일 등을 해야 금세나 내세에 복을 받는다는 뜻이다.

옛날부터 내려오는 후회에 관한 말씀 중에 주자십회(朱子十悔)가 유명하다. 주자는 중국 송나라 때 유학자 주희(朱熹) 선생이다. 주자는 성리학을 집대성하여 주자학을 창시하였으며, 중국 호남성 장사란 곳에 악록서원(岳麓書院)을 세워 후진을 양성하였다. 나는 이런 뜻 깊은 곳을 방문한 행운을 가졌었다. 너희들에게 말하려고 하는 주자십회는 주자십훈이라고도 한다. 우리나라 많은 가문에서 가훈으로 삼고 있다.

너희 할머니는 어릴 때 병풍에 새겨져 있는 주자십회를 보면서 자랐단다. 아마 알게 모르게 너희 할머니 마음속에 집안의 가르침이 항상 자리 잡고 있으리라 생각된다.

주자십회는 부모에게 효도하지 않으면 돌아가신 후 뉘우친다는 "불효부모사후회", 가족에게 친절하지 않으면 멀어진 후에 뉘우친다는 "부친가족소후회", 젊을 때 부지런히 배우지 않으면 늙어서 뉘우친다는 "소불근학노후회", 편할 때 어려움을 생각하지 않으면 실패한 뒤에 뉘우친다는 "안불사난패후회", 부자일 때 아껴 쓰지 않으면 가난해진 뒤에 뉘우친다는 "부불검용빈후회", 봄에 씨를 경작하지 않으면 가을에 뉘우친다는 "춘부경종추후회", 담장을 고치지 않으면 도둑맞은 뒤에 뉘우친다는 "부치원장도후회", 색을 삼가 하지 않으면 병든 후에 뉘우친다는 "색불근신병후회", 술 취했을 때 함부로 한 말은 술 깬 뒤에 뉘우친다는 "취중망언성후회", 손님을 접대하지 않으면 간 뒤에 뉘우친다는 "부접빈객거후회"이다.

이것을 대체로 간추려보면 부모에게 효도하고 친인척을 비롯한 남에게 친절하고, 항상 부지런히 일하고 잘 나갈 때 매사를 삼가하고, 항상 말조심 몸조심하라는 뜻이다.

옛 성현뿐만 아니라 웬만한 가문에서도 후대에게 자기가 살아온 것을 경험으로 거울삼아 실패하지 말고 후회 없는 삶을 살기를 바라고 수없는 말을 남겼을 것이다.

후회 안 하고 살 수 없다. 후회하는 일을 얼마나 줄이고 살았느냐가 잘 살았다는 근거가 될 수 있을 것이다. 꼭 얼마나 많이 또는 얼마나 큰 성공을 거두었느냐가 성공한 삶의 기준이 되는 것도 아니다.

탐욕, 우치(愚癡), 분한(憤恨)을 갖지 않거나 줄이는 것이 후회를 없애는 가장 확실한 방법이다. 후회를 않기 위한 좀 더 적극적인 방법으로는 뭐니 뭐니 해도 적선과 보시이고, 지계와 인욕이다. 그리고 사랑과 자비이다. 한 번 사는 인생 후회할까 봐 너무 주눅들지 말고 신명나게 살아라.

# 참회懺悔하자

하늘보다 더 아름다운 사랑아, 짧은 시간이라도 너희들을 자주 보면 볼수록 좋겠다. 함께 살지 않고 너희들도 할 일이 많으므로 뜻대로 되지 않는다.

명절이 되면 평소에 찾아뵙지 못한 부모님과 친지 어른을 찾아 인사드리는 것을 큰 도리로 생각했다. 나도 너희 아빠들 어릴 때 두 아들을 데리고 고향에 명절 때 꼭꼭 다녀왔지만 지금은 세월 따라 못 가게 되는구나. 그러나 마음은 항상 거기에 가기도 한다.

불교에서는 후회란 말 대신에 참회(懺悔)란 용어를 쓰기도 한다. 참회란 자기의 잘못에 대하여 깊이 깨닫고 반성한다는 뜻이다. 참회의 수행을 통해 깨달음과 해탈을 구하려는 수행의 한 방법이기도 하다. 참회를 하면 지난 모든 전생의 죄가 소멸되어 구제받는다고 믿고 있다.

참회 수행의 방법으로는 절 수행, 독경 수행, 염불 수행 또는 고행 수행 등이 있다. 나는 매일매일 백팔배를 하면서 참회도 하고 기도도 한다. 이렇게 한 지 어언 수십 년이다. 이렇게 할 수 있었다는 것이 참으로 행복하다. 긴 세월 동안 해 왔지만 아직도 시작할 때는 해야겠다는 용단을 내려야 한다. 쉽지 않은 일이더라.

참(懺)이란 지금까지 지은 모든 잘못에 대한 뉘우침이고, 회(悔)란 앞으로 지을지도 모르는 잘못에 대한 깨달음과 뉘우침이다. 너희 할머니는 무릎이 좋지 않아 절은 하지 못하고 "신묘장구대다라니" 등을 염송하면서 항상 참회 기도한다. 이렇게 살아가는 것이 너희 조부모의 현재 삶의 모습이다.

기독교에서는 후회와 비슷한 말로 회개(悔改)를 사용한다. 회개란 죄나 잘못을 뉘우치고 마음을 고쳐먹는다는 뜻이다. 성경에서도 회개하면 구원을 얻는다고 한다. 기독교에서는 원죄와 자기가 지은 죄로 구분하기도 한다. 회개하면 이 두 가지 모두 용서 받는다고 한다.

사람이 죄를 지으면 불교에서는 수행을 열심히 하여 공덕을 쌓아가면 시간이 걸릴지라도 언젠가는 구원을 받아 더 나은 곳을 육도윤회한다고 하고 궁극에 가서는 해탈열반을 이루어 생사의 고통을 끊을 수 있다고 한다. 기독교에서는 한 번 심판을 받아 천국이냐 지옥이냐가 결정되어 영원히 그곳에 머물게 된다고 한다. 조금은 개념이 다르지만 불교에서는 부처세계에 가기 전 단계로 극락세계를 만들었고, 기독교에서는 천국에 가기 전 단계로 연옥세계를 만들어 죄값을 치르거나 참회하거나 회개한 자에게 보상체계를 만들었다. 어느 종교에서든 죄를 짓거나 악행을 저지르지 않는 것에 만족하지 않고 적극적으로 선행을 하지 않는 것을 나무란다.

나는 살아오면서 재산을 탕진하고 패가망신하여 후회하는 사람 많이 보았다. 주식투자, 부동산투자, 도박 등으로 빈털터리가 되어 처참하게 된 사람, 선거에 출마하여 낙선한 자, 때를 잘못 만나 사업에 실패한 자, 술을 많이 먹고 담배를 많이 피워 건강을 망친 자 이루 헤아릴 수 없다. 여태까지 앞에서 말한 후회하게 되는 일들은 하지 말아야 할 일을 하여 생긴 일이기 때문에 하는 후회이다. 그런데 우리는 간과하지 말아야 하는 것은 해야 할 때 하지 않아 하게 되는 후회 또한 중요하다. 가령 그 일로 인해 당장은 후회가 될지라도 좀 더 세월이 흐르면 어떤 결과를 초래할지 모른다.

한두 가지만 더 당부하자. '돈 건강 등 미리미리 예견하여 준비하고 챙기자', '모든 일은 삼가하고 조심하자', '몸과 마음을 올바르게 갖자'.

석가모니 부처님께서는 참회하는 수행을 얼마나 중요하게 생각했는지 모른다. 사람을 백 명 가까이 죽인 앙굴라 마리라고 하는 살인자도 참회를 시켜 아라한이 되도록 했고, 마가다국의 왕인 아자타삿투는 자기 아버지 왕을 죽이고 왕이 된 자다. 이런 사람도 참회시켜 훌륭한 인도제국의 왕으로 만드셨다.

불교에서는 살생, 투도, 사음 등 십악이 있고, 비구스님은 250가지, 비구니스님은 348가지 지켜야 하는 계율이 있다. 그리고 범부는 지켜야 하는 다섯 가지 계(戒)가 있다. 악을 저지르거나 계율을 범하는 일을 하게 되면 번뇌가 쌓이고 후회하게 된다. 불교 용어로 후회를 악작(惡作), 추회(追悔)라고 하여 마음의 일부분으로 여겼다. 유식사상에서는 이 세상 모든 것은 마음이 만든 것, 즉 일체유심조(一切唯心造)라 했다. 후회란 것도 마음에 달렸다.

너희 증조할아버지 돌아가실 때 나는 미국에 있어 돌아가시는 것을 보지 못했다. 내가 미국 갈 때 '이렇게 잘 있을 테니 잘 다녀오라'고 하신 말씀 한시도 잊혀지지 않는다. 항상 편찮았지만 병원에 한 번 모셔가지 못한 것이 두고 두고 후회된다. 아버지와 마주 앉아 도란도란 이야기 나눈 적 없음이 사무치게 후회된다. 한 번 업어드리지 못한 것도 후회된다. 너희 증조할머니께는 살가운 아들이 못된 것이 후회된다. 그래도 너희들 할머니가 나 대신 증조할머니께 부족하나마 최선을 다해 봉양했기에 후회스러움을 줄일 수 있다. 너희 진외조부는 일찍 돌아가셨다. 너희 할아버지를 많이 믿고 사랑하셨다. 병환이 들어 고생하실 때 자주 찾아뵙지 못한 점 후회한다. 용돈 한 번 드려보지 못한 것이 크게 후회되는구나. 너희 진외조모는 혼자 미국에 계시다가 병환이 들어 돌아가셨다. 얼마나 외로워하셨을까. 얼마나 자식이 그리웠을까 하는 생각이 들 때마다 나는 눈시울이 뜨거워진다. 미국이 그리 먼 곳이 아닌데 너무나 등한히 하고 보살펴드리지 못한 것 내가 살아 있는 동안 잊지 못할 후회이다. 너희 진외조모님이 돌아가시기 얼마 전에 큰 외손자가 남극 출장 오가는 길에 자기 외할머니를 방문한 것이 우리에게 얼마나 고맙고 위로가 되는지 세상 사람들은 아마 모를 거야. 부모는 기댈 언덕이요, 누울 자리이다. 언제나 감싸주는 이불이고, 따뜻한 아랫목이다. 가시고 나면 외풍이 몰려온다. 막아줄 이 없다.

후회는 득(得), 획(獲), 또는 성취(成就)하지 못하면 따라오는 현상이다. 불교에서는 이것들은 물질에도 정신에도 원래 없는 법이라고 한다. 따라서 후회 또한 실체가 없다. 성취는 행위를 했을 때 수반되어 오는 것이다. 성취에는 깊은 곳에 잠재되어 있는 업으로 얻어지는 종자성취(種子成就), 요즘 말로는 금수저 물고 나온 것이고, 태어나서 열심히 노력하고 수행하여 얻어지는 자재성취(自在成就), 요즘 말로는 자수성가이고, 또 하나는 현재적인 업으로 얻어지는 현행성취(現行成就), 즉 행동할 때마다 즉시 이루지는 성취가 있다고 한다.

타고난 성취가 부족하더라도 태어난 후에 실천해 온 덕행과 현재 행하는 선행으로 얼마든지 큰 성취를 하게 되어 후회 없는 삶을 살게 될 것이다.

협상協商을 잘하자

하늘보다 큰 사랑아, 오늘날 우리사회는 남과 어울리는 것보다 혼자 지내는 것을 더 선호한다. 혼자 사는 독신가구, 혼자 술 마시고 차 마시는 혼술족, 혼자 밥 먹고 식사하는 혼밥족, 혼자 영화보고 여행하고 운동하고 즐기는 사람들이 대세를 이루고 있다. 혼자 살면 걸리는 것 없고 자유로워 편리하고 좋기도 하다. 그러나 사람은 혼자 살 수 없는 사회적 동물임은 어쩔 수 없다. 더불어 살아야 한다. 부딪히고 살 수밖에 없다. 자연히 다툼이 생기고 서로 손해와 이익에 따라 생각하고 행동한다.

어느 한 쪽만 계속해서 원하는 것을 모두 가질 수 없다. 모든 사람의 생각이 같으면 쉽게 해결되지만 사람의 생각은 천차만별 너무나 달라 분쟁과 갈등이 유발되어 사회는 어지러워진다. 그래서 도덕이 생기고 법이 만들어진다. 이것으로도 모든 것이 원만히 해결되지 않는다. 결국 타협하고 협상을 해야 한다.

협상은 입장이 서로 다른 양자 또는 다자가 무엇을 타결하기 위해 협의하는 것이고 타협은 어떤 일을 서로 양보해서 협의하는 것이다. 이 말들의 기본 바탕에는 서로 양보하고 상대방 입장을 이해하고 공동이익은 최대한 높이고 평화롭게 문제를 해결하자는 것이 깔려 있다고 생각한다. 원만하게 협상이 타결되는 것이 이해 당사자들의 바람 아니겠는가. 이것이 쉽지 않다.

더 좋은 결과를 얻기 위하여 때로는 토론과 토의를 하기도 한다. 토론은 어떤 문제에 대하여 여러 사람이 각자의 의견을 내세워 그것의 정당성을 논하는 것이고, 토의는 어떤 문제에 대하여 함께 검토하고 협의하는 것이다. 토론과 토의는 많은 연습이 필요하다.

이것을 잘못하면 감정이 크게 개입되어 그 자체를 망쳐 버릴 수가 있다. 협상, 타협, 토론, 토의 등은 협의의 한 방편이고 좋은 협의 결과를 얻으려는 노력이다. 합의와 협의는 다르다. 유의하자. 협상에는 주로 국가적 과제, 사회적 과제, 개인적 과제를 가지고 한다.

국가 간에는 세계평화 협상, 핵확산금지 협상, FTA 협상 등 수두룩하고, 사회적으로는 정치 협상, 교육당사자 간 협상, 노사 문제 협상 등 이루 헤아릴 수 없고 개인 간에는 모든 일들이 알게 모르게 협상의 대상이다. 부부간에, 부모자식 간에, 선생과 학생 간에, 이해 관계가 있는 사람 간에 협상해야 하는 일이 널려 있다. 한쪽의 주장, 고집, 역설, 강제, 억압, 위협으로는 문제가 원만히 해결되지 않는다. 부모자식 간에도 이런 것들로는 안 되고 더욱이 일방적 설득도 현명한 해결 방법이 아니다.

우리나라 사회구조는 수직적이고, 유대인 사회는 수평적이라고 한다. 우리나라 아버지는 자식에게 강압적이고 유대인 아버지는 자식에게 협상적이라고 한다. 이것이 두 사회의 가정교육의 차이점이라 한다. 우리나라도 이제 많이 변했다. 많이 서구화되었다. 많이 어지러워졌다. 빨리 질서가 정립되어야 한다.

자연을 상대로 하는 직업은 인간 관계가 덜 복잡하므로 협상의 요구가 덜하고, 사람을 상대로 하는 직업은 협상의 연속이다. 협상의 명수가 되어야 한다. 물론 남에게 지는 협상도 때로는 할 줄 알아야 한다. 협상은 진정성이 있어야 하고 상대방에게 감동을 주어야 한다.

법구경에 이런 말씀이 있다. "진실과 법과 사랑을 가지고, 부드럽고 공정하고, 사납지 않아 이치에 밝고 마음이 깨끗하면 그야말로 장로(長老)라 부를 것이다." 너희들은 이와 같은 장로가 되어 협상에 나서라.

## 경쟁競爭도 해야 한다

하늘 아래 제일 큰 사랑아, 할아버지는 퇴임 후에 주로 집안에 많이 머문다. 어떤 때는 며칠 동안 밖에 나가지 않을 때도 더러 있다. 그렇게 해도 크게 지루하지 않고 그럭저럭 세월을 잘 보낸다. 아마도 텔레비전이 친구가 되어 바깥세상 소식을 잘 들려주기 때문이 아닐까?

그런데 문제가 있다. 방송은 평범한 일에 대해서는 시청률이 낮다는 이유로 전파를 아낀다. 그러나 가끔 발생하는 일일지라도 나쁜 것, 부도덕한 것, 남을 비난하는 일, 남을 탓하는 일 등은 수없이 반복하고 채널마다 빠짐없이 방영한다.

우리나라는 잦은 외침에 시달려 왔다. 우리 민족의 뇌리에는 외침의 피해의식이 가득 차 있다. 남이 생명과 재산 그리고 평화를 빼앗아갔으므로 남을 원망하고 탓하는 것은 너무나 자연스럽고 온당하다고 여기는 것 같다. 이러해서 그러한지 모르지만 오늘날 우리사회는 남의 탓과 불평불만으로 꼼짝 달싹 못할 정도로 가득 차 있는 것 같다. 텔레비전을 많이 보는 나도 물들어가는 듯하다. 우리가 젊었을 때는 국가가 개인에게 해주는 것은 별로 없고 개인은 국가를 위해 헌신해야 했다. 요즘은 개인이 국가를 위해 무엇을 했느냐 하는 것을 생각해보는 일보다는 국가가 국민에게 무엇을 해주기를 무한정 바라는 듯하다.

지진 같은 천재지변도 모두 남 탓이다. 지진이 일어나는 예측을 왜 못하나, 왜 대피를 비롯한 지진대책이 이 모양이냐 하고 남을 나무란다. 우리나라는 여태까지 지진 안전지역이라는 인식 때문에 무방비상태이다. 이제 시작이다. 각자도생(各自圖生)부터 하자. 그 후 남 탓하면 안 될까?

남 탓하고 불평하는 이유는 여러 가지 있겠지마는 우리사회가 경쟁사회이기 때문이기도 하다. 경쟁이란 같은 목적을 두고 서로 이기거나 앞서거나 더 큰 이익을 얻으려고 다투는 것이다. 우리나라는 민주주의와 자유시장경제체제를 내세우고 있다. 경쟁에 진 자는 불평이 없을 수가 없고, 자기가 진 이유는 모두가 남 탓으로 돌리고 싶을 것이다. 경쟁에서 자꾸 지면 힘들고 어려운 곳으로 내몰리게 되고 막다른 골목까지 몰리면 극단의 선택을 하는 경우를 왕왕 보게 된다. 정말 비정하고 매몰찬 세상이다.

누구나 이러한 사실을 잘 알고 있다. 경쟁에 진 자를 돌봐야 하는 것이 정부를 비롯한 사회 각 층의 할 일이 아닐까. 그런데 여기 문제가 있다. 진정으로 삶을 위해 최선을 다하여 노력하고 자기 정도와 분수에 맞는 삶을 추구했느냐, 아니면 너무 높은 곳, 너무 큰 것, 대박만 그리고 단박에 노린 탓에 경쟁에 밀린 것인지 알 수가 없다.

경쟁은 주로 육체로, 두뇌로, 말로 글로 한다. 어릴 때부터 이 세 가지 중에 자기의 경쟁력이 높은 것을 선택해야 한다. 힘, 스피드, 기술, 체력, 지구력 또는 체격 등 신체적 여건이 좋은 사람은 운동선수, 경찰, 군인 등에 경쟁력이 있을 것이고, 지적 능력이 많은 사람은 학자, 교사, 법률가 등에 경쟁력이 있을 것이고, 언변 능력이 좋은 사람은 정치가, 언론가, 종교지도자 등에 경쟁력이 있을 것이다. 육체, 두뇌, 언변을 두루두루 고루고루 잘 갖춘 사람은 어느 것을 해도 좋겠지만 어디 그런 사람이 쉽게 있을까?

요즘은 음악방송에도 경연형의 방송이 대세이다. 그리고 공직 사회의 승진과 연봉체계도 경쟁구도이다. 시장의 현장에는 모두가 경쟁이다. 기업, 회사, 금융, 산업, 관광, 의료, 교육 등 경쟁 아닌 것이 없다. 경쟁을 했으면 이겨야 한다. 이겼으면 경쟁에서 패한 자를 안아주어야 한다. 자기에게 패한 자가 있기 때문에 자기가 승자가 된 것이다.

인생을 살다보면 큰 경쟁 세 가지가 있다. 하나는 입학시험이다. 중요한 경쟁이다. 이 경쟁에서는 승리를 위하여 이를 악물고 모든 것을 버리고 정성과 열정을 다하여 경쟁에서 이겨야 한다.

최선을 다한 후 자기 능력보다 한 단계 이상의 학교에 도전하는 것은 해볼 만하다. 또 하나는 사업경쟁이다. 이 경쟁도 물러설 수 없다. 혹시 실패하면 두 번은 같은 실패하지 마라. 마지막으로 선거경쟁이다. 옛말에 선거에 지면 집안이 가장 빨리 망하는 길이라고 했다. 요즘은 꼭 그런 것 같지는 않더라. 경쟁에 이기려면 미리미리 꾸준히 넘치도록 준비해야 한다.

경쟁을 하여도 지혜롭게 해야 한다. 여기에도 사랑이 있어야 한다. 남에게 치명상을 입히거나 크게 손해가 가게 해서는 안 된다. 이긴 듯 진 듯한 정도로 이긴 경쟁이 진정으로 승리한 경쟁이 아닐까.

불경에 "두려워해야 하는 것은 두려워하지 않고, 두려워하지 말아야 하는 것을 두려워함은 안 된다", "피해야 할 것은 피하지 않고 나아가야 할 것에 나아가지 않으면 안 된다", 그리고 "가까이 해야 할 것은 가까이 하고, 멀리 해야 할 것은 멀리 해야 한다"는 말씀이 있다.

경쟁에 나서기 전에 자신을 한 번 돌아보고 마음에 각오를 새롭게 다져라. 경쟁에 이길 준비를 경쟁자보다 더 많이 더 열심히 챙기고 준비해라.

## 신언서판身言書判을 바르게 하자

우주보다 더 광활한 사랑아, 사람들은 하루하루 생활하는 것은 거의 일정하다. 크게 변화가 없다. 그러다가 자기도 모르게 어느덧 생활이 변해 있다. 더러는 갑자기 큰 일이 생겨 생활의 변화가 급작스럽게 일어나 감당하기 힘들고 어려울 때가 있다. 어릴 때는 그 변화를 잘 모른다. 혹 알지라도 어떻게 대처할 수가 없다. 이렇게 사는 것이 보통사람의 삶이다.

우리나라에 성형수술이 대유행이다. 성형기술도 세계 최고란다. 길거리 다니는 여성 중에 많은 사람이 성형했다고 한다. 옛날은 인물이 예쁜 것보다는 마음이 착한 사람을 더 선호했다. 요즘은 취직에도 결혼에도 외모와 몸매가 좌우한다고 믿고 있다. 남자도 마찬가지이다. 키 크고 날씬해야 모든 면에 유리하다. 몸짱이 되기 위해 사력을 다한다. 요즘은 연예계와 스포츠계에 진출하는 것이 젊은이들의 꿈이다. 여기에서 성공의 열쇠가 바로 신(身)이다. 몸은 자기의 큰 자산이다. 아름다운 몸 건강한 몸을 소유함은 참으로 대복이다. 세상의 얽히고설킨 문제는 말로써 해결한다. 이때 하나의 방법이 토론이다. 토론과 웅변 그리고 유머를 잘 한다는 것은 남을 사로잡는다. 지구상에서 토론행사 중에 가장 중대한 것이 아마 미국대선 후보자 TV 토론이 아닐까. 세계 지배자들의 자질이 검증된다.

신언서판(身言書判)은 옛날 중국 당나라에서 관리등용의 기준인 신체, 언변, 글씨, 판단을 뜻한다. 이것의 능력과 우수함의 정도에 따라 채용했다고 한다. 사람의 됨됨이를 알고자 할 때는 겉으로 나타나는 것을 가지고 파악할 수밖에 없다. 심성이 어떠한지 인성이 어떠한지 어떤 마음을 가지고 있는지는 훗날 겪어봐야 알 수 있다. 실은 그래도 잘 모른다. 신언서판은 밖으로 나타나는 것일지라도 그 사람의 내면적 성숙함·인격·인품·자질 등이 그 속에 묻어 나온다고 사람들은 생각한다. 오늘날은 신언서판의 우월함의 만능시대가 아닐까?

하기야 옛날에도 마찬가지였을 것이다. 석가모니 부처님이 얼마나 신언서판이 뛰어난지 아마도 잘 모를 거다. 32대인상을 두루 갖추어 법륜성왕이 되지 않았던가.

신언서판을 잘 갖추는 것이 하루아침에 이룰 수 있나. 요즘 유행하는 성형으로는 한계가 있다. 끊임없는 연습과 훈련이 필요하다. 그것이 살아가는 데 꼭 필요하면 할 수밖에 없고 해야만 한다. 그렇지 않으면 낙오자가 된다. 해도 안 되고 노력해도 안 되는 일도 많다. 자질이 없으면 문제가 있다. 나는 아무리 노력해도 가수는 될 수 없었을 것이다. 그러나 축구선수는 열심히 노력하면 될 수 있지 않았을까. 저마다 타고난 자질대로 살자구나.

나는 신언서판 중에 마지막에 있는 판단력이 뛰어난 사람을 더 아끼고 더 중하게 여기겠다. 어떤 일을 하기까지는 정보와 자료를 수집하고 이것을 종합, 분석하고 판단하고 결정하여 최종적으로 선택하여 실행을 하게 된다. 만약 판단을 잘못 하여 오판하거나 실수하면 그 일을 망치고 만다. 판단력을 기르려면 판단의 경험도 많이 가지고 추리력·사고력·논리력·결정력 등을 기르고 연마해야 한다. 독서도 많이 하고 글쓰기를 열심히 하여 자기 생각을 전개하는 연습도 많이 하여야 한다.

어떤 일을 두고 판단하고 결정할 때 남들이 보편적으로 할 수 있는 일반적인 판단도 할 때는 할지라도 남 다른 특별하고 특수한 명판(明判)을 하는 사람이 되자. 판단을 할 때는 때와 장소도 매우 중요하다. 이것에 따라 판단의 결과가 다를 수 있다. 판단에 무엇보다 중요한 것은 그 사람의 품성·감성·이성이다.

장부일언중천금 丈夫一言重千金이다

　　밝고 밝은 사랑아, 요즘 이 지구상의 모든 곳에서 가짜 뉴스가 판을 치고 있다. 우리나라뿐만 아니라 서방 선진국에서도 가짜 뉴스 때문에 골치를 앓고 있다. 아주 정교하고 그럴듯한 내용을 퍼트린다. 대중들은 속아 넘어간다. 그 뉴스가 거짓임이 밝혀지는 데는 시간이 걸린다. 훗날 밝혀져도 이미 때는 늦다. 이 세상은 점차 가짜가 진짜를 이기는 방향으로 되는 듯싶구나.

　　오늘부터는 학교 담임선생님께 커피 한 잔을 사 드려도 범법이 된다. '부정청탁 및 금품 등의 수수금지에 관한 법률'이 시행된다. 우리나라 사회는 옛날보다 많이 나아졌다고 하여도 부정부패와 부정청탁이 만연되어 있어, 이것을 뿌리 뽑아 좀 더 청렴

한 사회를 만들려는 것이 그 목적이다. 여태까지의 풍습·관습· 관행·문화 등이 획기적으로 바뀌게 되어 우리 사회는 점점 맑고 평등한 선진사회로 되어 갈 것이다. 깨끗한 사회에 너희들이 살게 되어 좋다.

너희 진외조부께서 장부일언중천금(丈夫一言重千金)을 가르쳐 주셨다. 이 말의 뜻은 장부의 한 마디는 천금보다 무겁다는 뜻이다. 남자의 말 한 마디가 얼마나 큰 약속인가를 의미하기도 한다. 장부란 말은 옛날에는 사내 남자를 칭하지만 요즘은 남녀구별이 없다. 말 한 마디 할 때는 입안에서 몇 번이고 씹고 머물게 하여 삼가 해서 하라는 것이다. 한 번 뱉은 말은 다시 입안으로 들여놓을 수 없다. 사람과의 신뢰와 신의는 말로써 쌓인다. 말이 많으면 실수가 많아지기 때문에 말 많음을 무척 경계하였다. 말 수가 적더라도 말 한마디 한마디가 무게가 실리고 진정성이 있고 부드럽고 선하다면 비록 눌변일지라도 달변보다 훨씬 나을 수가 있다. 어쩌면 말 한 마디도 없는 무언의 침묵이 더 큰 힘을 발휘할 수도 있다. 침묵은 금이란다.

사람은 자기 역할에 따라 회의에서 발언하기도 하고, 남을 설득하기도 하고, 많은 청중 앞에서 특강 또는 연설을 할 때도 있고, 두 사람뿐만 아니라 여러 사람 간에 토론을 할 때도 있다. 이때 최선을 다해야 한다. 신언서판이 확 나타난다. 제스츄어 하나하나 말 한 마디 하나하나 신중하고 진중하게 행하여야 한다. 민주주의 국가에서는 더 더욱 그러하다. 민주주의 국가와 자유

경쟁체제의 국가에서의 가장 중요한 가치 중의 하나는 민의(民意)이다. 민의를 얻는 것이 곧 성공이고 명예이다.

토론에서는 상대가 있다. 토론으로 상대방을 압도했다고 하여도 사람들의 마음을 얻지 못하면 사실상 패배이다. 어눌한 말과 행동이 오히려 나을 수도 있다. 영국의 어느 왕이 말을 더듬었지만 명연설로 국민의 마음을 사기도 하였다. 말하는 것과 몸짓 등을 항상 준비하고 연습하여야 한다. 준비 없이 함부로 대중 앞에 나서지 마라.


옛날에는 말의 전달 수단이 극히 제한적이고 말의 전달이 느렸다. 가끔은 했던 말을 취소하거나 변경할 수도 있었지만 지금은 한순간에 지구 곳곳에 퍼져나간다. SNS 사용 조심하고 특히 취중에 말과 행동은 각별히 삼가야 한다. 혹시 한두 번은 그냥 넘어가질지 몰라도 결국은 망신당한다.

너희 할머니가 너희 아버지들에게 조심하라는 삼단이 있다. 하나는 붓의 뾰족한 끝을 나타내는 필단(筆端)이다. 붓을 까딱 잘못 놀리면 큰 필화를 입는다. 글 조심은 아무리 강조해도 모자라지 않는다. 또 하나는 혀의 앞쪽 끝부분을 나타내는 설단(舌端)이다. 혀를 아무렇게나 놀리면 큰 낭패를 당한다. 말 한 마디로 천냥 빚을 갚을 수도 있고, 죄인이 될 수도 있다. 마지막으로 하나는 신단(腎端)이다. 이것은 남녀 관계이다. 사회가 바뀐 요즘 특히 조심해야 하는 것이 신단이다. 잘못 되면 단박에 인생이 망하고 패가망신한다. 삼단을 조심하고 또 조심하자.

불교의 가르침 중에 팔정도란 것이 있다. 불교의 핵심이다. 여기에도 바르게 말하라는 뜻의 정어(正語)가 있다. 말을 옳고 바르게 하면 온갖 번뇌도 고통도 사라진다고 한다. 특히 불교의 십대 악 중에 입으로 짓는 중죄, 즉 망어중죄, 기어중죄, 양설중죄, 악구중죄 네 가지가 있다. 이것만 봐도 입으로 짓는 구업이 얼마나 큰가를 알 수 있다.

사랑스런 말, 부드러운 말, 친절한 말, 아름다운 말, 선한 말을 하면 남으로부터 원망을 듣지 않고, 악함을 당하지 않고 마음 편할 수 있다. 말로 남의 마음에 못 박지 말고 도를 넘거나 지나친 상스런 말은 입 밖에 나와서는 절대 안 된다. 또 입안에서 중얼중얼하거나 했던 말을 자꾸 하는 중언부언(重言復言)하는 것도 삼가하고 조심하자. 또 법구경에 "도끼가 입안에 있는 것 같아서 몸을 베는 까닭은 그 악한 말을 하는 데 말미암다"라는 말씀이 있다. 한 번 말을 잘못 하면 그 인생은 끝장이므로 무척 경계하라는 크나큰 가르침이다.

말은 생각을 생각은 마음을 마음은 운명을 운명은 삶을 좌우한다. 말이 업(業)이 되어 현생과 내세를 좌우한다. 말 조심하자.

수신제가치국평천하 修身齊家治國平天下 하라

　　행복해야 할 사랑아, 오늘은 점심으로 라면을 하나
끓여 먹었다. 나가서 먹을까 하다가 게으름이 나서 그만 집에서
한 끼를 때웠다. 내가 학교생활할 때 구내식당에서 또는 학교
근처의 식당에서 여러 사람과 어울려 식사를 했던 것이 생각나
기도 하구나. 남들과 이야기 나누면서 무엇을 먹는 즐거움과 행
복은 세월이 지나고 나서야 알겠더구나. 너희들은 친구들과 함
께 식사하고, 어울려 놀기도 하고 더불어 즐겁게 지내라.

　　나는 가끔 너희들과 함께 앉아 식사할 때가 가장 즐겁다.

　　사람이 나이 들어도 귀의처(歸依處)가 있고, 의지처가 있고, 어
려움을 피할 수 있는 피난처가 있으면 뭐가 두렵고 부러우랴.
사람들은 나 아닌 남이 나에게 힘이 되면 마음의 평화를 느낀다.

구원받기 원하는 자에게는 사랑이 의지처이고, 더 나은 나를 바라는 자에게는 지혜가 귀의처이다. 너희들이 우리에게는 의지처이고 귀의처이고 피난처이다.

수신제가치국평천하(修身齊家治國平天下)라는 말이 있다.

이 말씀은 유교경전의 핵심인 사서오경, 즉 논어·맹자·대학·중용의 사서와 시경·서경·역경·춘추·예기의 오경 중에 대학에서 나오는 말인데 군자의 올바른 자세를 강조한 것이다. 먼저 자기 몸과 마음을 올바르게 가다듬고 닦은 후에, 가정을 돌보고, 그 후에 나라를 다스리고, 천하를 태평하게 한다는 뜻이다. 사람이 되지 않은 자는 남의 지도자가 되지 말아야 함을 공자께서 가르치셨다. 사실 수신이 잘 된 사람은 제가, 치국, 평천하도 잘하게 될 것이다. 그러나 현실은 꼭 이 순서대로 이루어지지 않기 때문에 이것들을 한꺼번에 동시에 잘 행하여야 한다.

수신에는 사랑, 제가에는 화목, 치국에는 평등, 평천하에는 자유와 평화가 가장 근본이 되어야 하지 않을까?

불교의 가르침은 생사윤회(生死輪廻)를 떠난 열반과 깨달음을 얻기 위한 수행(修行), 즉 몸과 마음을 닦는 수신(修身)과 수심(修心)을, 유교의 가르침은 치국을 위한 군자의 도리를 가르치는 것이 대부분이다. 우리 동양사회는 이 두 가르침에 따라 사람, 가정, 사회, 국가의 근본과 법과 도덕이 형성되어 있다. 자기 자신은 바르고 자비로운 사람이 되고, 가정에는 효(孝)가 흐르고, 국가에는 충(忠)이 넘치는 것이 이상사회의 한 모습으로 여겼던 듯하다. 수행이 잘 된 사람이 되어 가정에서는 부모로서, 자식으로서, 부부로서, 형제로서, 자기 역할과 도리를 다하고 자기가 살고 있는 사회와 국가의 일원으로서 의무와 책임을 다하면 그 세상은 아름답고 하늘 사람과 같은 복을 누리게 될 것이다. 우리 동양 사회는 특히 가정을 매우 중시했다. 그래서 혈통과 천륜(天倫)이 모든 관계의 출발점이고 끝이다. 하늘이 맺어준 부모자식, 형제자매 사이 지킬 도리를 다함이 사람으로서의 바른 행위인 정업(正業)이다.

수행에 관한한 불교의 육바라밀을 말하지 않을 수 없구나. 팔정도도 중요하지만 이것은 다른 기회에 말하고자 한다. 육바라밀이란 보시(布施)·지계(持戒)·인욕(忍辱)·정진(精進)·선정(禪靜)·지혜(智慧)를 말함이다. 보시는 자기 것을 남에게 베풀어주는 것이고, 지계는 계율을 지키는 것이고, 인욕은 괴로움을 참는 것이고, 정진은 부지런히 노력하는 것이고, 선정은 마음을 가라앉히는 것이고, 지혜는 만법의 근본으로 깨달음을 얻게 하는 것이다. 이 중에서도 보통사람은 보시, 지계, 인욕을 잘 수행하자. 나는 보시 중에 남의 두려움을 없애주는 무외(無畏)보시를 가장 높게 치고, 지계 중에서는 지고의 사랑과 자비를 나타내는 불살생(不殺生)을 최고로 친다.

무외보시와 불살생의 마음으로 가득 차 있는 사람은 상당히 수행이 많이 된 사람이라고 하여도 과언이 아니라고 생각한다. 이것을 우리 가훈과 신조로 삼으면 안 될까. 유교에서 말하는 수신제가치국평천하와 아주 유사한 것이 법구경의 애신편에도 있다. "배움은 먼저 자기를 바르게 하고, 그 연후에 사람을 바르게 하라. 몸을 닦고 지혜를 얻으면 반드시 최상이 될 것이다"라는 것이 그것이다. 이런 가르침으로 인하여 동양에서는 "먼저 사람이 되어라"라고 하는 것이 우리 삶의 근저에 뿌리 박혀 있다. 그렇지만 내가 볼 때는 오늘날 우리 사회는 사람이 된 사람이 지배하는 사회는 영 아닌 것 같다. 대인배가 나라를 다스려야 할 텐데 대인배는 어디로 갔는지 통 보이질 않구나.

법구경 이야기 하나 더 하자. "부모에게 효도하고, 처자를 잘 기르고, 행실을 헛되이 하지 않으면 가장 길하고 상서롭다"는 제가(齊家)에 대한 말씀이 있다. 너무나 당연한 말씀 같지만 이 이상 더 참된 진실이 어디 있겠나.

너희들은 지금은 오직 수신, 수심 그리고 수행에만 힘써라. 그러고 나면 너희들의 세상이 온다. 그때 날개를 펴고 마음을 크게 열어라. 평천하하는 큰 인물이 되어라

## 자율自律적인 행동을 하자

미움 받지 않아야 할 사랑아, 우리의 일상생활은 매일매일 똑같다. 뭐가 특별한 것이 없다. 사람은 먹고, 자고, 일하고, 배우고, 쉬는 일이 가장 기본적이고 일상적이다. 중요하지만 중요하게 느끼지 못하고 있는 공기처럼 이 다섯 가지도 얼마나 중요한 일인지 우리들은 별로 의식하지 않고 살고 있다. 이다섯 가지만 별 탈 없이 잘 행하고 있으면 행복의 기본은 이루어진다고 볼 수 있다. 더 이상은 자칫 잘못하면 화를 불러 올 수도있다. 다행이 아무 탈 없이 더 많은 것을 얻을 수 있으면 그것은큰 복으로 생각하고 이 세상에 감사하여야 한다.

너희들 친가의 고조할아버지는 근면과 성실을, 증조할아버지는 인자무적과 자리이타를, 증조할머니는 자애와 착함을, 할아

268

버지인 나는 법과 이치에 합당함을 뜻하는 여법(如法)을, 너희 할머니는 자율을 후손들에게 가르치고, 그 정신에서 가정을 꾸려왔다. 너희 진외조부는 교장선생님과 대학총장을 지내신 교육자로서 자식들에게 자율, 근면, 성실, 솔선수범, 그리고 "너의 인생은 너가 살아라" 등을 가르치셨고, 진외조모는 개화되고 진취적인 독립운동가 집안의 딸로서 아들·딸에게 강한 자립심과 독립심을 길러주셨다. 너희 아버지들은 이렇게 친가와 외가의 두 집안의 조부모 교육을 받고 자랐다.

옛날 초중·고등학교 교실 앞쪽 벽에는 교훈과 급훈이 반드시 걸려 있다. 가르침의 주된 말씀은 근면, 성실, 정직, 노력, 솔선 등이다. 자율은 내가 다닌 고등학교의 교훈이다. 이 자율을 너희 할머니가 더 잘 기억하고 있더라. 왜냐하면 너희 할머니의 아버지이신 진외조부가 내가 다닌 고등학교의 교장선생님이었으니까. 자율은 남의 지배나 구속을 받지 않고 자기가 세운 원칙에 따라서 스스로 규제하는 일이다. 이것의 반대말은 타인의 의향이나 자기의 뜻이 아닌 것을 나타내는 타율이다.

사람은 자기 뜻대로 하고 싶은 것이 본능이다. 남이 시켜서 하는 일은 하다가도 하기 싫다. 공부도 자율적으로 하면 능률도 더 오른다. 사회질서도 잘 유지된다. 강제, 강압, 강요, 명령, 지시, 협박, 공갈 등이 아닌 자율의 세상이 갈등이 줄어들고, 평화로운 세상이 된다.

부지런히 일하고 힘쓴다는 근면과 정성스럽고 참됨을 나타내는 성실은 과거에는 생활태도의 금과옥조(金科玉條)였다. 아무것도 없는 시절에는 오직 이것밖에 별 방법이 없다. 근면, 성실하기만 하면 큰 성공 여부는 알 수 없지만 그것은 근근이 먹고 살 수 있는 호구지책은 될 수 있기 때문이다. 그러나 모든 것이 풍족하고 복잡하고 다양한 현실에서는 근면, 성실이란 이 말을 그리 중요하게 여기지도 않고, 달가워하지도 않는다. 뿐만 아니라 '하면 된다', '열심히 노력해라'라고 하는 말은 요즘 젊은이들은 흘려듣는다. 명심하기는커녕 이 말을 비아냥거리면서 '노오력'이라고 한다. 세상은 변했다. 오직 생존하기 위해 죽기 살기로 살던 시대의 대명사는 이제는 좌우명이 될 수 없다. 근면, 성실, 노력하지 않는 자는 어쩌다 성공해도 곧 망한다는 것은 진실이다. "하늘은 스스로 돕는 자를 돕는다"는 것을 명심하자.

근면, 성실, 노력은 우리 삶의 근본이요, 기본이다. 사람은 누구나 지도자가 되고 싶어 한다. 사람들이 따르지 않으면 지도자가 될 수 없다. 사람들은 저마다 똑똑한 두뇌를 가지고 있으므로 참으로 약다. 그래서 남이 따르게 하려면 자기가 나서서 먼저 본보기를 보여주고 앞장을 서서 길을 개척해주어야 한다.

이것이 솔선수범이다. 말과 소는 채찍질로 끌고 가지만 사람은 솔선수범을 보여 함께 가야 한다.

인생의 꽃이 필 때도 있고 질 때도 있다. 인생의 봄이 올 때도 있고 추운 겨울이 올 때도 있다. 부지런히 공부하여 지혜를 닦아 한 번밖에 없는 인생 슬기롭게 헤쳐가자.

# 정의正義롭자

　　운이 좋아야 할 사랑아, 오늘은 개천절이구나. 나
도 잊고 있었다. 국경일로 되어 있지만 사람들이 별로 뜻 깊게
생각하지 않는 것 같애. 오랜 옛날 우리 민족이 세운 최초의 나
라, 단군조선을 건국한 날이다. 널리 인간을 이롭게 한다, 또는
널리 이롭게 하는 인간이란 뜻을 가진 홍익인간(弘益人間)과 이치
에 합당한 세상 또는 이치로 통하는 세상이란 뜻의 이화세계(理
化世界)를 내세우면서 단군께서 창건하셨다. 이후부터 우리 민족
은 배달민족, 백의민족, 단일민족 등으로 불리면서 민족의 자부
심, 독립심, 자존심을 공고히 하면서 오늘에 이르게 되었다. 내가
어릴 때는 이날을 성대히 기념했지만 지금은 그저 하루 노는 날
정도로 여기거나 여행하거나 쉬는 날 정도이다. 이날을 맞이하

여 민족의 얼과 혼을 되짚어보는 것도 큰 의미가 있지 않을까?

지진이 자주 일어나고 있는 곳에서 주민들이 다시 크게 지진이 일어날까 봐 염려되어 생필품을 사재기하여 대혼란에 대비했다면 이것은 정의인가 불의인가?

만약 공무원의 부모가 아주 위급한 상태에 있을 때 응급실에서 의사에게 좀 덜 급한 환자보다 먼저 처치를 요구하면 이것은 정의인가 불의인가?

이것을 한 마디로 정의(定義)할 수 없다. 한자로 옳고 의로움을 나타내는 義(의) 자와 바르고 곧다는 正(정) 자를 합하여 사람으로서 지켜야 하는 올바른 도리를 정의(正義)라 한다. 나의 생각으로는 동양에서는 정의를 주로 임금과 신하 사이의 관계에 대한, 서양에서는 하느님과 인간 사이의 관계에 대한 올바름을 칭하지 않을까 생각한다.

기독교의 중요 사상은 정의와 사랑이다. 이것들은 하나님의 관점에서 정의이고 사랑이다. 따라서 인간이 이것이 정의라고 하는 것은 성립되지 않을 수도 있다. 동양에서도 중용(中庸)과 중도(中道)란 말이 있다. 이 뜻은 지나치거나 모자라지 않고 평상적이고 불변적인 상태나 정도를 나타낸다. 이 말에도 하늘의 뜻이 강하게 내포되어 있다. 오늘날 우리는 서양화가 많이 되어 정의를 자주 내세우지만 동양은 정의보다 감정에 치우치지 않고 절도에 맞는다는 뜻의 중화(中和)를 더 인간 삶의 근본으로 삼고 있지 않을까? 정의와 중화는 하늘의 뜻을 그대로 받아들여 사랑과 자비를 실천함이 아닐까?

옛날부터 오늘날까지 무엇이 정의인가에 대하여 많은 학자들이 연구해 왔다. 그러나 이것이 정의이고 저것이 불의라고 단정지을 수 없다. 인종, 종교, 지역, 문화에 따라 다르고 민주주의, 독재주의, 개인주의, 사회주의, 자본주의, 노동주의, 평등주의, 계급주의 등에 따라 정의롭다는 것이 다르다.

아주 옛날 그리스의 철학자 아리스토텔레스는 정의를 "사람들에게 그들이 마땅히 받아야 할 것을 주는 것"이라 했다. 그리고 근대에 와서 존 롤스는 정의로운 사회라면 개인의 자유를 존중해 각자 좋은 삶을 선택할 수 있어야 한다고 했다. 어느 책에 보면 정의를 논할 때는 행복, 자유, 미덕에 그 근거를 두어야 한다고 한다. 그리고 개인의 행복과 권리를 존중하는 개인주의와 공동체의 이익을 더 중하게 여기는 공리주의 둘 중 어느 쪽에 무게를 더 주느냐에 따라 정의는 달라질 수 있다고 한다.

오늘날 우리 사회는 정의롭지 못하다고 한다. 그 중 하나의 문제가 양극화 문제이다. 정당한 방법과 노력으로 성공했다면 마땅히 그것에 상응하는 대우, 즉 포상을 받아야 한다는 것까지는 동의하지만 그 정도가 어느 정도인가 하는 문제에 맞닥뜨려진다. 우리 사회의 또 다른 정의의 문제는 정규직과 비정규직의 문제일 수 있다. 정규직은 어려운 과정을 거쳐 자격을 충분히 인정받아 현재의 위치를 차지했다. 비정규직은 정규직과 같은 과정을 거치지 않았다. 정규직 중에는 비정규직보다 능력이 부족한 사람도 있다. 동일한 일을 하면 정규직과 비정규직은 같은 대우를 받아야 하나 차별을 받아야 하나 이것이 문제이다. 이런 문제를 해결한다는 것이 결코 간단해보이질 않는다. 세계적 문제로 얽히고설켜 있다.

정의로운 사회가 되려면 개인적으로는 정의를 너무 거창하게 생각하지 말고 자기 양심에 크게 걸리지 않을 정도로 옳고 바르게 살면 되지 않을까. 최소한도로 좋은 일은 못하더라도 나쁜 일은 하지 말아야 하고, 해서는 안 되는 일과 해야 할 일을 잘 구별할 줄 알아야 한다. 정의로운 사람이 되려면 사회적 계율을 범하지 말고, 바른 행위인 정업(正業)을 행하자.

## 인내忍耐하자

　　세상 이치에 밝아야 할 사랑아, 남쪽 지방에는
태풍이 휩쓸고 지나가면서 많은 비를 뿌리고 강한 바람이 불어
그 피해가 이만저만이 아니란다. 미국의 대서양 연안과 카리브
바다에도 허리케인이 강하게 할퀴고 지나갔다고 하는구나. 작년
에 너희들이 여행을 했거나 살고 있던 곳이다. 올해 지금도 너희
들이 그곳에 있다면 우리는 마음이 조려 어찌 견딜 수 있을까.
　우리나라는 치산치수가 잘 되어 웬만한 가뭄과 홍수는 무난히
견딜 수 있다. 그러나 예상치 못하는 큰 규모의 지진, 폭설, 태풍
등이 가끔 발생할 때는 그 피해가 생각보다 크다. 남쪽에는 비가
많이 오고 서쪽과 동쪽에는 눈이 많이 온다. 상대적으로 자연재
해가 적은 지방은 우리가 살고 있는 이곳인 것 같다. 무슨 일이

생기면 우리 사는 이곳으로 오너라.

가을 들판에는 벼가 잘 익어 황금바다를 이루고 있다. 곡식들이 밥이 되어 우리 입으로 들어오기까지는 농부들의 고통과 강인한 인내심, 태양과 비바람, 그리고 긴 세월의 흐름이 있어야 한다. 무언가 하나 이루어지기까지 우리는 참고 견디고 기다려야 한다. 즉, 인내하여야 한다. 우리의 단군신화에도 곰은 마늘과 쑥만 먹고 긴 세월을 참고 견디어 웅녀로 변신했지만 호랑이는 사람변신에 실패를 했다는 이야기가 있다.

사람들은 옛날부터 가난을 동무삼아 지내왔다. 봄이 되면 춘궁기, 보릿고개라 하여 풀뿌리와 나무껍질로 그 배고픔과 어려움을 견디고 인내한 덕택으로 오늘날 풍요롭고 행복한 사회를 구가하고 있다. 각 개인의 작은 성공에도 인내가 요구된다. 바라는 대학에 가고, 바라는 취업을 하려면 열심히 공부하고 합격을 기원하면서 때를 기다려야 한다. 누가 더 참고 견디고 기다릴 수 있느냐가 성공의 관건이다.

서양의 학생들은 자기 자신을 위해서 공부하고 남보다 성적이 낮다고 하면 더 열심히 공부하는 경향이 있다고 하고, 동양학생은 가족의 체면과 부모를 위하여 공부하고 남보다 뒤처져 있다고 하면 더 분발하여 공부를 열심히 한다고 한다. 한국·중국·일본의 학생들은 세계 어느 곳의 학생들보다 훨씬 더 열심히 공부한다. 자기의 영광은 물론 가문의 영광과 학교의 영광을 위하여 전력투구한다. 최소 십년간의 오랜 세월을 인내하고 젊음을 바쳐야 한다.

학생 본인은 말할 것도 없고 부모형제 온 가족이 오직 다가올 큰 시험에 매달려 산다. 아무리 사람 살기 팔모라 하지만 모든 학생이 대학입시 단 한 곳에 목숨을 건다. 좋은 결실을 맺기 위하여 서로 맞닥뜨려 치고 때리는 싸움, 즉 최선을 다하고 전력을 다하는 싸움을 하여야 성공한다는 박투성공(搏鬪成功)을 외치면서 초인의 인내와 힘으로 버텨야 한다. 비록 우리들도 이런 세월을 겪고 지나왔지만 학생들이 불쌍하고 가련하다.

옛날 중국의 유명한 시인 이태백의 시 중에 장진주(將進酒)와 행로난(行路難)이란 시가 있다. 장진주는 '술을 권한다'는 뜻인데 여기에 "하늘이 준 재능은 반드시 쓰여질 날이 있을 테다"라고 하는 천생아재필유용(天生我材必有用)이라고 하는 구절이 있다. 때를 기다리는 젊은이에게 큰 도움과 위로의 말이 아니겠는가.

또, '세상살이 어렵구나'라고 하는 뜻의 행로난의 한 구절에 "거센 바람타고 파도 넘을 때가 온다"는 뜻의 장풍파랑회유시(長風破浪會有時)란 것이 있다. 장풍파랑을 승풍파랑(乘風破浪)이라고도 한다. 바람을 타고 파도를 헤치고 바다 위를 달린다는 원대한 뜻이 있음을 나나낸다. 이 말의 뜻도 고난에 처해 있는 젊은이들에게 주는 희망의 메시지가 아닐까? 이 두 구절이 하도 유명하여 모르는 사람이 없을 거라고 하는데 나는 사실 얼마 전에 알게 되었다. 이태백은 나이 사십이 넘어, 공자는 나이 오십이 넘어, 강태공은 나이 팔십이 넘어 출세를 했단다. 벼슬을 했단다. 이들도 얼마나 오랫동안 인내해 왔던가.

인내에도 소극적 인내와 적극적 인내가 있다. 계율을 지키고 인욕하는 것은 소극적인 인내이고, 보시하고 정진(精進)하는 것은 적극적인 인내이다. 괴로움, 고통, 고난을 당하여 아픔과 비통함을 참고 견디는 인내도 있고, 앞으로 다가올 역경을 헤쳐 나가기 위한 인내와 꿈꾸고 있는 일의 성공을 바라며 참고 기다리는 인내도 있다. 어쩌면 인생은 꿈꾸고 기다리며 인내하는 것이 아닐까.

인내 중에서도 타오르는 분노를 달래고 잠재우는 인내가 참으로 중요하다. 인욕바라밀(忍辱波羅蜜)은 분노를 다스리는 바라밀이다. 참으면 병이 될 수도 있다. 무서운 병이 생기도록 인내하는 것은 참다운 인내가 아니다. 자기도 모르게 저절로 오는 인욕이라야 한다. 기쁨과 슬픔, 사랑과 증오, 탐욕과 분노 등 감정을 조절하는 연습을 부지런히 해야 한다. 남의 비난과 비방이 있을지라도 무난히 받아 넘길 수 있는 인욕을 길러야 한다. 타오르는 분노, 샘솟는 욕망, 끓어오르는 증오를 내면의 깊숙한 곳에 버려두고 잊어버리자.

지구 역사상 누가 가장 위대한 인내를 한 분일까. 아마도 석가모니 부처님일 거다. 해탈을 위해, 깨달음을 위해, 중생구제를 위해 고행과 명상과 기다림으로 인내하고 또 인내하여 마침내 대영웅이 되었고 최고의 깨달음인 무상정등정각(無上正等正覺)을 이루셨다.

내가 나이가 점점 들어가니까 확연히 인내심과 끈기가 줄어들고 있다. 왠지 모르겠다. 너희들은 남보다 조금만 더 참고 인내하고 기다릴 줄 아는 지혜를 갖자.

# 용기勇氣를 갖자

평화로워야 할 사랑아, 너희들 이름은 아무리 불러도 또 불러보고 싶구나. 소리 내어 불러도 보고 마음속으로도 잠시도 쉼 없이 부르고 싶은 이름이다. 보고 싶기야 말할 수 있겠나. 내 눈 앞에 항상 머물고 있으면 참으로 좋으련만, 아직도 정신이 온전하여 너희들을 내 마음속에 품고 있을 수 있다는 것이 얼마나 큰 복인지 몰라. 언제인가 몰라도 이것이 불가능할 때는 상상도 하기 싫다.

사람들은 오랜 옛날부터 내려오는 전통과 관습 때문에 행동 양식이 큰 테두리 안에서 일정하고 비슷하다. 그것의 한계를 벗어나려고 하면 낯설고 두렵다. 그러나 틀에 박힌 대로 살면 변화와 발전이 없다. 따라서 사람들은 가끔 새로운 일에 호기심을

가지기도 하고 도전하기도 하고 아무도 해보지 않은 일을 개척
해나가기도 한다. 이때 꼭 필요한 것이 용기이다. 또한 용기는
선함을 지키고 악함을 물리치는 데 꼭 필요하다.

어떤 일이든 일을 할 때는 위험이 따른다. 실패할 두려움의 위
험, 신체와 생명에 가해지는 위험, 재산과 명예를 잃을 수 있는
위험, 자신감을 잃고 다시는 재기할 수 없다는 절망에 빠질 위험
등 수많은 위험을 무릅쓰고 일을 행해야 한다. 욕구와 충동으로
일을 행하는 것과 진정한 용기를 갖고 일을 행하는 것은 그 차이
가 있다. 용기를 낼 때 내자.

용기는 사람의 됨됨이와 그릇의 크기에 따라 다르다. 어떤 사
람에게는 용기인데 어떤 사람에게는 만용(蠻勇)일 수도 있다.

작은 섬나라 일본이 태평양전쟁을 일으킨 것은 확실히 만용이
다. 처음은 아무 준비가 없던 나라들을 정복할 수 있었지만 거대
한 미국을 만나 패망했지 않았느냐.

달나라 개척을 위해 최초로 유인 우주선에 탄 우주비행사들의
용기에 감사와 찬사를 보낸다. 더욱이 미지의 달나라에 첫발을
디딘 미국의 우주비행사 닐 암스트롱의 용기와 업적은 인류 역
사상 최고가 아닐까. 이것이 진정한 용기이다.

남의 물건을 강탈해 가는 것을 보고 뒤쫓아 가서 범인과 격투
하는 의인의 용기 또한 감동적이다.

정의를 위하여 불의와 싸우는 용기가 있어야 한다. 그런데 이
때는 만인을 위한 정의인지 자신의 관점에서 정의인지 잘 구별
하여야 한다. 용기는 아무 때나 아무 데나 내는 것이 아니다. 용

기를 내야 할 때 내지 않고 물러서면 이것이 비겁이고 비굴한 것이다. 아무리 작은 일일지언정 용기가 없으면 시작도 없고 성공도 없다.

용기는 자신감에서 생기고 자신의 내공에서 생기고 옳고 선함을 위하는 마음에서 생기고 의지처를 믿어 생긴다. 모르면 두렵고 두려우면 용기를 잃는다. 공부하고 배우자.

요즘 우리나라 사회에는 용기 있는 사람이 드물다. 분명히 고치고 개선되어야 함을 알면서도 감히 나서지 못한다. 자기 뜻과 조금만 달라도 만신창이(滿身瘡痍)가 되도록 온갖 모욕과 욕설 막말을 퍼 붓는다. 견디어낼 사람이 없다. 까딱 했다가는 어떻게 될지 모른다. 부정부패와 같은 거창한 것이 아니라 하여도 작다고 여겨지는 공중도덕을 지키지 않는 것을 꾸짖을 용기 있는 사람이 드물다. 꾸짖다가는 낭패 보기가 일쑤이므로 차라리 눈을 감아버리는 것이 낫다는 이치를 사람들은 터득하고 있다.

사마귀가 앞발을 들어 수레를 막아선다는 당랑거철(螳螂拒轍)과 같은 어리석음과 만용은 안 된다.

세상에서 가장 큰 위대한 용기는 석가모니의 출가이다. 만인을 고통과 번뇌에서 벗어나게 하고파 아무도 가보지 않은 험하고 힘든 길을 걸으셨다. 우리는 그렇게 큰 용기는 아닐지언정 내 꿈을 위해 한발짝 한발짝 용기를 갖고 나아가자.

정직正直하자

　　하늘 위의 하늘 같은 사랑아, 너희들을 가끔 한
번씩 만나면 하고 싶은 말은 많지만 막상 만나면 별 말을 안 하게
된다. 너희들 노는 것 보고만 있어도 좋고, 너희들끼리도 오랜
만에 만나 즐겁게 놀고 있는 데 방해가 될까 봐 염려되고, 또
내가 하는 말이 너희들께 꼭 유익할까 아니면 잔소리만 될까 자
신이 없다. 너무나 변한 세상에 과연 내가 올바르고 교훈적인
이야기를 너희들께 전할 수 있을까 주저해지기도 한다. 그래도
속마음으로는 하고픈 이야기는 많다.

　밥상머리교육을 할 수 있으면 얼마나 좋을까. 너희들과 식탁
에 둘러 앉아 내가 하고 싶은 이야기도 하고 너희들도 하고 싶은
이야기도 하고 오손도손 자연스럽게 서로의 생각과 삶의 경험

그리고 삶의 지혜를 서로 나눌 수 있으면 신구의 조화가 잘 이루어지지 않을까. 교육 중에 가정교육이 가장 중요하지만 요즘 우리사회는 가정교육 부재현상인 것 같다. 내가 너희들께 밥상머리교육을 할 수 있으면 한 가지는 꼭 했을 것이다. 다름이 아니라 정직한 사람이 되도록 훈육했을 것이다. 누구나 인성 중에 반드시 갖추어야 할 덕목은 정직과 관용이라고 말하고 싶다.

사람은 공동체사회를 이루고 산다. 사람과 사람 사이에 신뢰가 없으면 그 공동체는 성립되기 어렵다. 이 믿음과 신뢰는 정직하지 않은 사람들 사이에는 존재할 수 없다. 정직하지 않고 믿을 수 없는 사람을 가까이 하면 큰 화를 입을 수밖에 없다. 이런 사람 멀리 해야 한다. 정직하지 않은 사회는 서로 불신하고 속이고 사기치고 불법이 난무하는 세상이 될 것이다. 이런 사회는 곧 망하게 될 것이다. 세상이 어지럽거나 어수선하고, 또 위험하거나 이해관계가 첨예하면 거짓으로 이익을 챙기려는 유혹을 받기 쉽다. 웬만큼 수행을 쌓은 사람이 아니고서는 눈앞의 이익을 외면 못하고 만다. 한번 두번 부정직한 행동을 하면 그만 그런 사람이 되고 만다. 슬픈 일이다.


사람은 정직해야 한다. 정의로워야 한다. 정의는 옳고 그름의 문제이고, 정직은 진실과 거짓의 문제이다. 정의는 어떤 일이나 대상이 사람에 따라 다를 수 있지만 정직은 자신의 양심의 문제이다. 정의냐 불의냐 하는 것은 객관적으로 밖으로 나타날 수 있지만, 정직과 부정직은 주관적으로 자신의 내면의 마음속에 존재한다. 정직하냐 부정직하냐는 다른 사람이 판단하기 어렵다. 진실과 거짓을 알기 위하여 거짓말 탐지기를 만들었지만 이것 또한 믿을 수 없다. 오랜 교류를 갖고 그 사람을 겪어 보면 좀은 정직성을 알 수 있다.

수학에 수리논리라는 분야가 있다. 어떤 문장이 있을 때 이 문장이 옳으냐 그르냐, 즉 진(眞)이냐 위(僞)냐 하는 것을 결정할 수 있는 이론을 다룬 학문이 수리논리이다. 우리가 하는 말이 참이냐 거짓이냐 하는 것을 수학적으로는 어느 정도 가릴 수 있다. 수학이 사람에게 정직성을 키워주는 면도 있다는 것을 알 수 있다.

사람이 살다 보면 자기도 모르게 남에게 영향력이 있는 사람으로 또는 신분이 상승하여 지도자가 되기도 한다. 이런 사람이 가져야 하는 가장 큰 덕목이 정직이고 정의이고 용기이다. 이와 같은 덕목을 갖추지 않은 사람은 결코 지도자가 되어서는 안 된다. 특히 정의롭지 못하고 정직하지 못한 사람은 국가 공무원이 되어서는 안 된다. 큰 지도자가 되면 될수록 더 높은 차원의 도덕성과 정직성을 갖추고, 부정부패와는 타협하지 않는 정의로움과 용기를 가져야 한다. 서양 격언에 "자녀를 정직하게 기르는 것이 교육의 시작"이라고 했다.

그리고 셰익스피어는 "정직만큼 풍부한 재산은 없다"고 했다. 뱀에는 두 갈래 혀가 있다. 하나는 진실을 말하고 하나는 거짓을 말할 수 있다. 우리말에도 "일구이언은 이부지자"라는 말이 있다. 한 입에 두 말하면 아버지가 둘이란 뜻이다. 이와 같이 이간질시키는 양설(兩舌)과 거짓말하는 망어(妄語)를 일삼는 사람은 멀리해야 한다. 잘못 하면 큰 화를 입는다.

자기가 불리한 순간을 모면하려고 순간적으로 말을 둘러대는 사람들이 가끔 있다. 이런 행위에 재미를 보면 또 하게 된다. 사람들이 어리석지 않다. 알면서도 모른 척 하고 있을 뿐이다. 정직하게 살면 약간 손해 보는 듯 하지만 뒷일이 잘 풀린다. 따라서 마음이 편해진다. 뒤탈이 없다.

왜 정직해야 하나 정직하면 복을 받으니까, 왜 부정직하면 안 되냐 그러면 고통이 따라오니까. 너무나 명확하고 간단한 이치이다. 부정직한 사람은 자기도 속이고 남도 속인다. 그런 사람은 일생을 고통에 시달리고 죄값을 치르느라 불행에 빠져 산다. 사람이 가져야 하는 보편적 가치와 덕목은 정직, 정의, 용기, 관용 등이다. 그러나 생명보다 더 나은 것은 없다.

이러한 덕목과 생명이 서로 부딪칠 때는 생명을 우선해야 한다. 생명은 무엇과도 바꿀 수 없다. 위험을 무릅쓰지 않고 어떻게 정의와 정직을 지키느냐 하는 문제에 봉착할 수도 있다. 잘못하면 불의와 타협하고 부정직하고 비굴해질 수도 있다. 눈앞에 보이는 이익과 성공을 위하여 양심을 팔아서는 안 된다. 그러나 어떤 경우든 살아남아야 한다.

법구경에 진실을 말하고 남을 사랑하고 보시하면 천상에 태어난다고 한다. 여기서 진실은 정직과 통하고, 사랑과 보시는 정의로움과 서로 통한다. 행복의 열쇠 정직해야 함을 잊지 말자.

## 좋은 사람과 교제交際하자

무량광 사랑아, 이 나라가 참으로 어수선하다. 저마다 못 살겠다 아우성이다. 국제질서는 크게 요동치고 있다. 자칫 잘못하면 전쟁이라도 나지 않나 심각히 걱정하는 사람도 많다.

국가 지도자들이 공과 사의 구별의 잘못으로 인한 국가 혼란은 이루 말할 수 없다. 큰 일이 일어나는 것은 별 것이 아닌 작은 것으로부터 생겨난다. 그렇게 생각하면 지금 우리나라는 누란의 위기에 처해 있는 듯하다. 국민들이 다시 정신을 가다듬고 정치 지도자들은 국가를 위해 헌신해야 한다. 세상이 너무 무섭다. 그럴싸한 의혹으로 진실을 규명한다는 구실로 하나의 표적이 생기면 갈기갈기 찢어버리고 난도질한다. 어떤 사람이면 살아남을 수 있을까?

민심은 반드시 진실과 사실대로 움직이는 것도 아니고 유도하고 만들어 가는 쪽으로 흘러갈 수도 있다는 것을 다시 한 번 깨달았다. 어떤 일이 발생하면 초기에 대응을 잘해야 한다. 나중에는 일이 엉뚱한 데로 번져나가고 파생되어 걷잡을 수 없게 된다. 세상은 위기가 있으면 기회도 있는 법이다. 하늘이 무너져도 솟아날 구멍도 있다.

우리 민족은 숱한 어려움과 고난을 물리치고 굳세게 살아온 저력도 있다. 앞날의 너희들의 세상은 오늘날보다 더 나은 세상이 되기를 염원해본다. 민심이 천심이다. 세상을 살아가다 보면 많은 사람과 만나게 된다. 한 번만 만나는 사람, 여러 번 만나는 사람, 수없이 만나야 하는 사람이 있다. 의도하지 않아도 저절로 만나지는 사람, 만나려고 의도하여 만나는 사람도 있다. 만나기 싫은 사람, 그저 그런 사람, 만나고 싶은 사람 등이 있다. 증오스런 사람이거나 자기에게 해를 끼치는 사람과는 만나기 싫고, 자기가 사랑하거나 덕을 볼 수 있는 사람과는 자꾸자꾸 만나고 싶어 하는 것이 세상사는 이치이다. 사람을 잘 만나야 모든 것이 잘 풀려 행복해진다.

특히 부모자식 간으로, 부부간으로, 형제간으로, 친구 간으로, 직장동료 간으로 서로 잘 만나야 한다. 아마 이렇게 된 사람은 더 없는 복을 타고 났거나 살면서 복을 지은 사람이다. 이 중에서 자기가 선택할 수 있는 것은 배우자, 친구, 생업 관계자 등이다. 물론 이것도 자기 뜻대로 되는 일도 아니지만 그래도 어느 정도는 자기 뜻이 반영된다.

교제는 필요하다. 교제라는 것은 이성 간에 서로 사귀는 것과 사업상 서로 목적을 갖고 만나는 것이다. 일생을 살아가는 동안 이보다 더 중한 일이 있을까. 이성 간의 교제는 결혼과 좋은 우정을 쌓기 위한 것이고, 친구 간의 교제는 우정을 쌓고 즐거움의 창출과 서로의 성공을 도와주는 것이고, 사업상 관련자와의 교제는 사업의 번영을 주목적으로 하는 것이다. 또 신과의 교제는 서로 교감하고 서로 밀착하여 떨어짐이 없게 하려는 목적을 가지고 있다. 정말 어느 경우든 교제를 잘해야 한다. 교제를 잘하면 만사가 형통해진다.

교제를 잘하려면 먼저 자기가 남이 교제하기를 원하는 사람이 되어야 한다. 자기의 값이 충분히 높아야 한다. 자기의 인격을 높이고, 좋은 품성을 기르고, 교양과 전문성을 갖추고, 예절과 태도가 반듯해야 한다. 교제는 자기가 의도를 가지고 만나는 것이기 때문에 상대를 잘 골라서 해야 한다. 아무나 사귀면 안 된다. 일시적인 충동으로 교제하면 잘못 하면 일생 동안 낭패를 본다.

사람의 성격은 변하지 않는다. 아주 조금은 성격이 숨어질 수는 있다. 교제 상대의 선택은 정말 신중해야 한다. 특히 이성 간의 교제에서는 더 더욱 신중하고 항상 깨어 있어야 한다. 자기의 모든 감각과 지혜를 총 동원하여야 한다. 생명을 경시하거나 폭력성이 있는 사람, 남을 함부로 대하거나 예절과 태도가 불손한 사람, 말에 품위가 없거나 폭언을 하는 사람, 정의롭지 못하고 정직하지 않은 사람, 경거망동하거나 옹졸하고 편협한 사람, 책임감이 없고 부도덕한 사람 등은 아예 사귀지 마라.

사람은 한번 두번 만나서 어떤 사람인지 알 수 없다. 아니 수없이 만나도 모른다. 한평생을 같이 살아도 모른다. 그러나 깊이 살펴보아라. 그러면 속속들이는 몰라도 어느 정도는 파악된다. 그 다음은 자기의 운명이다. 이성 간의 교제는 어려서는 되도록 하지 말아야 한다. 옛말에 남녀칠세부동석이란 말이 왜 생겨났겠나. 그만큼 위험하고 부질없다는 뜻이다. 명심해다오.

사람은 한 번 정이 들면 그것은 버릴 수 없다. 정은 하루아침에 드는 것이 아니라 두고두고 세월이 가서 쌓여서 생긴 것이다. 교제를 하다가 헤어지는 경우도 상상하여야 한다. 이때의 아픔을 애별리고(愛別離苦)라 한다. 사랑하는 사람과 헤어지는 고통이 인간 삶에서 가장 큰 괴로움인 것이다. 애별리고보다 더 큰 고통은 원증회고(怨憎會苦)이다. 밉고 싫은 사람 자꾸 만나야 하는 고통이다. 아무리 전생에 인연이라 해도 보기 싫은 사람과는 서로 만나지 말아야지.

인간 삶의 행복에 가장 큰 영향력을 미치는 것이 이성 간의 교제이고 부부간의 결혼이다. 결혼을 전제로 하는 교제는 자기의 혼신을 다해야 한다. 불경의 계율 중에 지키기 가장 힘든 계율이 불사음계(不邪淫戒)이다. 불륜을 저지르지 말아야 한다는 뜻이다. 교제를 하여 결혼하면 서로를 존중하고 사랑하고, 서로 아끼고 감싸주고, 서로에게 책임과 의무를 다해야 한다. 그것이 행복이다.

신의를 지키자

생각할수록 좋은 사랑아, 사람들은 가을을 즐기려 산과 들로 나들이 나가는구나. 어떤 이는 바닷가에 가서 마음을 트이게 하고 가슴을 펴구나. 또 어떤 이는 깊은 산 속에 들어가 명상을 하면서 자신을 성숙하게 하고 힘든 짐을 벗어 던지고자 한다. 지혜로운 자는 물을 좋아한다는 지자요수(智者樂水)와 어진 자는 산을 좋아한다는 인자요산(仁者樂山)이 떠오르는구나. 일상 생활을 하면서 쌓이는 중압감과 불만족을 조금이나마 바다에 던져버리고, 산에 내려놓거나 묻어버리려 하는구나. 옛날 사람들은 먹고 살기 바빠서 여가를 즐길 여유는 전혀 없었다. 오직 살아남아야 한다는 일념뿐이였다. 요즘이 얼마나 좋은 세상인지 몰라.

좋은 세상에 태어났으니 너희들도 가을의 아름다움을 마음껏 즐기거라. 너희들이 살아갈 앞날은 여가 선용이 주된 일거리가 될 것이다. 놀아본 사람이 놀 줄 안다.

한 개인이나 가정이 혼란스럽거나 어려운 난관에 봉착하거나 위기에 처할 수 있다. 마찬가지로 어떤 사회나 조직도 크게 흔들리고 붕괴의 위험에 빠질 수 있다. 국가 또한 마찬가지이다. 우리가 어릴 때 국가멸망의 원인은 주로 부정부패, 외부로부터의 침입, 국가의 재정결핍, 지도층의 횡포 등이라 배운 것 같다.

오늘날의 국가들에게도 그대로 적용될 수 있을 것 같다. 국민들이 서로 화합하고 내부적으로 결속력이 강한 국가는 허물어지기 어려울 것이다. 애국심이 강하고 국민 서로가 믿고 의지할 수 있다면 그 나라는 강하고 행복해질 것이다. 국가융성의 핵심 요소는 아마 국민 서로 간에 화합하고 신뢰하는 것이 아닐까. 그런데 우리나라는 가난할 때보다 부유해진 요즘이 더 서로 반목하고, 불신하고, 배신하는 듯하다. 많은 사람들이 우리 사회를 정의롭지 못한 사회라고 여기는 듯하다.

사람이 사람답지 못하고 함께 지낼 수 없는 사람으로 여겨지는 사람은 아마 배신을 잘하는 사람, 거짓을 일삼는 사람, 심지가 곧지 못한 사람 등이라 할 수 있을 것이다. 믿었던 사람으로부터 당하는 배신감은 얼마나 뼈저리겠나, 남의 거짓에 속은 심정과 낭패는 어떻게 감내해야 할까, 사실을 교묘히 왜곡당하여 곤란과 억울함에 처한 사람의 분노는 누가 달래줄 수 있을까. 이런 사람 옆에 있으면 한 번은 당할 수 있다. 또 협박과 모함을 밥

먹 듯하고, 허위와 과장을 손쉽게 하고, 선정과 선동을 아무렇지도 않게 할 수 있는 사람도 동고동락할 수 있는 사람이 못된다. 배신, 왜곡, 거짓, 모함, 협박, 허위, 과장, 선정, 선동 등은 행위를 한 사람과 당한 사람이 있게 마련이다.

이것은 당한 사람이 그렇다고 하면 그런 것으로 치부(置簿)되는 것이 보통이다. 다시 말하면 어떤 사람이 아무리 배신하지 않았다고 하여도 어떤 사람이 배신당했다고 하면 배신당한 것이다. 배신의 문제는 누가 먼저 배신했느냐, 정말로 서로가 굳은 믿음으로 맺어져 있었느냐, 무엇 때문에 배신하느냐 하는 문제이다. 배신한 자는 '상대가 먼저 배신했다, 상대는 나를 믿지 않았다, 상대방으로부터 오는 이익보다 배신의 이익이 더 크기 때문이다'라고 할 것이다. 배신한 자는 모두 이렇게 말할 것이다. 이것이 배신한 자의 자기 합리화이다.

사실 어느 쪽이 진실을 이야기하고 있는가는 아무도 모른다. 부부간의 배신은 사랑에 대한 배신일 것이고, 부모자식 간의 배신은 천륜에 배신일 것이고, 친구나 동료 간의 배신은 신뢰에 대한 배신일 것이다. 사람이 살면서 최소한 부부간에, 부모자식 간에, 친구와 동료 간에는 서로 배신이 없다면 그래도 괜찮은 삶이 아닐까. 정치가 중에는 배신을 너무 쉽게 하는 사람이 많은 듯하다. 이러하니 정치 전체가 불신에 휩싸인 듯하고, 우리 사회는 아무도 서로를 믿지 못하는 불신 사회가 된 듯하다.

기독교에서는 가롯 유다와 베드로를 배신의 대명사로 생각한다. 유다는 돈 때문에, 베드로는 목숨 때문에 예수를 배신했다고 한다. 불교에서는 데바닷다와 아자타삿투가 배신의 대명사이다. 데바닷다는 부처의 지위를 탐하고, 부처로부터 승단을 빼앗으려고 부처를 배신했고, 아자타삿투는 아버지로부터 나라를 빼앗으려고 아버지를 배신했다. 배신했다고 이들이 꼭 나쁘게 된 것은 아니다. 베드로는 천국의 열쇠도 받고 초대 교황도 되셨다. 아자타삿투는 훌륭한 왕이 되어 옛날 인도 마가다국을 대제국으로 발전시켰다.

우리가 잘 아는 중국의 삼국지에 나오는 인물 중에 유비·관우·장비 셋의 형제 사이의 신의(信義)는 세상이 안다. 그리고 이들과 제갈공명·조자룡까지 합한 촉 왕조의 신의는 아무도 허물 수 없었다. 서로가 서로를 자기 목숨보다 더 아끼고 신의를 지켰다. 신의로 똘똘 뭉쳐진 최강의 강팀이었다. 삼국지가 오랜 옛날의 일이지만, 잘 묘사된 이들의 신의 덕으로 오늘날까지 인기가 있다. 삼국지의 주제는 아마 이들의 신의 스토리라 해도 과언이 아닐 것이다. 이와 같이 사람에게 갖추어야 하는 덕목 가운데 신의가 으뜸이라 해도 지나치지 않을 것이다.

요즘 세상은 서로 불신하여 감시하며 산다. 사람들의 일거수일투족(一擧手一投足)이 누군가에 의해 기록된다. 너희들은 모든 것을 삼가하며 살아라, 생명의 위험이 아니면 배신하지 마라, 사람을 가려 사귀어라.

공헌貢獻하며 살자

향기 나는 사랑아, 잘 놀고 밥 잘 먹고 공부 잘하고 있지요. 물론 잠도 잘 자지요. 그렇게 살면 된다. 무탈하다는 뜻이다. 누구나 하는 평범한 보통생활을 잘하는 것이 가장 중요하고 행복 중에 행복이다. 잠도 잘 오지 않고 먹지도 잘못하면 그것이 얼마나 큰 괴로움인지 모를 거다. 모든 성공과 행복은 일상생활에 있다.

나는 등이 가려워 괴로울 때가 허다하다. 할머니는 긁어주기 싫어한다. 어쩌다 한 번 긁어주면 시원하지도 않고 잔소리만 많다. 큰아빠는 옛날에 가끔 긁어주고는 이리저리 조금 다니면서 시간을 보낸 후 손을 씻었고, 작은 아빠는 등을 긁어준 즉시 손을 씻는다. 처자식한테 환영받지 못하는 부탁인 셈이다. 그런데 "할아버지 등이 가려우면 저에게 긁어 달라고 하세요"라고 하는 내 사랑이가 있다. 이 맛에 산다. 고맙기도 하다. 너희들이 가져다주는 행복 이루 다 말할 수 있을까.

우리나라는 요즘 국가적 난국에 처해 있다. 주변 강대국과의 외교적 갈등, 북한의 핵문제, 경제사정 악화 등으로 한 치의 앞날이 어떻게 될지 모르는 위기를 맞고 있다. 설상가상으로 국내정치와 사회는 대혼란에 빠져 있다. 내가 칠십 평생 살아오는 동안에 수없는 격동의 세월을 보냈다. 8.15해방, 6.25전쟁, 4.19혁명, 5.16군사정변, 5.18광주민주화항쟁 등이 그 대표적이다. 이럴 때마다 우리 국민은 슬기롭게 대처하여 세계가 부러워하는 번영의 국가를 만들었다.

나라가 급속도로 발전해 온 탓인지 사회적 불균형이 심화되고, 빈부의 격차가 심하여 양극화 현상이 극에 달하고, 경제발전에 알맞는 사회적 구조와 질서를 확립하지 못하고, 서로 불신하고, 남의 성공이 정당한 방법으로 이루어졌는지 서로 의심하고, 나라에 부가 쌓이니까 이권 다툼이 극에 달해 있다. 옛날 가난한 시절에는 볼 수 없었던 일들이 하루가 멀다 하고 일어난다.

우리나라는 국토가 좁고 인구는 많다. 서로 얽히고설켜 살고 있다. 옆에서 무엇이 일어나고 있는지 서로 모르는 것이 없다. 옛날에는 서로 약점을 감춰주는 것이 미덕이었지만 지금은 폭로하는 것이 정의로운 일이라 여기는 듯하다. 조금만 의혹이 있으면 일단 폭로하고 그 다음 거기에 짜 맞추는 경향도 농후하다.

이런 판국에 나라의 중책을 맡아 열심히 일해보겠다는 사람은 어리석은 사람인지 의(義)로운 사람인지 모르겠지만 일단은 존경하고 싶다. 해당되는 당사자만 도덕적 검증과 능력과 자질을 캐면 될 것을 가족들뿐만 아니라 사돈팔촌까지 들추어낸다. 어디 견딜 수 있을까. 이러하니 현자는 나타나지 않고 깊숙이 숨어버리고 만다. 안타깝다.

그럴지라도 너희들은 법과 도덕에 걸림이 없고 자기 관리와 처신을 잘하여 국가와 사회에 공헌하도록 해야 한다. 자기의 재능·재물을 바치는 것이 남을 향한 사랑이다. 이것이 자기를 살게 해주는 것에 대한 보답이다.

너희들이 살아갈 나라가 걱정이 되는구나. 사람살기 좋은 나라로 무한히 발전해나가야 할 텐데 돌아가는 현실을 보면 마음이 놓이질 않구나. 우리 민족은 국난 타개의 저력을 가지고 있다. 어느 한 사람의 힘만으로 이 어려움을 헤쳐 나갈 수는 없다. 한사람 한사람 국민 모두가 감정에 치우치지 말고 냉철한 이성적 판단을 하여 새로운 살 길을 모색해야 하지 않겠나.

우리나라는 민주국가이므로 국민이 뜻하면 뭐든 바꿀 수 있고 변화시킬 수 있다. 경륜과 지략을 겸비하고, 봉사와 헌신정신이 강한 사람이 넘쳐나면 좋겠다.

난세에 영웅이 나타난다고 하지만 사실 영웅은 위험할 수도 있다. 너희들이 살아갈 조국을 위해 조용히 기도를 하고 싶다. 하루 빨리 희망찬 새날이 밝아오면 좋겠구나.

# 분별력分別力을 기르자

　받들고 싶은 사랑아, 옛날 손주들과 한집에서 살던 생활 방식이 그립구나. 변한 세상에서는 변한대로 살아야지. 오늘날 세상을 살려면 배우고 공부해야 할 일들이 너무 많다. 옛날에는 농사짓는 사람은 농사만 짓고, 글공부하는 사람은 글공부만 하면 되었다. 그런데 오늘날에는 일상생활을 위한 공부와 기능, 직업을 갖기 위한 전문지식과 기술, 그리고 인생을 즐기기 위한 취미와 놀이를 익히고 갈고 닦아야 한다. 그 양이 너무 많아 감당하기 어려울 지경이다.

　옛날에는 단순히 농사짓는 방법과 기술을 익히면 되었지만 지금은 자동차, 컴퓨터, 인터넷, 스마트폰 등의 사용에 능해야 한다. 앞으로는 인공지능과 생명과학 분야에도 능통해야 하니 이 많은 것을 언제 배우고 익힐 수 있을까. 문명의 이기는 다룰 줄 알아야 하지만 나는 옛날에 없던 것을 지금 배우려니 엄두가 안 난다.

사람들은 저마다 성공한 삶을 살기 위하여 불철주야 노력하고 그 성공을 갈망하며 살아간다. 그 성공을 위하여 악전고투를 하고 인생을 바친다. 그렇게 하여도 성공을 거두기란 하늘의 별따기이다. 다행히 성공을 했을지라도 그 성공을 유지하려면 피나는 노력과 정성을 쏟아야 한다. 자칫 잘못 하면 이루었던 성공이 하루아침에 물거품이 되어 버린다. 그 성공을 빼앗거나 걸머지려고 하는 사람이 수없이 많기 때문이다. 그 성공의 자리에서 언젠가는 내려와야 한다. 서서히 내려올 수 있다면 적응도 하고 준비도 할 수 있지만, 예기치 못하여 급전직하로 추락하면 그 인생이 비참하기 짝이 없게 된다. 사람이 고공비행 중에 낙하산 없이 떨어지듯, 높고 높은 낭떠러지에서 바위가 떨어지듯 성공이 급추락할 수도 있다.

성공을 거두는 데는 많은 세월이 필요하지만 급격히 추락하는 데는 시간이 걸리지 않는다. 순식간에 일어난다. 변명과 해명의 틈도 없다. 진실을 가릴 기회조차도 없다. 당한 본인으로서는 분통이 터지고 억울하지만 세상은 그렇게 흘러간다. 예상을 했거나 예견할 수 있었다면 그것을 방심하거나 소홀히 하거나 등한히 일을 처리한 결과 아니겠는가. 이런 경우는 자기에게도 많은 책임도 있어 조금은 덜 억울할지도 모른다. 그런데 자기는 전혀 예기치 못하고 그저 당하고 만 경우는 미칠 지경일 것이다. 그런데 그 원인을 곰곰이 분석하면 모두 자기에게 책임이 있다. 한 마디로 말하면 분별력이 부족하거나 없었기 때문이다. 옳고 그름, 선과 악, 공과 사, 아군과 적군, 진실과 거짓, 정과 부, 정의와 불의 등을 명확히 가려 처리하는 능력이 분별력이다. 중요한 사람일수록 큰 분별력이 요구된다.

불교에서는 사랑과 증오, 부와 가난, 행복과 불행 등 이쪽 저쪽의 양변에 너무 치우치지 말고, 이 양쪽을 잘 융합하고 초월한 전혀 새로운 길 중도(中道)의 길을 가르치고 있다. 불교의 가르침 중에 단막증애 통연명백(但莫憎愛 洞然明白)이란 말이 있다. 미워하거나 사랑하지 않으면 막힘이 없어 분명히 드러난다는 뜻이다. 이와 같이 어느 한 쪽에 치우치지 말고 분별심을 내지 마라는 뜻이다.


마음 깊숙한 곳에는 분별심이 없는 중도의 길을 마음속 깊이 간직한 상태에서 어떤 일을 처리할 때나 어떤 사람을 대할 때는 자기가 누구인지 자기가 무엇을 하는 사람인지 분명히 분간하여 알아차려야 한다. 분별력이 부족하거나 판단력이 떨어지는 사람은 편협하고 편향되기 쉽다.

어느 누가 옛날 배신의 악몽을 잊지 못하여 모든 사람을 배신자로 의심하여 멀리하고, 절대 배신하지 않을 것이라 믿는 몇 사람만 가까이 두면 과연 이 사람은 배신하지 않을까. 지도자가 될수록 작은 문제든 큰 문제든 항상 문제의식을 가지고, 문제를 올바로 인식하고, 당면한 상황에 대한 상황인식을 정확히 하여 일을 처리하여야 할 것이다. 사리분별(事理分別)도 못하고 천지분간도 못하면 그 지도자는 자질과 자격이 부족하다. 공부를 열심히 하는 이유 중에 하나가 사리분별력이 뛰어난 지혜로운 자가 되기 위함이다.

사리분별을 잘하려면 먼저 욕심을 내려놓아야 한다. 법과 도덕에 그 기준을 두어야 한다, 자기에게는 엄격하고 남에게는 관대해야 한다. 절대 교만하지 말며 남의 입장을 살핀다. 사소한 것을 등한히 하지 말고 설마 하는 마음을 버린다, 그리고 항상 마음을 챙기고 깨어 있어야 한다. 이런 것들은 내가 살아오면서 얻은 교훈이다.

자기가 곤궁에 처하면 아무도 나서서 도와주지 않는다. 도와줄 만한 사람도 자기에게 불똥이 튈까 봐 오히려 더 헐뜯는다. 하물며 손해를 봤다고 여기는 사람은 하이에나처럼 날뛴다.

무엇이든지 함부로 행하지 마라. 살피고 또 살핀다. 얕보지 말고 조심스레 다룬다. 사소한 것에서 문제가 생긴다. 해도 되는 일인지 아닌지 분별을 잘해야 한다. 이것은 사물을 바라보는 안목이다. 안목이 없는 사람은 지도자가 되지 말아야 한다.

아무리 공익과 남을 위한 일일지라도, 아무리 좋은 일일지라도 불법과 편법으로는 일을 처리하지 말 것이며 독선과 독단은 버려라. 무엇이 문제인지 항상 살펴라.

# 은혜恩惠를 갚자

　　더 큰 사랑이 없는 사랑아, 날씨가 변화가 심하다.
이럴 때는 면역력을 높여 체력을 기르고 충분히 수면을 취해야
한다. 나도 어릴 때 자주 감기에 걸렸다. 중·고등학교 다닐 때
시험기간에 꼭 감기에 걸리곤 했다. 그때는 눈병도 자주 나서
괴로운 적이 한두 번이 아니었다. 지금 생각해보면 시험기간이
환절기였구나. 감기는 노인에게는 문제가 되지만 젊은 사람에게
는 체력만 잘 길러 놓으면 별 탈 없이 지나가긴 한다. 너희 아빠
들도 감기와 싸우기도 했단다. 약과 밥이 한 편이 되어 감기를
물리치자고 하면 쓴 약도 곧 잘 먹곤 했다. 너희들이 행여 감기에
걸려 고생을 하면 그것을 보아 넘기기가 어렵다. 우리는 너희들
이 그저 잘 먹고 공부 잘하고 무럭무럭 자라기만 바란다.

사람들은 태어날 때 스스로 무엇을 가지고 태어나지 않았다. 맨 주먹의 알몸으로 태어났다. 지참금은 한 푼도 없이 이 세상에 찾아왔다. 누구에게 미리 무엇을 예탁한 것도 없이 세상 밖으로 나왔다. 그러면서도 자기를 잘 챙겨주지 않으면 울기도 하고 땡깡을 부린다. 그뿐인가 무엇이든지 달라고만 한다. 오직 자기만 감싸주고 보살펴주고 사랑해주기만 바란다. 아마 자기만이 누려도 되는 특권을 가진 것처럼 행동한다. 그렇게 하여도 부모형제는 무조건 먹여주고 돌봐주고 감싸준다. 이웃과 사회는 자기가 살아갈 수 있는 환경을 만들어준다.

자연은 살아갈 수 있는 에너지를 한없이 제공해주고, 숨 쉴 수 있는 공기를 공짜로 주고, 비 오고 바람 불게 하여 생명의 물과 기운을 온 천지에 퍼 날라준다. 또한 하늘님을 비롯한 뭇 신들은 사람과 자연이 다해주지 못하는 것들을 일일이 챙겨주어 빈손으로 태어났지만 우리들을 살아가게 해준다. 사람은 일단 태어나면 빚 투성이고 은혜 갚을 일이 태산이다.

은혜는 고맙게 베풀어주는 신세나 혜택이다. 비슷한 말로는 은총, 은덕 등이 있다. 기독교에서 말하는 하느님의 은총은 영혼의 신성화와 죄와 율법으로부터 구원이다. 뿐만 아니라 태어나서 살아갈 수 있게 해주는 모든 것이 하느님의 은혜라고 한다. 불교에서는 뭇 중생들에게 이고득락(離苦得樂), 열반적정(涅槃寂靜), 불생불멸(不生不滅)의 길을 알려주고, 대자유와 최상의 행복의 길을 인도하여 고통과 번뇌와 두려움으로부터 벗어나게 한 것을 부처님의 은혜로 생각한다.

부모가 우리들에게 베푸신 은혜는 우리를 이 세상에 태어나게 해주신 것만으로도 충분하지만 헌신적으로 자식을 돌봐준 은혜 또한 작지 않다. 불교의 『부모은중경』에 보면 부모는 자식을 위해서는 온갖 나쁜 일도 다할 수 있다는 구절도 있다. 이 말은 부모는 자식을 위하여서는 물불 안 가린다는 뜻이다. 자연과 부모의 은혜는 하늘보다 높고, 땅보다 넓고, 바다보다 깊다. 갚아도 갚아도 못 다 갚을 은혜는 부모님의 은혜이다.

또한 잊지 말아야 하는 은혜가 하나 더 있다. 스승의 은혜이다. 태어나서 아무 것도 모르는 자기에게 세상을 살아갈 지혜를 가르쳐주시고 눈으로 무엇을 볼 수 있게 해주고 귀로 듣게 하여 마음의 창을 열어주신 분이다. 어찌 이 은덕을 잊을 수 있을까. 그밖에도 은혜를 갚아야 하는 곳은 수없이 많다. 사람은 살아가는 그 자체가 뭇 생명과 자기와 다른 남들의 신세로 살아가는 것이다.

자기가 이미 수억 겁을 살아온 전생의 인연이 이생에서 이어지는 것이기 때문에 전생에 업보로 마땅히 이 세상에서 남의 도움과 신세를 져도 무방하다고 여길 수도 있다. 다시 말하면 천상천하 유아독존이니까. 그렇지만 이 세상에서 더 이상 남의 은혜를 갚지 않으면 다음 생에서는 그 대가를 치를 것이다.

은혜는 되도록 갚아야 한다. 마음으로 갚든지 물질로 갚든지, 남의 행복을 위해 기도와 축원을 하든지 자연과 신들에 대한 감사와 찬양을 하든지 우리는 갚아야 한다. 부모님 은혜에 보답하는 길은 자기 몸 보전 잘하고 안락하고 행복하게 잘 살아 부모에게 근심 걱정을 없게 해주는 것과 돌아가신 부모에게는 우란분재(盂蘭盆齋)를 지내주는 것이다.

부처님과 하늘님 은혜에 보답하는 길은 공덕을 많이 쌓고 남에게 사랑을 많이 베푸는 일이다. 그리고 남들에게 받은 은덕은 베푼 사람에게 꼭 갚지 못하게 될 때는 다른 사람에게라도 갚으면 된다. 은혜에 관한 고사성어는 많이 있다. 결초보은(結草報恩), 반포지효(反哺之孝), 풍수지탄(風樹之嘆) 등이 있다. 배은망덕하면 못 쓰는 사람이 된다. 은혜는 바위에 새기고 원한은 냇물에 새겨라 하는 말은 참으로 명언이구나. 은혜를 갚는 일이 곧 덕을 쌓는 일이고 복을 받는 길이다. 너희들은 남으로부터 받은 크고 작은 은혜 꼭 갚도록 마음에 새기자.

# 진실眞實되게 살자

바다보다 넓고 깊은 사랑아, 볼 때마다 잘 자라는 너희들을 보면 기쁘기 한량없다. 그런데 한 편 서운한 것은 너희들이 나이가 들어가니 상노인인 우리를 점점 어려워하는구나. 너희들이 철이 들어감은 자연의 이치요 성장해 가는 증표이다. 바람직한 일이다. 그러나 철부지 어리광부리는 그때의 너희들이 내 품속의 내 사랑이라 그때가 더 좋은 것 같구나.

사람은 한 때의 일에 집착과 애착으로 얽매여 있으면 안 된다. 세상 따라 세월 따라 변함에 따라 자기도 거기에 맞추어 변해 가야지. 너희들은 어릴 때는 어린대로 청소년 때는 청소년대로 더 나이가 들면 더 나이가 든 대로 어느 때를 막론하고 우리에겐 항상 마음의 평화이고 행복의 원천이다.

너희들이 공부하는 학과목 중에 수학이 있다. 거의 대부분의 학생들이 어려워하고 공부해야 하는 시기를 조금만 놓쳐도 더 이상 진도를 따라가기 힘든 과목이다. 수학은 약간만 정도를 벗어나면 엉터리가 된다. 수학은 정확하다, 정직하다, 진실하고 참이다. 수학은 엄격하다. 수학은 참과 거짓이 명백하므로 갈등이 유발되지 않는다. 나는 이런 수학을 평생 접해 왔기 때문에 진실함에 그 무게를 더 두어 왔다.

그러나 세상을 많이 살아온 지금은 진실과 사실이 허위, 조작, 모함, 여론, 정서 등으로 인해 묻혀버리거나 뒤바꿔져 버리는 현상을 여러 번 목격하고는 진정 무엇이 진실이고 무엇이 사실인지 분간할 수 없게 되구나. 슬프구나.

정직이 무엇인지 정의가 무엇인지를 명확하게 알 수 없듯이 진실 또한 무엇이 진실인지 명확하게 알 수 없다. 기독교에서는 하느님의 말씀이 기준이고, 불교에서는 부처님의 가르침이 그 기준이다. 범부의 기준은 자기 양심이다. 기준이 이러할진대 진실인지 허위인지 판단한다는 것은 참으로 어렵다. 진실 여부는 완벽하지는 않지만 대략적으로 세상의 이치와 법과 도덕에 따라 진실함을 판단하면 된다. 그렇게라도 기준이 좁혀지면 자기의 양심을 지키고 진실된 삶을 사는 길을 가는 데 도움이 될 만하다.

진실 여부를 논하는 것보다 여론과 정서에 의한 선동으로 그 일의 결과가 좌우된다. 법적 문제도 진실 여부보다는 증거 없으면 무죄이다. 이러한 것을 터득하는데 나는 참으로 오랜 세월이 걸렸다.

유럽의 어느 나라인가 올해의 단어를 post-truth(탈진실)로 정했다. 이 뜻은 진실보다는 이념과 신념에 따라 사실이 좌우된다는 뜻이다. 비단 우리나라뿐만 아니라 탈진실 현상이 세계적인가 보다. 어쩌면 인간 세상에서 일어나는 자연스러운 일일지도 모른다.

역사적 사실로 모함과 조작이 얼마나 많았을까. 우리 민족은 가난했지만 순박했다. 정의·정직·진실은 따질 필요가 있었을까. 이제는 이것들이 요구된다. 진실한 사람을 만나면 함께 가고 그렇지 않으면 광야에 홀로 가는 코끼리처럼 혼자서 가라.

진실한 사람이란 어질고, 남의 성공에 질투하지 않고, 교만하지 않고, 용기 있고, 남을 감싸주는 사람 아닐까. 자기에게 유익한 사람, 존경받을 만한 사람, 남에게 해를 끼치지 않는 사람도 물론 훌륭하다.

진실한 사람이 자기에게 다가오기만을 기다리지 말고 자기가 한발 먼저 그에게 다가가라.

옛날 성현의 말씀에 진실은 불멸의 웅변이요, 사실과 선(善)과 정의에 근거를 둔 것이니 고통을 없애주고 평온을 가져다주고, 무엇을 들었다고 쉽게 행동하지 말고 그것이 사실인지 깊이 생각하여 이치에 맞을 때 행동에 옮기라고 하셨다. 다른 말로 하면 경거망동(輕擧妄動)하지 말고, 심사숙고한 후 행동하라는 뜻이다.

은혜를 아는 자도 진실한 사람이다.

목마를 때 자기에게 물 한 모금 준 사람에게 욕하지 말고, 그늘로 따가운 햇볕을 가려준 나무 가지 떠나면서 꺾지 마라.

## 소통疏通과 공감共感이 중요하다

　　우주보다 더 높은 사랑아, 바람이 세차게 부는구나. 아름답게 들었던 단풍물마저 이미 빠져버리고 매말라 간신히 나무 가지에 붙어서 떨어지지 않으려고 안간힘을 쓰는 처량한 나무 잎을 공중으로 올렸다가 땅으로 내리꽂았다가 종이비행기처럼 날렸다가 바람이 마음대로 가지고 노는구나. 바람은 장난일지라도 나무 잎에게는 모질기 짝이 없다. 아주 급박한 일이 아니면 이렇게 광풍이 휘몰아칠 때는 바람이 잠잘 때까지 몸과 마음을 움츠리고 가만히 기다리고 있는 것도 한 방법이다. 세상 사는 이치가 이러하다.

　　세상에 부는 바람은 공기가 흘러서 만들어지는 바람뿐만 아니라 바람의 뜻이 많다. 지나가는 유행도 바람이요, 춤바람도 있고,

치맛바람도 있고, 일류대학 가기를 원하는 공부바람도 있고, 이념과 정서에 따라 부는 정치바람도 있다. 요즘 우리사회의 젊은이에게 부는 바람은 연예바람이다. 바람을 타지 않아도 문제이고 바람을 타도 문제이다. 중심을 잡아 중도를 택하자.

사람은 감성과 이성을 가지고 있다. 이성은 머리가 감성은 가슴이 지배한다고 한다. 감성과 이성이 조화롭게 균형이 잡혀서 물 흐르듯 막힘이 없는 사람은 평화롭고 행복하고 만족한 삶을 영위하게 될 것이다. 감성과 이성 둘 중에 어느 한 쪽에 지나치게 치우치게 살다보면 자기도 모르게 불행의 길로 가게 될 수도 있다. 감정표현을 함부로 하거나 잘못 하여 가볍고 실없는 사람으로 여겨지거나, 너무 합리적이거나 논리적이어서 인간미가 결여된 사람으로 취급되어도 곤란하다.

사실 자기 감정대로 행동을 하거나 이성의 판단으로 행동을 하거나 곰곰이 따져보면 별 것 아닌 게 많다. 그러나 그렇게 행동할 때는 심각했을 수가 있다. 사람의 행동 하나하나에는 그 결과에 대한 책임과 업(業)을 감내해야 한다. 따라서 마음 가는 대로 행동을 할 수 없는 이유이다. 가능한 한 되도록이면 이성적으로 사실과 상황을 바로 보아 정견(正見)하고, 바르게 생각하여 정사유(正思惟)로 조화를 이루자.

인간이 다른 동물과 다른 점 중의 하나는 다른 사람과의 공감능력이 뛰어나다는 것이다. 서로 공감하여 힘을 합할 때는 엄청난 위력의 힘을 발휘할 수 있다. 정치·사회·경제·군사 등 인간 삶의 영역에서 그러하다. 아마 거칠게 흐르는 물결보다, 세차게 타오르는 불길보다 그 힘은 더 위대할 것이다. 이 지구상에 24종의 인류가 살았다고 한다. 그런데 전부 멸종하고 지금은 우리 인류 호모사피엔스만 현존하고 있다고 한다. 멸종의 이유는 확실히 잘 모르지만 그 이유 중에 하나가 아마 공감 능력이 떨어져서 생존하기 어려웠다는 설도 있다고 하는구나.

공감의 힘은 대중의 힘이고 정서의 힘으로 크게 되어 나타난다. 공감하면 한마음으로 합치게 되고 똘똘 뭉쳐진다. 이것이 사랑으로 바뀌면 한마음사랑으로 되어 위대한 에너지가 된다. 이런 사랑의 극치가 최고의 깨달음인 무상정등정각, 즉 아뇩다라삼막삼보리가 되는 것이다. 남의 감정과 마음을 이해하여 그것에 동감하고 공감하고 더 나아가서 감동하면 서로 행복을 나누는 큰 사랑의 세계가 펼쳐진다.

서로 말이 잘 통하지 않는 사람이 간혹 있다. 말문이 꽉꽉 막힐 때가 있다. 어떻게 말을 해야 할지 막막할 때도 있다. 서로가 답답할 것이다. 살아온 환경과 여러 가지 차이로 인해 외계인과의 대화로 여겨질 때도 있다. 어떻게 소통하고 풀어갈 것인가. 자기가 상대의 처지로 들어가는 수밖에 별 도리가 없다. 서로 생각이 너무 달라 소통과 공감을 할 수 없는 경우, 어느 한 쪽이 상대방의 말을 들으려고 하지 않으려고 하는 경우, 그리고 자기 뜻대로 상대방이 움직여주지 않을 경우 등은 서로가 소통이 잘 안 된다거나 불통이라고 서로를 비난한다.

공감과 소통은 선(善)한 일을 할 때는 좋지만 악(惡)한 일을 할 때는 그 부작용과 피해가 심각하다. 따라서 무엇을 무엇 때문에 누구와 어떤 일에 공감하고 소통하느냐가 매우 중요하다.

사람들은 대개의 경우 선정적이거나 남을 비방하거나 부정적으로 하는 말에는 쉽게 공감하고, 남을 포용하고 감싸주고 칭찬해주거나 합리적으로 사고하는 것에는 공감을 잘하지 않는다. 남이 하는 일에 쉽게 공감하거나 부화뇌동하지 마라. 음악과 같은 예술적 영역에까지 공감감정을 억제하라는 뜻은 아니다.

불경에 이런 이야기가 있다. 토끼 한 마리가 세상이 무너질까봐 걱정을 하고 있을 때 나무에서 열매가 하나 떨어졌다. 그 소리에 놀라 세상이 무너지는 줄 알고 세상이 무너진다고 하면서 달려간다. 이 소리를 들은 사슴, 돼지, 사자 등 뭇 짐승이 달려간다. 이때 황금사자가 가만히 생각해보니 세상이 무너지지 않는다. 그래서 짐승의 무리 앞에 서서 연유를 물어보니 토끼로부터 그 말을 들었다고 한다. 토끼에게 사정을 들어보니 결과적으로 나무에서 작은 열매 하나가 떨어진 것뿐이었다.

옛날이나 지금이나 소문이라는 것이 무섭다. 그렇게 바람이 쓸어 지나간 자리는 먼지도 남지 않는다. 때는 이미 늦다.

공감은 행복을 가져다주기도 하고 공감은 크나큰 위험 요소가 될 수도 있다. 지체가 높으면 높을수록 처음에는 반석 위에 서 있다가 나중에는 점점 날카로운 칼날 위에 서게 된다. 이때는 공감의 바람이 어디로 부느냐에 따라 모든 것이 좌우된다. 이때 자기의 의지처는 법과 도덕이고, 자기가 쌓아온 덕과 공감이다. 항상 남의 감성을 이해하는 슬기를 갖자.

# 집착 執着은 고통의 원인이다

어화 둥둥 내 사랑아, 세월이 빨리 간다드니 정말 그렇구나. 낙엽이 떨어지더니 찬바람이 불어오더니 금방 눈이 오는 겨울이 왔구나. 젊었을 때는 한 해를 보내는 마음은 감동이었다. 지난날은 아쉽고 다가올 앞날은 기대가 되어 마음을 약간 들뜨게 했다. 그러나 지금은 그저 그렇게 세월이 가나보다 하는구나. 늙어서 그렇단다. 늙어가는 것이 서러운 것만은 아니다. 너희들이 있기 때문이다. 우리에게 오는 힘들고 어렵고 서럽고 외로운 모든 것들도 너희들이 이 세상에 존재하고 있다는 것으로 위안이 되고 그것을 극복할 수 있다. 그리고 우리가 살아가는 힘이 되고, 살아가는 이유인 것이다.

이야기 하나 하자. 해마다 이맘때 이곳에 있는 도자기 공장에서 상품을 창고대매출로 크게 세일을 한다. 이제 너희 할머니께서도 나이가 들어 찬 음식이 싫어져서 전자레인지로 음식을 데워 먹기에 편리한 그릇을 사러갔다. 머그잔을 비롯하여 이것저것 몇 가지 샀다. 진열장에 예쁜 크리스마스 커피 잔이 있다. 몇 년 전에도 하도 예뻐 우리도 하나 사고 남에게 선물도 했다. 이번에도 평소에 잘 지내는 분들께 줄려고 몇 세트를 샀다. 짐이 있어 택시를 불렀다. 택시기사가 드물게 있는 여자 기사였다. 이분이 하는 말이 "이 연세에 아직도 살림살이 그릇을 사느냐"고 한다. 기분이 상했다. 살아갈 날 얼마 남지 않아 보이는데 아직도 살림에 욕심을 내느냐는 뜻이다. 무례하고 쓸데없고 하등 가치 없는 말이다. 어쩌면 모욕적인 말이다. 한 말 할까 했지만 꾹 참고 왔다. 집에 와서 곰곰이 생각하니 그 사람 말도 맞구나 싶었다. 평소에 너희 할머니는 그릇에 집착이 강하다.

집착은 어떤 것에 늘 마음이 쏠려 잊지 못하고 매달리는 것이다. 끈질기게 생각하는 집념과 몹시 사랑하여 떨어지지 않으려는 애착과 애집은 떨어지지 않고 끈덕지게 매달리려는 것으로는 집착과 유사하고 비슷하다. 불교의 가르침 중에 가장 으뜸이 '집착하지 말라'는 것 아니겠는가. 설법하는 누구든지 '놓아라', '비워라', '버려라'라고 하는 말씀은 모두 집착을 경계해서 하시는 말씀이다. 집착은 고통과 번뇌를 가져오고, 탐진치(貪嗔痴) 삼독의 근원이 되고, 깨달음에 이르게 하는 도(道)의 길에 방해가 되고, 복덕과 공덕을 쌓는 최대의 걸림돌이 된다는 것이다. 깨달음을 이루려는 도인의 길로 가는 사람에게는 집착을 완전히 없애야 하지만 범부는 그런 삶을 살기 어렵다.

집착이 없으면 무엇을 소유하거나 성취하기 어렵다. 범부에게는 약간의 집착은 오히려 도움이 되지 않을까? 집착은 마약처럼 중독성이 강하므로 처음부터 그 위험성을 알려주기 위하여 아예 집착을 하지 말라는 뜻이 아니겠는가. 불교에서 집착하지 말라는 이유가 또 있다. 이 세상 모든 것은 공(空)하고 변한다. 그러므로 실체가 없다. 실체가 없는 것에 왜 매달려야 하냐는 것이다. 실재하여 존재한다는 원성실성(圓成實性)의 것은 거의 없고, 모든 것은 생각이 지어낸 환영 같은 것이라는 변계소집성(遍計所執性)과 서로 연기로 생긴다는 의타기성(依他起性)으로 이루어져 있어 모두가 꿈과 같고 환영과 같은 것인데 왜 거기에 끄달려(움켜잡히고 함부로 휘둘림을 당하여) 있어야 하느냐 하는 것이다. 마치 구름을 잡으려고 하거나, 바람을 불태우려 하는 아무 소용없는 짓을 하는 어리석음은 범하지 말라는 가르침이다. 실체의 있고 없음을 인지하는 데는 도를 닦은 정도에 따라 다를 수 있다. 보통사람은 집착하는 것에는 집착할 만한 실체와 가치가 있다고 여기기 때문에 집착한다.

사람들이 집착하는 대상은 모든 것이다. 그 중 으뜸은 자아집착이다. 나는 실재(實在)한다. 나의 것도 있고, 나라고 할 만한 그 무엇이 있다고 믿기 때문에 나에 대해 집착한다. 따라서 부모자식에 대한 집착, 나의 성공과 행복에 대한 집착, 무병장수와 같은 생명의 영원함에 대한 집착, 부와 권력과 승리에 대한 집착 등 수없이 많다. 집착은 인간 삶에 있어 긴요하고 필요한 것일 수도 있다. 힌두교에서는 범아일체(梵我一體)라고 하여 '브라흐만과 아트만이 하나이다'라고 가르친다. 불교에서는 자아를 나타내는 아트만은 실체가 없다고 가르친다. 자아라는 실체가 없기 때문에 그것에 따른 것도 실체가 없다. 그러하니 사랑과 증오, 번뇌와 고통, 시기와 질투, 희로애락(喜怒哀樂)도 실체가 없다. 무상하고 덧없는 것에 집착을 하지 않는 것이 지혜롭고 어리석지 않다는 것이다.

또 자아(自我) 집착만큼 큰 집착이 있다. 선과 악처럼 긍정과 부정, 명과 암, 진실과 거짓, 옳고 그름, 정의와 불의 등 이분법에 대한 집착 또한 무시 못한다. 이것들은 어느 쪽에서 보느냐 무엇을 기준으로 삼느냐에 따라 다를 수 있다. 이러한 것에 매달려 벗어나지 못하고 사람들은 허우적거리고 고통을 받는다.

보통의 사람들에게 가장 강한 집착은 자식에 대한 갈애(渴愛)이다. 이것에서 벗어나 자유롭다는 사람 참으로 드물다. 부모는 애착과 사랑으로 자식에게 모든 것을 다 바치고 나면 자기에게는 허무와 쓰라림만 남는 경우가 너무 많다. 결국에는 원수지간으로 되는 것을 너무 많이 보아 왔다. 집착이 증오와 불신의 씨앗이 되기도 한다. 남들이 나보고 자기 자식과 손주에게 집착이 보통사람보다 강하다고 충고를 많이 듣는다. 집착하지 않으려고 해도 잘 안 된다.

집착하지 않으려면 집착하지 않으려고 노력과 연습을 많이 해야 한다. 모든 것은 일정하지 않고 변하고 덧없고 영원하지 않다는 무상(無常), 일정한 모습으로 고정된 것이 없고 실체적 모습이 없다는 무상(無相), 아무 것도 생각하지 않고 있는 그대로 보는 무상(無想)과 아무것도 마음에 담아 두지 않는다는 고요한 마음인 무념(無念), 그리고 머무는 바 없다는 걸림 없는 지혜인 무주(無住)의 삶을 살려고 수행을 해야 한다. 그것이 쉽지 않다. 노력하지 않는 것보다 조금 더 마음에 새겨 정진하면 되지 않을까. 또한, 포기할 줄 아는 방도도 알아야 한다. 포기해야 할 것과 붙들고 있어야 하는 것의 판단을 잘해야 한다. 이것은 순전히 자기 몫이다.

이것이 지혜를 얻으려고 하는 이유이기도 하다. 많이 공부하고, 많이 경험하고, 책을 많이 읽고, 성인을 비롯한 지혜로운 자를 가까이 하는 수밖에 별 도리가 없다. 그리고 고정관념과 선입견을 부수어야 한다. 이미 알고 있더라도 시간이 흘러 지금은 달라져 있을 수 있다. 대상을 지금 현재 있는 그대로 똑바로 보아야 한다. 이것이 집착을 벗어나는 길이기도 하다. 수행을 많이 하면 웬만하면 감각기관에 의한 색성향미촉법(色聲香味觸法)에 대한 집착은 버릴 수 있다고 한다.

석가모니 부처님은 쾌락과 고행을 포기하였다. 그리고 부모형제, 처자식에 대한 사랑으로부터 자유를 얻었다. 과감히 그것들에 대한 집착을 던져버렸다. 그러나 생사윤회의 고리를 끊으려는 집념은 버리지 않았다. 그리하여 마침내 득도를 이루었다. 부처님이 득도를 하시고도 세상에 선뜻 전법하지 못한 이유는 범부는 도저히 집착이 없는 세계, 번뇌가 없는 세계를 알 수 없을 거라고 여겼기 때문이다. 이처럼 사바세계에서는 집착에서 벗어나려야 날 수 없는 세상이다. 세상의 모든 것은 자기에게 오기도 하고 남에게 흘러가기도 한다. 어느 한 곳에 머무는 것이 아니다. 나만 좋은 것을 항상 그리고 많이 가질 수 없다. 그렇게 하려고 해도 그게 안 된다.

나의 즐거움과 기쁨은 남의 비방과 원망의 원천이 되고, 나의 괴로움과 어려움은 남의 칭송과 존경의 근거가 될 수 있다. 모든 사람의 마음속에는 질투와 증오의 씨앗을 가지고 있다는 것을 잊지 말고 항상 마음에 담아 두자. 사랑과 지혜는 사람이 갖추어야 하는 최상의 덕목이자 가치이다.

## 증조모님의 말씀을 따르자

평화로워야 할 사랑아, 견디기 힘들 정도로 무덥구나. 나이가 많아지니까 더욱 더 그러하다. 옛날에 노인들이 정자나무 밑에서 웃옷을 벗고 부채를 부치면서 지내던 생각이 아련히 떠오른다. 그때는 에어컨도 선풍기도 없던 시절이다. 그때 비하면 지금은 천국이다.

너희들 증조할머니는 보통사람이 아니었다. 어디 배울 곳도 없는 데도 불구하고 격언·속담 등을 많이 아시고 나와 너희 아빠들을 키울 때 상황에 따라 적절히 그것을 사용하여 교육하셨다. 너희 할머니도 증조할머니를 모시고 사는 동안 많이 배웠다. 나보다 너희 할머니가 더 많이 증조할머니 말씀을 기억하고 있다. "시어머니 며느리 낳는다"는 속담 따라 너희 할머니는 너희 증조할머니로부터 인생살이, 살림살이를 잘 배워 우리 가문을 화목하게 잘 지키고 있다.

옛날에 내가 젊을 때 너희 고조할머니처럼 남편에게 묵묵히 내조 잘하고 인자한 여자에게 장가 갔으면 했다. 지금 너희 할머니가 그러하다. 그리고 보니 삼대로 할머니들이 현명하고 밝은 현철(賢哲)하신 분이구나. 모두 너희들의 복덕이다.

증조할머니께서 자주 들려주신 말씀, 즉 문자·격언·속담 등을 너희들께 전하고자 한다. 잊지 말고 가슴에 새겨 따르도록 하여라. 행복의 요소이다.


**나물 날 곳은 입새(初入: 초입)부터 안다.**

사람의 됨됨이 또는 일의 성패는 행동거지 하나만 봐도 또는 처음 시작할 때 상황을 보면 어떤 사람이 될지 결과가 어떻게 될지를 알 수 있다는 뜻이다. "될성부른 나무는 떡잎부터 안다"와 비슷한 말이다. 큰 사람으로 성장할 것인가 소인배가 될 것인가 하는 것은 어릴 때부터 알 수 있다는 뜻이다. 나는 어릴 때 어리석고 좀 모자라는 듯이 보여 너희 증조할머니 마음에는 내가 싹수가 보이지 않고 노랗다는 생각에 한스러워 이 속담을 주로 사용했다. 이 말씀이 나의 어딘지 모르게 녹아 있다.


**배포를 키워라.**

배포란 마음속에 품고 있는 생각이나 일을 여러 가지로 계획하는 것이다. 심장이나 포부를 나타내기도 한다. 이 말의 속뜻은 좀 더 뻔뻔해져라. 좀 더 건방져라. 좀 더 승부욕을 가지라는 뜻을 품고 있다. 상대방이 덤벼들면 맞설 배짱이 있어야 한다는 뜻이다. '내공을 길러라'라고 하는 말과 일맥상통하는 것 같다. 내가 어릴 때 무엇이든지 두려워 맞서지 못하고 피하거나 물러섰다. 이 점도 나의 큰 약점이었다. 중학생이 되어서야 조금씩 깨어나고, 해보니까 된다 싶어 어떤 문제에 부딪쳐보기도 했다. 배포를 키우려면 자기와의 수없는 싸움을 해야 한다. 극기(克己)하면 배포가 는다. 세상에 당당하게 대처하자.

증조할머니는 지금도 아마 너희 아빠들을 돌보고 계실 거다. 손자들을 애지중지 우다면서 키우셨거든. '우다다'는 말은 '싸고 돌다'는 사투리이다. 물론 너희들도 항상 잘 감싸 보호해주실 거다. 너희 할머니는 그것을 철석같이 믿고 있다. 간혹 우리 집에 좋은 일이 있을 적마다 너희 할머니는 너희 증조할머니의 보살핌이라고 한다. 너희 할머니와 증조할머니 사이는 다른 고부간의 관계와는 달리 유달리 좋았다. 증조할머니가 돌아가신 지 오래 되었건만 아직도 너희 할머니는 자기 친정어머니 이상으로 사모한다. 옛날에 함께 살 때 남들은 모두 모녀간인 줄 알았다. 전생에 좋은 인연이었나 봐. 요사이는 핵가족이 되어 고부간에 함께 살지 않아 가풍을 잇기 어렵다. 너희들 엄마들은 할머니들의 뜻을 이어받으려 해도 여건이 안 된다. 스스로 터득해야지.

**제 버릇 개 못 준다.**

사람의 버릇은 한 번 들면은 좀처럼 고치기 힘들다는 뜻이다. 제 버릇 남 못 준다고도 한다. 나쁜 짓 하는 사람은 계속 나쁜 짓 한다는 말이다. 이와 비슷한 속담으로 "세 살 버릇 여든까지 간다"가 있다. 오늘날 사회의 큰 화두는 성희롱, 갑질, 막말 등이다. 이런 짓을 하는 사람은 상습적이라고 여긴다. 설령 어쩌다가 한두 번 했을지라도 상투적이라 한다. 많은 사람의 인식에는 제 버릇 개 못 준다고 생각하기 때문이다. 너희 증조할머니는 내가 사소한 나쁜 짓이라도 그것이 습관화될까 봐 무척 경계하셨다. 내가 무언가 증조할머니 마음에 안 드실 때도 이 말씀을 자주 하셨다. 너희들은 비뚤어지지 말고 곧게 살자구나.


**지는 것이 이기는 것이다.**

상대방과 대화를 하거나 거래를 하거나 일의 옳고 그름을 이야기할 때 상대방을 너무 심하게 몰아붙여 얻는 대가는 오히려 손해가 크다는 뜻이다. 상대방을 존중하고, 예의를 지키고, 상대방의 자존심을 상하게 하지 말고, 남의 약점을 이용하려고 하지 말고, 피할 때는 피하고, 물러설 때는 물러서고, 양보할 때는 양보하고, 악착같이 이기려고만 하지 말고, 슬기롭게 문제를 잘 풀어 가야 한다. 너무 심하게 하여 경쟁에서 이긴 것은 상대방은 이를 갈고 기회만 있으면 되갚으려고 한다. 남의 분노를 사고 남의 억울함을 사서 이겨도 이긴 것이 아니게 된다. 나는 이것을 꼭 지킨다. 인내심과 포용력을 기르자.

**속으로 육두 벼슬하면 뭐 하나.**

육두란 뜻은 음담패설, 나쁜 욕 등을 의미한다. 따라서 육두벼슬이란 하찮은 벼슬, 별 것 아닌 벼슬을 뜻한다. 증조할머니가 말씀하신 이 말씀은 나는 듣기로 밖으로는 나타내지 않을지라도 속마음으로는 온갖 꿍꿍이수를 강구하고 있다는 뜻으로 받아드렸다. 나는 내성적이라 나의 생각을 좀처럼 남에게 보인 적이 없다. 그러하니 증조할머니는 명랑하지 못하고 표현도 잘못 하고, 총명하지도 못한 아들이 참으로 답답했을 것이다. 사실 나는 그러했다. 지금도 "이놈아 속으로 육두벼슬을 하면 뭣하나" 하시던 말씀이 들려오는 듯하다. 나이가 들어서야 비로소 나의 생각을 표현하는 연습을 하게 되었다. 자기의 생각 자기의 지혜를 남에게 알리는 것도 중요하다. 표현력을 기르자.

**못 오를 나무 쳐다보지도 마라.**

불가능한 것은 바라보지도 마라는 뜻이다. 사실 불가능한지 가능한지를 누가 판단하고 그것을 어찌 알랴. 그렇기 때문에 자기 자신을 잘 아는 것이 매우 중요하다. 옆에 있는 별개 아닌 것 같은 사람이 성공을 거두고 부자가 되는 것을 보고 나도 따라 했다가는 인생이 꼬일 대로 꼬이기 십상이다. 이루는 사람은 남이 모르는 그 무엇이 있었기 때문에 가능했다. 오늘날 많은 사람이 허황한 꿈을 쫓느라 소중한 인생을 허비하고 있지 않은가. 대박만 성공인가. 자기에 맞는 꿈을 이룰 때 진정한 행복이 오고 후회 없는 인생을 살게 된다. 한단계 한단계 이루어 가는 것도 생각보다 훨씬 행복하다. 낮은 데서 출발해도 언젠가는 정상에 도달한다. 나는 이렇게 살았다. 너희들은 자기 자신을 알자.

하도 더워 어제는 피서하러 영화관에 갔다. 인천상륙작전을 보러 갔다. 스토리는 뻔히 안다. 영화 속에 나오는 우리 군인들의 강한 애국심과 전우애에 머리 숙이고, 죽으러 가는 줄 뻔히 알면서 마지막으로 안아보는 자식과의 상봉, 어머니가 슬퍼할까 봐 먼발치에서 바라만 보고 전선으로 떠나는 장면, 그리고 마지막에 상륙작전 성공 행렬에서 어머니와 처자식들이 그들이 산화한 줄도 모르고 아들과 남편을 찾는 장면은 나를 울렸다.

너희 할머니는 애국심과 국가관 그리고 나라에 대한 자부심은 남다르게 대단하다.

우리 세대는 2차 세계대전, 6.25전쟁, 그리고 수없는 국내 정치적 격동기를 거쳐 오면서 저절로 애국심이 투철하게 되었다. 특히 너희 아빠들의 외가는 독립운동가 집안이다. 그 핏줄을 이어받아 너희 할머니는 병력기피자를 싫어하고, 너희 두 아빠들에게는 꼭 군대에 가서 국가에 충성해야 함을 가르쳤다.

**허욕이 패가(敗家)라.**

지나친 욕심은 집안을 망하게 한다는 뜻이다. 너희 증조할머니는 이 말과 비슷한 말로서 "도가 지나치면 화를 부른다"는 말씀도 자주 하셨다. 이 속담과 유사한 것으로 "허욕에 들뜨면 한 치 앞도 못 본다" 등도 있다. 사람의 욕심은 끝이 없다. 누가 그

한량없는 욕구를 채워줄 수 있을까. 불교에서 제일 경계하는 것도 허욕과 과욕이다. 일확천금을 노리는 일, 급격한 신분상승을 노리는 일, 오직 스타만을 되기를 꿈꾸는 일 등은 자신의 일생뿐만 아니라 가정의 평화도 깨뜨린다. 사실 이런 속담은 희망과 용기를 꺾을 수도 있다. 나는 증조할머니 말씀대로 살았다. 과욕은 금물이 아닐까.

**고생 끝에 낙이 온다(苦盡甘來).**

세상에 어렵고 힘들지 않은 일 있겠나. 요즘 사람들은 복이 그저 굴러 오기를 바라는 경향이 농후하다. 그리 되면 참으로 좋지. 내가 어릴 때 공부할 때 벽에 써놓은 말은 "인내는 쓰다. 그러나 그 열매는 달다"이다. 나는 그것이 참이라 믿고 있다. 요즘 흔히 말하기로 옛날에는 열심히 하기만 하면 희망이 있었지만 지금은 열심히 노력해도 그 대가가 없다고 외친다. 많은 사람들이 그렇게 느끼고 동조한다. 나는 이렇게 말하고 싶다. 그때는 무(無)에서 유(有)를 창조했다. 지금은 성공의 기본과 기초는 되어 있다. 다만 그때의 성공과 지금의 성공의 욕망의 도(度)가 차이가 날 뿐이다. 세상일의 수확은 자기가 한 것만큼 거둔다. 행복은 자기가 만든다.

**사람살기 팔모이다.**

증조할머니 말씀 중에 내가 가장 마음에 새긴 말씀이다. 이 말씀은 내가 글을 쓸 때 자주 이야기한 말이다. 여기서 팔모란 여덟

방위를 나타내는 말이 아닐까 한다. 사람이 살다보면 이런 일 저런 일 다 당하기도 하고, 여러 가지 어려운 일에 부딪치기도 하고, 희망을 잃은 절망의 나날이 있다. 그렇지만 희망과 용기를 잃지 않으면 형편이 풀리는 때가 온다는 뜻이다. 왜냐하면 사람 사는 길이 팔방으로 열려 있지 한 가지만 있는 것이 아니기 때문이다. 가끔 나에게 다가온 어려움도 이 말씀을 마음에 새긴 덕분에 나를 일으킨 적도 더러 있다. 한 가지 일이 잘 풀리지 않는다고 낙심하지 마라. 수많은 길이 열려 있다.

**당해서 못 당할 일 없다.**

사람은 무슨 일이든 할 수도 있고 또 당할 수도 있다는 뜻이다. 이런 저런 큰 일을 당해도 너무 걱정을 하거나 낙심하지 말고 의연히 대처하고 슬기롭게 해결해 가라는 말씀이다. 큰 일이라고 생각되는 일이나 작은 일이나 마음먹기 나름이다. 증조할머니의 이 말씀은 나에게 들리기로 자기가 돌아가셔도 너무 슬퍼하지 마라는 뜻으로 들리기도 했다. 사람은 누구나 당하는 평범한 일이라 마음을 단단히 먹고 마음 아픔을 견디라는 은근한 당부였다. 사람에게는 죽는 일만 꼭 대사는 아니다. 수많은 괴로움, 슬픔, 분노, 아픔, 어리석음, 망신, 패가, 허탈, 이별 등을 감내해야 한다. 용기와 일어서려는 의지가 그 길이다.

**내 맘 짚어 남의 맘 알아라.**

세상 사람들의 마음과 바라는 바는 서로 비슷하므로 내가 좋아하는 것이면 남도 좋아하고, 내가 싫어하는 것이면 남도 싫어하기 마련이다. 자기에게만 유리하게 해석하고 행동한다는 아전인수(我田引水)격으로 하지 마라는 말이기도 하고, 그리고 남의 처지에서 생각하라는 뜻인 역지사지(易地思之)의 말이기도 하다. 내가 어떤 말과 행동을 할 때 남은 어떻게 생각할까 남에게 상처를 주지는 않나 하는 것 등을 잘 헤아려 행하라는 말씀이다. 이 말씀은 내가 가장 명심하는 말이므로 여기저기서 자주해 온 말이다. 이 말 하나만 잘 따르더라도 액운 악연은 없다.

**오르막이 있으면 내리막이 있다.**

사람은 누구나 일생을 살다 보면 이런 일 저런 일 많이 격고 산다. 때로는 힘들 때도 있고 때로는 잘 지낼 때도 있다. 인생은 무상하니 현재 당한 어려운 일 예사롭게 여기라는 말이다. 실패할 때도 있고 성공할 때도 있다. 좌절과 절망의 시절이 오면 곧 사라져 안온한 시절이 찾아온다는 세상살이 이치이다. 그렇지 않고 불운만 계속되는 것은 신기하게도 없다. 계속되는 오르막도 없고 계속되는 내리막도 없는 것이 또한 세상살이 이치이다. 나도 살아오는 동안 수없는 일을 겪어 왔다. 못 견딜 일은 없더라. 일이 잘 풀리지 않을 때 긍정적으로 적극적으로 생각하자.

**모진 놈 옆에 있으면 벼락 맞는다.**

나쁜 사람은 피하고 좋은 사람과 어울려 살라는 뜻이다. 나쁜 사람과 가까이 지내면 자기와는 직접 상관이 없어도 그 사람으로 인해 큰 일을 당할 수도 있다. 모질고 악한 사람은 남의 원한과 원성을 사면서 사는 사람이다. 예상치 못한 때와 장소에서 언젠가는 보복을 당한다. 모진 사람이 직접 해를 입힐 수도 있고, 그 사람으로 인한 불똥이 옆 사람에게 떨어지기도 한다. 무리를 잘 못 만나면 같이 죄를 짓기도 하고, 죄를 뒤집어쓰기도 한다. 자기의 식견을 높여야 한다. 상종할 수 없다고 판단이 들면 멀리해라. 정상적인 거래도 정상적인 업무도 상대가 누군가에 따라 각별히 조심해야 한다. 그 사람에 문제 생기면 자기에게도 불똥이 튄다.

**말 타면 종을 두고 싶다.**

험한 길을 가다 보면 발과 다리가 아프다. 그런데 말을 타고 가게 되면 참 좋으련만 했는데 뜻하지 않게 말을 타게 되면 이제는 좀 더 욕심이 생겨 종에게 말고삐를 잡게 하면 더 편하겠다는 생각이 보통사람의 생각이다. 바라던 것이 이뤄지면 또 바라고 또 바라고 한다는 말인데 숨은 뜻은 과한 욕심을 경계하라는 것이다. 욕심 자체는 선악이 없다. 욕심이 어떻게 영향을 미치는가에 따라 선이 되고 악이 될 수도 있다. 일반적으로 과욕과 탐욕이 문제이다. 따라서 멈출 줄 알라는 뜻의 지지(知止)를 가르친다. 자기의 능력과 한계 이상의 것은 파멸로 이끈다. 명심하자.

지구 저 반대쪽 브라질 리우데자네이로에서 올림픽경기가 열리고 있다. 거기는 겨울이라 덥지는 않겠지. 옛날 우리나라 서울에서도 올림픽을 치렀다. 그때 너희들 두 아빠를 데리고 구경 갔었다. 재미있었다. 기념으로 야구공 두 개를 샀다. 행복했었지. 그때는 그저 한낱 놀이였지만 지금 돌이켜 보면 그것이 모두 큰 환희와 기쁨이었다는 것을 새삼 알게 되는구나. 나의 어머니, 나의 두 아들, 그리고 우리들이 함께한 날은 모두가 세상 무엇과도 바꿀 수 없는 소중하고 귀한 나날이었다. 너희들이 있으니까 지금도 물론 그러하다. 올림픽경기는 주로 몸으로 행하는 것을 겨룬다. 인간의 몸으로 할 수 있는 것의 한계를 극복하고자 한다. 빠르기, 무거운 것 들기, 싸우기, 공 다루기, 활과 총 쏘기 등을 서로 경쟁한다. 모든 경기마다 승자와 패자를 가린다. 승자는 기뻐 날뛰지만 패자는 억울하고 슬퍼서 운다. 지구상의 사람들의 축제이다.

타고난 천부적인 소질을 가진 자도 있지만 피나는 땀과 각고의 노력으로 연습과 훈련을 해야 한다. 몸이 생각보다 더 빨리 한 발 앞서 이미 움직이고 있어야 한다. 심장이 터질 듯한 압박감, 극도의 불안과 초조함, 억누르고 다가오는 강압감과 긴장감, 죽을 힘을 다해 참아야 하는 인내심, 그저 떨려오는 두려움 등을 이기고, '할 수 있다', '절망은 없다'는 마음으로 최선을 다한 자가 최후의 승자가 된다.


**효자는 부모가 만든다.**

효자란 무엇인가. 부모와 위 어른을 편안히 모시고, 이들을 기쁘게 하고, 이들에게 삶의 보람을 안겨주는 자손이 아닐까. 그렇다. 그렇지만 그렇게 할 수 있는 자손이 얼마나 될까. 자식이 그렇게 할 수 있는 삶의 여유를 가진 자 몇이나 될까. 앞으로의 세상 아니 이미 그런 세상이 되었다. 백세시대 부모가 백세면 자식도 이미 늙었다. 힘도 없고 삶에 지쳐 있다. 너희 증조모님 말씀은 부모는 자식의 입장을 고려하여 처신하고 자식 형편에 따라 살라는 뜻이다. 가정의 화목에 대한 속담으로 '형제간의 우애는 부모의 혀끝에 달렸다'는 말씀도 자주 하셨다.

**내 자식이 중하면 남의 자식도 중하다.**

나는 평생을 교수라는 직업을 가지고 학생을 교육하는 교육자로 살았다. 정년퇴임을 한 후 곰곰이 생각해봤다. 학생들을 큰사랑의 마음으로 진정으로 사랑하고 소중히 여겼던가. 그들에게 큰 감동을 주었던가. 아니었다. 크게 후회했다. 이미 때는 늦었다. 너희 아버지들을 참으로 사랑했고 지금도 그러하다. 너희 증조할머니 말씀대로 했다면 나는 지금 쯤 최고의 스승이 되었을 것이다. 또한 증조할머니 말씀은 시부모와 며느리, 장인장모와 사위 간에 서로 이런 마음을 가져야 가정이 화목하다는 뜻이다. 요즘 우리나라 사회의 가정은 이들 사이는 이미 남남에 가깝다.

**있어 싸울 벗이요, 없어 그리울 벗이다.**

가까운 벗과 사람은 누구일까. 부모형제, 배우자, 선하고 친한 친구, 직장동료 등등이 아닐까? 이들과의 인생살이가 자기 인생의 대부분을 차지하고, 인생을 잘 살았느냐 못 살았느냐 하는 것은 이들에 의해 좌우된다. 가까이 있으면 때로는 싸울지라도 헤어져 있으면 그리워지는 법이므로 서로 사이가 나쁠 때 잘 극복하라는 뜻이다. 나는 너희 할머니께 일방적으로 나무라는 일이 많았다. 이때 너희 증조할머니는 며느리가 마음 상할까 봐 너희 할머니를 다독거리는 말씀으로 자주 사용하셨다. 부부란 가장 가까운 평생의 벗이요 반려자이다. 서로 마지막 귀의처이고, 의지처이다.

방학 때는 밀린 공부도 하지만 평소에 가기 힘든 일가친척집에 다녀오기도 한다. 요즘은 교통과 통신이 발달하여 서로가 덜 그리운 시대이다. 방학이 되면 멀리 공부하러 간 아들 딸이 고향 집으로 오게 된다. 몇 달을 떨어져 있었기에 부모자식 간에 그리움의 한을 푼다. 너희 할머니가 말하더구나. 옛날 너희 증조할머니는 내가 고향에서 방학을 마치고 서울 공부하러 떠난 날부터 다시 방학하고 돌아오는 날만 기다렸다는 말씀을 듣고 너희 증조할머니가 가엾어 울기도 했다고 하더구나. 우리는 너희 큰 아빠가 미국 공부하러 갔을 때와 작은 아빠가 미국 공부하러 갔을 때 너희 증조할머니 심정으로 지냈다. 무사, 무탈, 안녕을 기원하고 기도하며 세월을 보냈다.

**뱁새가 황새 따라 가려면 다리가 찢어진다.**
사람은 자기 능력껏, 정도껏 살아야지 자기보다 나은 자처럼 살다가는 망한다는 뜻이다. 없는 자가 있는 자처럼, 못난 자가 잘난 자처럼, 모르는 자가 아는 자처럼 행세하면 인생이 힘들어진다. 사람은 태어나면 이미 자기 능력과 한계가 정해져 있다. 자기 분수대로 살아야 함을 명심해야 한다. 대부분의 사람은 이것을 무시한다. 뱁새에 관한 속담이 하나 더 있다. 너희 증조할머니는 너희 할머니에게 "뱁새가 수리를 낳았다"고 하셨다. 약간 부족한 애미가 장차 큰 인물이 될 자식들을 낳았다고 좋아하셨다.

**가까이 있는 놈이 더 무섭다.**

이 세상 모든 것은 서로 관계를 맺고 산다. 서로 인연으로 엮어져 있다. 그러나 거리상이든 혈연상이든, 사회상이든 먼 사람은 사실상 영향이 적다. 항상 가까운 사람이 도움도 되고 피해도 준다. 이들과 화합하고 조화롭게 지내야 한다. 이 말은 "믿는 돌에 발등 찍힌다", "믿는 도끼에 발등 찍힌다"는 속담과 유사하다. 너희 증조할머니는 나에게 어떤 사람과 친하다고 함부로 말하지 마라. 또 좋을 때는 간이라도 빼줄 듯이 하고 싫을 때는 입 안에 든 것도 빼 먹듯이 하지 마라고 항상 당부하셨다. 가까이 있는 자의 배신, 모함, 고발, 비난, 폭로, 저주, 증오는 감당키 어렵다. 이 점 꼭 명심하자.

**자기 복은 자기가 타고 난다.**

하늘이 한 사람을 태어나게 할 때는 그 사람 몫의 분복은 주면서 태어나게 한다. 사람마다 이미 받은 복이 다르다. 내 복은 남에게 주지 않고, 남의 복은 못 빼앗아온다. 왜 세상이 고르지 못

하느냐고 아무리 개탄해도 아무 소용이 없다. 혹시 자기가 최선을 다하면 기특해서 보너스로 복을 더 받을 수는 있을 것이다. 태어날 때 복을 많이 받았을지라도 함부로 그 복을 사용하면 벌받는다. 주었던 복을 도로 빼앗아간다. 있는 복을 아껴야 한다. 선한 일을 많이 하여 복을 쌓아가야 한다. 사실 남의 복을 임시로 가져가서 대복자가 되었으니 복이 적은 소복자를 배려하여 함께 잘 살아야 한다. 너희 증조할머니는 이 속담으로 과욕도 원망도 경계하라는 것을 가르쳤다.

먹고 자고 먹고 자고, 하나를 들으면 열 개를 깨우치고, 남의 눈에 꽃이 되라.

나는 너희 증조할머니 여러 말씀 중에 이 말씀을 제일 좋아한다. 건강하고, 영특하고, 남에게 칭송을 받는 사람이 되라는 뜻 아니겠는가. 한 마디로 말하면 지덕체(知德體)의 교육이다. 너희 증조할머니가 너희 할아버지, 너희 두 아빠 키울 때 자장가이고, 소원이고 염불이었다. 우리도 너희들에게 너희 증조할머니의 염원을 그대로 기도했고 지금도 그렇게 한다. 이것이 현재까지의 우리 집안의 명심보감이다. 꼭 바라는 대로 될 수는 없을지라도 간절히 소원하면 운명도 바뀐다는 사실을 우리는 늦게야 알았다. 증조할머니의 소원을 들어주자.

자기 능력을 최대한 계발한 후 실수를 최소화하여야 승리한다. 승리와 패배는 하늘이 결정한다. 공부 실력을 겨루는 것도 인생살이도 이와 마찬가지이다. 모든 것은 최선을 다한 후 결과는 의연히 받아들인다. 너희 증조할머니는 명언으로 속담으로 옛 성현의 말씀을 빌어 나를 비롯한 후손을 교육하셨다. 그리고 사랑만 하고 가르치지 않는 것 애이불교(愛而不教)를 경계하셨다.

**티끌 모아 태산이다.**

작은 것이 쌓여야 큰 것을 이룬다. 보잘것없는 것도 중히 여겨라. 조금씩 조금씩 오르다 보면 정상을 정복한다.

**닭이 열이면 봉이 하나 있다.**

하잘 것 없는 것 중에도 쓸 만한 것이 있다. 여럿이 있으면 그 중에 뛰어난 사람도 있다. 모든 것을 중하게 여겨라.

**있는 집에 싸움 나고, 없는 집에 우애 난다.**

부잣집 자식끼리 싸우지 않는 집이 없다. 요즘 더 그러하다. 너희 증조할머니는 나에게 절대로 상속 바라지 말라고 당부하셨다. 큰집이 잘 살아야 집안이 잘 된다고 하시면서 가족 간에 화목하게 지내라고 며느리한테도 단단히 당부했다.

**존의(尊儀)가 있다.**

귀한 사람의 초상이나 위패, 또는 불보살의 모습을 존의라 한다. 사람의 모습도 그러해야 함을 강조하셨다. 너희 증조할머니는 나의 모습도 그러하길 염원하셨다. "야, 이놈아! 존의가 있어야지"라고 하시던 말씀 선하다.


**남의 눈에 눈물 내면 내 눈에는 피눈물 난다.**

결코 남에게 해로운 짓을 해서는 안 된다는 말씀이다. "착한 끝은 있어도 악한 끝은 없다"라는 말과 비슷하다.


**벼룩의 간을 내어 먹는다.**

가난하고 가난한 집에서 도둑이 보리쌀을 훔치는 격이다. 모자라거나 없는 자를 등치거나 해코지 하지 마라는 당부이시다.


**열 손가락 깨물어 안 아픈 손가락 없다.**

못난 자식이고 잘난 자식이고 간에 자식은 모두 똑같이 귀하고 중하다는 뜻이다. 모든 사람에게도 그러해야 한다.


**하룻강아지 범 무서운 줄 모른다.**

뭣도 잘 모르면서 철없이 함부로 덤빈다는 뜻이다. 무모하고 어리석은 짓을 하지 말고 누울 자리 앉을 자리를 잘 구별하라는 뜻이다.


**할아버지 인심이 손자 거름된다.**

선조들의 후한 인심이 후일 손자들에게 큰 도움을 준다는 뜻이다. 전쟁이나 환란 때는 생사마저 좌우된다.

**사람 나면 서울로 보내고 말이 나면 제주로 보내라.**

사람이나 동물이나 자기가 성장하고 성공할 수 있는 곳에서 살아야 한다는 말씀이다.

**못된 송아지 엉덩이에 뿔난다.**

어렸을 때 행동이나 마음가짐이 좋지 못하면 커서도 그렇게 된다는 뜻이다. 교만하게 굴지 마라는 속뜻도 있다.

**남에게 혀 구부리는 소리 안 한다.**

결코 남에게 아부하거나 비겁하게 굴지 말고 항상 당당하게 처신하라는 말씀이다. 결코 그러한 상황에 놓이지 말자.

**증조할머니 왈** '보증서지 마라', '깨는 너무 볶지 마라', '효자상 받지 마라', '범 없는 골에 토끼가 스승이다', '중이 되어도 자기 것이 있어야 한다', '삿갓 들어가면서 인사 한다', '중도 속인도 아니다', '너울도 없다', 그리고 '집안 똑똑이 나간 축구' 등이다.

마음은 안에 있어 자기도 모르고 남도 모른다. 마음이 밖으로 나와야 그때 비로소 약간 알 수 있다. 마음이 나의 주인공이고 나의 임자이다. 마음을 잘 써야 지혜로운 자도 되고 현자도 된다.

당신은 이미 행복한 사람이다.
다만 그것을 모르고 있을 뿐이다.

# 어떻게 살 것인가

　언제부터인가는 몰라도 사람들은 살아오면서 풀고자 하는 근본 문제를 마음에 안고 있다. 그것은 '나는 누구인가'와 '어떻게 살 것인가'라고 하는 크게 두 가지 물음이다. 이것은 철학을 비롯하여 인문과학·자연과학·사회과학·예술·종교 등 모든 영역의 연구 대상이 되어 왔다. 그것에 대한 명쾌하고 완벽한 해답은 아직은 없다. 사실 그 문제는 해답이 있을 수 있는 문제가 아닐 수 있다. 그럼에도 불구하고 수많은 사람들이 그 해답을 찾아 헤맨다.

　나는 석가모니 부처님이 그 물음에 대하여 답을 한 것을 예를 들어 이야기하고자 한다.

　'나는 누구인가'에 대하여는 다음과 같이 가르치고 있다. 사람은 물질·감각·생각·행동·의식, 즉 색수상행식(色受想行識)의 오온(五蘊)이 연기법에 따라 구성된 존재이므로 인연이 다하면 서로 흩어지고 모이고 변하므로 이것이 '나'라고 말할 수 있는 것이 없다. 다시 말하면 '나'라고 하는 실체가 없다는 무아(無我)를 말씀하셨고, 사람뿐만 아니라 존재한다고 생각되는 모든 존재는 실체가 없다는 제법무아(諸法無我)를 말씀하셨다. 따라서 '나'라는 실체가 없는데 '나는 누구인가'라고 묻는 것은 어리석은 일이다.

'어떻게 살 것인가' 하는 인생 문제에 대한 답은 『금강경』에서
찾을 수 있다. 어떻게 살 것인가 하는 문제는 어떤 마음으로, 어
떤 행위를 해야 하며, 그것이 합당하고 바르게 행한 것이냐 하는
것으로 구체화시켜 볼 수 있다. 더 간추려 말하면 어떻게 살면
가장 참된 인생을 살았다고 말할 수 있느냐 하는 것으로 바꾸어
서 생각할 수 있다.

　마음은 모습을 뜻하는 상(相)을 갖지 말고 있는 그대로 보라는
무상(無相)과 응당 머무는 바 없는 마음을 내라는 응무소주이생
기심(應無所住而生其心) 그리고 마음을 챙기는 마음을 가져야 하
고, 행위는 항상 보시(布施)하는 행위로 살라고 가르치셨다. 그리
고 합당하고 바르게 행하는 길은 중도(中道)로 행해야 한다는 말
씀으로 어떻게 살 것인가에 대한 그 답을 어느 정도 내놓으셨다.

　언어를 사용하는 인간으로서는 상을 갖지 않는 무상심을 가지
기 어렵다는 것이 그 한계이다. 언어는 제법(諸法)의 상을 그리고
있기 때문에 언어로 통하는 것은 그 상을 갖게 마련이다. 그러
하니 범부에게는 상을 가질 수밖에 없다. 사람들이 버리기 힘든
상은 '나'라고 하는 아상(我相), '남'이라고 하는 인상(人相), 번뇌
를 가진 모든 것에 대한 중생상(衆生相), 그리고 생명의 영원함에
대한 수자상(壽者相) 네 가지이다. 이 상들을 없애고 깨뜨리고 쳐
부수는 것이 수행 중에 수행이다.

공덕 중에 제일의 공덕이 보시(布施)이다. 보시는 상이 머무는 바 없이 보시하는 무주상(無住相)보시와 함이 없이 보시하는 무위(無爲)보시가 가장 으뜸이다. 이것은 보시하는 이, 보시를 받는 이, 보시되는 그 무엇이 있는지 없는지 전혀 모르게 행해지는 보시인 것이다. 보시 중에는 재물을 보시하는 재(財)보시, 불법을 보시하는 법(法)보시, 두려움을 없애주는 무외(無畏)보시 등이 있다. 특히 남의 아픔을 함께하고 고통을 덜어주는 보시를 큰 보시로 여기고 있다. 일생 동안 보시한 공덕은 살아서도 죽어서도 없어지지 않는다.

사람들은 고통과 쾌락, 선과 악, 사랑과 증오, 좌파와 우파 등 양 극단에 치우치기 쉽다. 유교에서는 양 극단을 떠나 균형과 조화로움을 뜻하는 중용(中庸)을 가르치셨고, 수학에서 영(零)은 음도 양도 아닌 것으로 음수와 양수의 딱 중간에 위치하고 있다. 중도는 이들의 뜻을 모두 포함하고, 양 극단에 걸림이 없고, 가장자리와 중심이 없이 하나로 이루어져 있고, 양 극단을 초월한 새로운 길을 나타낸다. 중도는 곧 정도(正道)이다.


무상과 보시 그리고 중도의 삶, 다시 말하면 중생을 고통과 번뇌에서 건지고 깨달음의 세계로 향한 마음과 행위인 보리심(菩提心)과 보리행(菩提行)으로 사는 것이 어떻게 살 것인가에 대한 답이다. 무상(無相)과 중도(中道)는 지혜이고, 보시(布施)는 사랑이다. 좀 더 쉽게 말하면 어떻게 살 것인가에 대한 답은 사랑과 지혜로 사는 것이다. 이렇게 살면 좀 더 나은 인생, 좀 더 거룩하고 성스

러운 삶이 되고, 더 나아가서는 번뇌로 고통 받는 인간세상보다
는 낫다고 하는 천인 세상에 갈 수 있고, 궁극적으로는 깨달음의
세계 부처세계로 갈 수 있다고 한다.

범부(凡夫)는 행복과 불행은 정도의 차이는 있지만 항상 번갈
아 온다는 것과, 불은 위로 타오르고 물은 아래로 흐른다는 것과
같은 평범한 이치(理致) 등에 따르고, 항상 선(善)을 추구하고 모
든 중생을 위하여 기도하는 삶을 살면 어느 정도 잘 사는 인생이
아니겠는가. 세상의 이치에 따르는 것은 지혜이고 적선(積善)과
기도는 사랑이다.

기도는 신과의 대화이기도 하고, 스스로 다짐하고 맹세하는
것이기도 하다. 기도하는 행위는 침묵으로, 또는 행동으로 여러
가지 형태로 행해진다. 기도의 내용은 소원성취기도, 감사기도,
찬양기도 등 다양하다. 기도는 사랑의 다른 이름이고, 간절한 소
망이다. 어떤 종교든지 종교의식의 중심이다. 누구를 위해 기도
한다는 것은 사랑을 실천하고 행복을 빌어주고, 동시에 자기에
게도 그 기도의 회향(回向)을 받게 된다.

나는 편지 한 장을 써서 보낼 때마다 기도하는 마음으로 썼다.
어느 때이고 간에 항상 그 마음으로 지낸다. 사랑하는 사람이
있어 기도할 수 있다는 것이 우리의 행복이다. 또한 우리와 인연
이 있는 모든 분들께 감사한다. 사랑하는 사람을 위해 할 수 있는
일이 많은 것 같지만 그렇지 않더라. 그러나 무탈하고 행복하길
바라는 기도는 맘껏 할 수 있다. 언제까지나 그렇게 할 것을 다짐
하면서 이 글을 끝맺는다.

해설

# '사랑'과 '지혜'를 권면(勸勉)하는 깊은 사유와 언어

유성호(문학평론가, 한양대학교 국문과 교수)

## 1.

지금 우리가 만나는 『사랑과 지혜의 향기』는, 박배훈(朴培勳) 총장이 글을 쓰고 이영경(李迎卿) 선생이 함께 이름을 올려 펴내는, 심원한 삶의 교훈록(教訓錄)이라고 할 수 있다. 이 책의 저자인 박 총장은 오랜 시간 진중한 불가적(佛家的) 명상과 신행으로 살아온 우리 시대의 스승이자 지식인으로서, 어린 손주들에게 '사랑'과 '지혜'의 향기를 남기고자 이 책을 구상하고 집필하였다고 밝히고 있다. 그럼에도 이 책은 우리 시대의 모든 젊은이들이 읽어보아야 할 삶의 깊은 경륜(經綸)을 담고 있다고도 말할 수 있을 것이다.

이 책은 모두 4장으로 구성되어 있다. 각 장(章)은 '최고 사랑', '무한 사랑', '한마음 사랑', '진선미 사랑'에게 주는 서신(書信) 형식으로 되어 있다. 말할 것도 없이 이 '사랑'의 주인공은 저자의 어린 손주들이다. 그리고 앞의 '머리말'과 뒤의 '끝맺으면서'가 매우 유기적으로 짜여져 있는데, 저자는 "자기가 겪고 경험하고 헤쳐 나온 삶의 지혜가 아까워 자기의 후손이나 후대의 사람들에게 그것을 전하고 싶은" 동기로 아이들에게 메일로 보낸 지혜의 권면을 모았다고 밝히고 있다. 「책머리에」에서 박배훈 총장은 다음과 같이 말한다.

불꽃은 한 번 태우고 지나간 자리로는 결코 돌아가지 않는 것처럼 우리 인생은 지나온 과거로는 다시 돌아갈 수 없다. 불꽃은 재를 남기고, 인생은 업(業)을 남긴다. 사람이 영원히 사는 길은 후손을 기르고 후진을 양성하고 사회에 공헌하는 것 아니겠는가. 사람이 남기고 갈 만한 것이 무엇이 있을까. 재산을 비롯한 물질적인 것과 자기가 후대에 끼치고 형성한 정신세계 아닐까. 가지고 갈 수 있는 것은 아무 것도 없다고 한다. 꼭 한 가지는 있다. 공덕(功德)이다. 부지런히 보시하고 정진하여 많은 복덕(福德)과 공덕을 쌓는 것이 행복의 길이요 영원함의 길이다. (7~8쪽)

저자는 '불꽃'과 '인생'을 비교하면서 사람이 영원히 사는 길을 제시한다. 그 핵심에 '공덕'을 놓음으로써 부지런히 보시하고 정진하여 많은 공덕을 쌓으라고 권면한다. 그것만이 행복과 영원을 가능하게 한다고 힘주어 말하는 것이다. 물론 불가에서는 언어를 통해 진리를 계시할 수 없다고 말한다. 하지만 이는 현묘한 진리의 세계에 대한 가없는 신뢰를 표현하는 일종의 역설적 사유 방법일 것이다. 그래서 그것은, 『유마경』에서 말하는 불이법문(不二法門)처럼, 언어 너머의 언어를 통해 가 닿는 진리 체계일 것이다. 저자 또한 말을 한없이 삼가고 줄이면서 그 언어 너머의 참의미에 도달하고 있는데, 아이들에게 주는 '사랑'과 '지혜'의 언어는 가령 다음과 같이 펼쳐진다.

우리에게 가장 귀하고 소중하고, 우리에게 가장 커다란 행복을 가져다주고, 우리에게 항상 벅찬 감동과 환희를 느끼게 하는 너희들이 있어 우리에겐 항상 웃음과 기쁨이 있다. 우리는 너희들이 무척 고맙고 감사하다. 쑥쑥 자라 거라. 좋은 일 많이 하거라. 그것이 우리에겐 최대의 보람이요 즐거움이다. (16쪽)

할아버지는 "아무도 너희들을 함부로 못하게 보살펴주는 호법신장(護法神將), 수호천사가 되고 싶고, 어떤 환란에서도 구해주는 관세음보살이 되고 싶은 것이 우리의 꿈이기도 하다."라든지 "일을 시작하기 전에 두려워 떨지 말고 긍정적인 생각으로 헤쳐나아가라."라고 말하면서 손주들을 향한 가없는 '사랑'과 '지혜'의 말씀을 친절하고도 부드럽게 전해준다. "너희들 이름을 불러보면 나도 모르게 입술이 벌어진다. 흐뭇해진다. 살고 있는 맛이 있다. 행복해진다. 너희들은 우리를 기쁘게 해주는 마술사인가 주술사인가 신기하구나. 아니지 아니지 우리의 최고로 귀한 사랑이니까." 하면서 그러한 감정의 지극한 자연스러움과 강렬함과 정성스러움을 표현하고 있다. 이제 그 '사랑'과 '지혜'의 구체적 풍경 안으로 한 걸음씩 들어가 보도록 하자.

## 2.

보통 불가에서는 모든 경계가 지워진 마음을 '무위심(無爲心)'이라고 한다. 이는 일체의 분별이나 세속적 호불호(好不好)의 마음이 없어진 것을 가리키는 개념일 것이다. 가령 어떠한 형상도 짓지 않는 이 청정한 상태가 바로 자비심을 일으키는 상태가 되는데, 이는 바로 진공묘유(眞空妙有)의 새로운 빛을 발할 수 있는 최적의 존재론적 조건이 되기도 한다. 저자가 꿈꾸고 있는 이러한 상태는 윤리적으로나 실존적으로나 최상의 인간조건으로 상정되고 있다. 몇몇 삽화를 살펴보자.

부처님이 말씀하시기를 참으로 탁월하고 훌륭한 사람이란 "지혜롭고, 자비로운 사람"이라고 했다. 세상의 이치를 잘 깨닫고, 남과 함께 기뻐하고 슬퍼하는 사람을 뜻한다. 너희들도 이런 사람이 될 수 있도록 노력하고 명심해야 한다. 남과 함께 동고동락(同苦同樂)하는 삶이 가장 잘 사는 길이란 뜻도 된다. (28쪽)

부처님 말씀을 빌리기는 했지만 저자는 "지혜롭고, 자비로운 사람"을 세상에서 가장 훌륭한 인간상으로 본다. '지혜'야말로 세상 이치를 잘 깨닫게 해주기 때문이고, '자비'야말로 남과 함께 기뻐하고 슬퍼하는 윤리적 능력을 선사해주기 때문이다. 그리고 그것은 결국 궁극적 무위심에 이르는 불가피한 한 방편이기도 할 것이다. 나아가 그것은 인간으로서 "가장 잘 사는 길"이 되기도 한다. 이어서 '지혜'와 '자비'는 다음과 같이 더 강조되어간다.

> 우리가 배우고 익혀야 하는 것을 크게 두 가지로 나누면 지혜(智慧)와 자비(慈悲)이다. (…중략…) 지혜는 살아가는 슬기이고, 자비는 같이 즐거워하고 함께 슬퍼하는 것이다. 지혜로우면 공덕(功德)이 쌓여 해탈열반(解脫悅槃), 즉 대자유를 얻고, 자비로우면 복덕(福德)이 생겨 이고득락(離苦得樂)을 누린다. 지혜로우려면 주로 명상을, 자비로우려면 주로 선행을 많이 해야 한다. 이것들을 하루하루 자꾸만 행하여 습관처럼 되어야 한다. (125쪽)

이처럼 '지혜'와 '자비'를 끊임없이 강조하는 저자는 책 곳곳에서, "사람들이 너희들을 꺼려하지 않고 함께 하기를 원하는 사람이 되면 좋겠구나."처럼, 손주들이 일종의 공동체적 감각을 굳건하게 가지고 살아가기를 희원한다. 홀로 궁구하지 말고, 더불어 세상 이치를 탐구하고 실천하는 도(道)를 강조하고 있는 것이다. 비록 단독자로 태어나 고독하게 살아가는 것이 인간이지만, 서로 만나 사귀고 소통하고 살아감으로써 공동체의 충실한 일원이 될 것을 강조하는 말씀이다. 다음은 어떤가.

이로운 사람은 내가 위험과 악으로부터 미리 당하지 않게 하거나 벗어날 수 있도록 나를 위해 기도해주고 염려해주는 사람이고, 내가 어려울 때 도움을 주고 격려해주고 희망을 갖게 해주는 사람이고, 내가 필요한 것을 해결해주고 나의 잘못도 감싸주는 사람이고, 나를 보호해주고 내가 의지할 수 있는 사람이다. (62쪽)

저자는 나에게 이로운 사람을 만나려면 나부터 이로운 사람이 되어야 한다고 힘주어 말한다. '이기(利己)'가 이(利)로 이어지지 않고 오히려 '이타(利他)'가 이(利)를 부르는 역설의 이치가 거기에는 담겨 있다. 그래서 "꽃으로 인해 열매를 보게 된다는 뜻인 인화견실(因花見實)이 세상의 이치이다. 복을 짓지 않았는데, 복을 베풀지 않았는데 복이 찾아올까? 꽃이 없는데 열매가 맺게 될까? 복을 짓지 않았는데 복이 저절로 굴러들어 올까? 어림없다."라고 어린 손주들에게 무척 단호하게 말할 수 있는 것이다. 사랑을 받으려면 사랑을 먼저 하라는 지극한 말씀 속에 저자의 견고하고도 넓은 인생관이 축약되어 있다 할 것이다.

너희들은 남과 비교하지 말고 욕망을 다스릴 수 있는 지혜를 터득하려고 노력해라. 욕망의 끝은 없다. 어디까지가 자기의 분복임을 알아차려 솟아나는 강한 욕구를 잠재우는 것 말고는 방법이 없다. 사람은 자기가 가질 수 있는 한계를 모른다. 이것이 불행의 시초이다. 현명한 사람은 이것을 알아 차려 거기에 맞추어 사는 지혜를 터득한 사람이다. (64쪽)

저자는 부처님께서 "천하고 성스런 것의 기준"을 '행위'에 두었다는 의미심장한 말을 다시 한 번 상기한다. 그리고 그 행위는 사람이 쌓아온 '업'에 따라 결정되는 것이라고 강조한다. 즉 좋은 업을 쌓아야 귀하고 성스런 사람이 된다는 것이다. 얼마나 귀하고 절절한 말씀인가.

복을 부르려면 무엇보다 덕(德)을 쌓아야 한다. 덕이란 사람의 도리를 잘하여 얻어지는 힘이다. 남을 사랑하면 덕이 생긴다. 그리고 모든 것을 함부로 하지 말고 삼가하고 조심하고 겸손하고 겸양하고 겸애하고 남에게 말과 행동을 모질게 하지 말아야 한다. (93쪽)

저자는 가족 간의 화목과 사랑을 재차 강조한다. 가족과 나누는 헌신과 사랑이 가장 온전한 의미에서의 '덕'이 된다는 것이다. 그리고 '맑고 밝게 지내라'라는 항목에서 박배훈 총장은 "주변에 가까운 사람에게 신뢰를 쌓아라. 자기 일에 최선을 다하는 모습 보여라. 공짜는 없다. 내가 먼저 베풀어라. 베풀고 잊어라. 남은 오래된 것도 모두 기억하고 있다. 무섭다. 남은 남을 공격할 준비가 항상 되어 있다. 남의 눈에 꽃이 되려면 이것을 마음에 새기자."라고 확연하게 정리해준다. 이 모든 것이 인간관계에서 더없이 중요한 실천적 세목이 아닐 수 없을 것이다.

이어 저자는 "향을 싼 종이에는 향기가 나고, 생선을 싼 종이는 비린내가 난다는 말이 있다."라고 말을 건넨다. 아마도 이는 『법구경』에 나오는 말인 듯하다. 아닌 게 아니라 『법구경』은 "부처님께서 행복한 사람, 훌륭한 사람, 깨닫는 사람이 되기 위하여 사람이 가져야 하는 마음, 행위, 태도 등을 가르쳐주신 말씀이다. 그리고 공자는 군자, 지도자, 정치가가 되는 길을 가르쳐주셨고, 또한 석가모니는 중생을 고통 없고 즐거움을 얻는 이고득락(離苦得樂), 번뇌 없고 윤회가 없는 적정열반(寂靜涅槃)으로 가는 길을 가르쳐 주셨다."라고 설명하면서 저자 스스로 매우 소중하게 여기고 있음을 밝힌 경전이다. 가령 "진정한 사랑이란 자기 안에 기쁨을 샘솟게 하고 이유나 동기 없이 그저 나누어주는 데서 즐거움을 느끼는 것이다. 미움은 미움을 낳고 사랑은 사랑을 낳는다. 거짓을 거짓으로 보고 진실을 진실로 보라. 마음을 다스리면 행복이 오고, 잘 다스려진 마음에 의해 행복은 발견된다."라는 말씀도 거기서 인용된 것이다. 이처럼 박배훈 총장은 지혜롭고 자비로운 사람이 쌓아가는 '덕'을 강조함으로써, 손주들이 머리로만 성장해가는 것이 아니라, 마음으로 뜻으로 심장으로 쑥쑥 커가기를 기원하는 마음으로 이 책을 쓴 것이다. 아름답고 깊고 융융하기 그지없다.

3.

우리는 이러한 박배훈 총장의 사유와 언어에서 '무주상(無住相)'이라는 개념을 새롭게 생각하게 된다. '무주상'이란, 크고 작음이 끊임없이 생멸하는 우주처럼, 어떤 특정하고 견고한 이미

지에 긴박되지 않음을 말한다. 이때 '사랑'과 '지혜'는 그러한 항심(恒心)을 가져다주는 가장 적합한 실천적 항목이 될 것이다. 어쩌면 이는 『금강경』의 "응무소주(應無所住) 이생기심(而生其心)" 곧 "마땅히 머무는 바 없이 그 마음을 내라."라는 지혜를 담고 있기도 할 것이다. 결국 이는 무엇에도 집착하지 않는 마음으로 말하고 행함으로써 그 어떤 것에도 사로잡히지 않는 마음을 말하는 것이다. 이때 '머무름[住]'이란, 마음이 한 곳에 머물러 있는 것 즉 집착을 뜻하는데, 그 집착을 끊고 미혹을 지나 진정한 사랑에 이르라는 것이 말하자면 저자의 조언인 셈이다. 이러한 박배훈 총장의 불교적 사유는 곳곳에서 철학적인 빛을 발한다.

석가모니 부처님이 말씀하시기로 좋은 사람은 남을 잘 이끌어주는 사람, 즐거울 때나 괴로울 때나 변함없는 사람, 상대방을 생각해서 말을 건네는 사람, 측은한 마음을 갖는 사람이라고 하셨다. 나는 여기에 덧붙이면 스스로 절제하고 억제하고 삼가하고 겸손하고, 항상 밝고 맑고 향기 나는 사람이다. (60~61쪽)

부처님이 강조한 "향기 나는 사람"은 '중도(中道)'에 그 본질이 있다. '중도'란 말은 "스스로 절제하고 억제하고 삼가고 겸손하고, 항상 밝고 맑고 향기 나는" 정서적, 윤리적 세목을 필연적으로 거느리게 된다. 물론 이것을 가능케 하는 것은 "지혜와 자비"이다. 그리고 저자는 불교에서 말하는 '사섭법(四攝法)'을 일일이 소개하는데, "남에게 베푸는 보시(布施), 사랑스런 말인 애어(愛

語), 나의 일처럼 여기는 동사(同事), 남을 이롭게 하는 이행(利行)"
이 바로 그것이다. 모두 무주상을 바탕으로 한, 지혜와 자비의
실천이 아닐 수 없다.

사랑의 힘은 강하다. 하늘을 무너뜨리기도 하고 보천(補天)하기도
한다. 나 아닌 남 다른 것을 사랑하는 것은 바로 자기 자신을 사랑하
는 것이다. 사랑하는 것도 연습이 필요하고 기교도 필요하다. 사랑하
는 것이 습관화되면 복덕과 공덕과 행복이 덩굴째 굴러들어온다. 이
것은 진리이다. 사랑도 에너지이므로 하면 소모된다. 사랑하기가 그
래서 힘들다. 사랑의 에너지를 끊임없이 보충해야 한다. (206쪽)

이러한 사랑론(論)은 아이들이 궁극적인 "행복의 요소"를 잘
체득하고 살아가기를 바라는 마음을 깊이 담고 있다. 여기서 박
배훈 총장은 불교적 사유나 경험과는 전혀 다른 맥락을 가진 말
씀들도 빌려와서 아이들에게 들려주는데, 이때 우리는 그가 불
교에 바탕을 두고 사유를 전개하고는 있지만, 다른 전통과 분위
기를 가진 종교나 철학에 결코 배타적이지 않음을 알게 된다.
참으로 귀한 덕목이다. 거기에는 기독교의 중요 사상인 "정의와
사랑"이 들어오기도 하고, 동양철학에서 말하는 "중용(中庸)과 중
도(中道)"도 제 육체를 고스란히 간직한 채 들어온다. 모두 지나
치거나 모자라지 않고 평상적이고 불변적인 상태나 정도를 나타
내는 말로서, 저자는 거기서 보편적인 "하늘의 뜻"을 발견해간
다. 그리고 "절도에 맞는다는 뜻의 중화(中和)를 더 인간 삶의 근

본으로 삼고" 있는 우리의 전통을 소중하게 돌아보기도 한다. 그리고는 다시 『법구경』으로 시선을 옮긴다.

'법구경'에서 "자신을 본보기로 삼아서 남을 해치지 마라. 나를 사랑하듯 남을 사랑하라" 등을 말씀하셨고, 기독교 신약성서에 나오는 황금률에서도 "다른 사람에게서 바라는 대로 남에게 해주어라"라고 하셨다. 얼마나 귀중한 말씀이기에 황금 같은 율법이라고 했을까. 그리고 공자께서도 혈구지도(絜矩之道), 즉 '자기의 처지를 미루어 남의 처지를 헤아려라'라고 말씀하셨다. 뿐만 아니라 소크라테스 등 동서양의 많은 성인들께서 이 혈구지도를 말씀하셨다. (176쪽)

불교와 기독교, 공자와 소크라테스가 하나로 만나 전하는 메시지는 다름 아닌 '사랑'의 마음이다. 그 안에는 역지사지(易地思之)의 마음도 담겨 있고, 타인을 먼저 생각하라는 이타행(利他行)의 시선도 담겨 있다. 이렇듯 저자는 "깨달음의 세계에서의 광명은 진리와 생명을 뜻하기도 한다. 기독교에서의 빛은 창조와 구원을 의미한다고 한다. 그리고 대자유는 시간과 공간으로부터 자유, 모든 번뇌와 고통으로부터의 자유, 환희와 평화를 누리는 자유를 뜻한다. 누가 이런 빛의 세상 대자유의 세상에 상주할 수 있을까. 그런 분을 부처라 한다."에서처럼, 종교 간의 벽을 허물고 보편적 가치로서의 진리와 생명을 찾아 나선다. 그리고 주자(朱子)의 생각을 빌려 시간을 아끼라는 말씀도 나누어준다. 자상하고 속 깊은 할아버지의 마음이 아득하게 번져간다.

중국의 학자 주희께서는 "소년은 늙기 쉽고 학문은 이루기 어려우니 짧은 시간이라도 가벼이 여기지 마라. 아직 못가의 봄풀은 꿈에서 깨어나지 못했는데 어느덧 세월은 빨리 흘러 섬돌 앞의 오동나무는 벌써 가을 소리를 내느니라"라고 하셨고, 중국의 학자 순자께서는 "발걸음을 쌓지 않으면 천리에 이르지 못할 것이요 적게 흐르는 물이 모이지 않으면 강하를 이루지 못할 것이니라"라고 말씀하셨다. 이 밖에도 무수히 많은 학자와 성현들이 젊어서 방일하지 말고 정진하라고 하셨다. (235쪽)

　　우리가 어렸을 때 배운 주희의 한시(漢詩)도 떠오르지 않는가. "少年易老學難成/一寸光陰不可輕/未覺池塘春草夢/階前梧葉已秋聲"이라면서 시간의 중요성을 비유적으로 강조한 중국 철인의 마음을 저자는 고스란히 우리에게 들려준다. 말할 것도 없이, 이는 세대를 초월한 보편적 가르침일 것이다.

　　결국 박배훈 총장은 "나의 즐거움과 기쁨은 남의 비방과 원망의 원천이 되고, 나의 괴로움과 어려움은 남의 칭송과 존경의 근거가 될 수 있다. 모든 사람의 마음속에는 질투와 증오의 씨앗을 가지고 있다는 것을 잊지 말고 항상 마음에 담아 두자. 사랑과 지혜는 사람이 갖추어야 하는 최상의 덕목이자 가치이다."라면서 '사랑과 지혜'의 궁극성을 강조하면서 이 책을 귀결해 간다. 사실 모든 존재자들은 각솔기성(各率其性)에 따라 저마다의 존재 형식을 가지지만, 저자는 그러한 존재 원리를 통해 새로운 삶의 이치를 발견하는 '이물관물(以物觀物)'의 시선을 일관되게 보여준다.

그럼으로써 각자 하늘로부터 받은 본성에 따라 살아가지만 모두 그 이면에 본성을 감추고 있다는 점을 깊이 투시하는 것이다. 그렇게 이 책을 따라가면 모두 훌륭한 사람들이 될 것만 같다.

## 4.

이 책은 자기 탐색의 오랜 성찰 과정을 어린 손주들에게 친절하고 쉽고 간곡하게 전달하는 할아버지의 인생록(人生錄)이자, 보편적인 삶의 지남(指南)이 되기에 충분한 실감과 눈높이와 품격을 갖춘 사유의 도록(圖錄)이다. 저자는 친숙하게 경험할 수 있는 일상에 자신의 언어적 초점을 맞추면서, 일상에서 마주치는 순간적 감동과 깨달음을 평이하고 친화력 높은 문장으로 제시하고 있다. 그 결과, 우리는 이 책이 지성과 감각을 견고하게 결속한 고백과 소통의 언어였다는 사실에 상도(想到)하게 된다. 그렇게 박배훈 총장은 날카로운 비평안(眼)을 통해 보기 드문 삶과 사유의 위의(威儀)를 보여준 것이다. 결국 우리는 거경궁리(居敬窮理)의 과정을 거쳐 깨달음의 곡진한 과정을 담아낸 이 책에서, 이른바 반상합도(反常合道)의 경지를 드러내는 과정과 함께 삶의 발견과 실존적 깨우침을 지향하는 내면의 풍경을 한꺼번에 목도하게 되는 것이다. 「끝맺으면서」에서 저자는 이런 기록을 남기고 있다.

무상과 보시 그리고 중도의 삶, 다시 말하면 중생을 고통과 번뇌에서 건지고 깨달음의 세계로 향한 마음과 행위인 보리심(菩提心)과 보리행(菩提行)으로 사는 것이 어떻게 살 것인가에 대한 답이다. 무상(無相)과 중도(中道)는 지혜이고, 보시(布施)는 사랑이다. 좀 더 쉽게 말하면 어떻게 살 것인가에 대한 답은 사랑과 지혜로 사는 것이다. 이렇게 살면 좀 더 나은 인생, 좀 더 거룩하고 성스러운 삶이 되고, 더 나아가서는 번뇌로 고통 받는 인간세상보다는 낫다고 하는 천인세상에 갈 수 있고, 궁극적으로는 깨달음의 세계 부처세계로 갈 수 있다고 한다. (339~340쪽)

"무상(無相)과 중도(中道)는 지혜이고, 보시(布施)는 사랑"이라는 이 압축된 교훈으로 이 책은 단연 빛을 발한다.

고백하건대 저자는 필자가 한국교원대학교 재직 시절 모셨던 총장님이자 한국 수학교육계의 큰 어르신이다. 이번에 출간하시는 책자에 부족하고 설익은 발(跋)을 얹게 되어 기쁨과 영광이 크다. 저자는 "향기로운 사람, 즉 지향(智香), 덕향(德香), 체향(體香)이 나는 사람은 성공한 사람"이라고 강조한 바 있다. "가는 곳마다 주인이 되면 그곳은 모두 진리이다. 즉, 수처작주(隨處作主)라는 말이 있듯이, 가는 곳마다 향기를 남기라는 수처여향(隨處餘香)의 삶을 살도록 노력하자."라고도 했다. 시종 향기의 비유를 취택한 것이다. 책 제목도 아마 그러한 사유의 연장선에서 정해진 것일 터이다. 바라건대 이 책을 접한 손주들도 할아버지가 짚어 가신 길을 환한 등불 삼아 향기롭게 걸어갈 것이다. 예로부터 '향원익청(香遠益淸)'이라고 했거니와, '사랑'과 '지혜'의 향기를 전하는 박배훈 총장님의 열망과 정성이 더없이 멀리 멀리 퍼져가서, 사람들 영혼을 한없이 적셔가기를, 마음 깊이, 빌어마지 않는다.

마음은 운명을, 운명은 인생을 바꾼다.
과거는 현재를, 현재는 미래를 만든다.

# 인성교육의 지침서(指針書)

이 책『사랑과 지혜의 향기』는 저자께서 손주 세 명에게 바른 인성을 가르치기 위하여 편지 형식으로 쓴 글이다. 어린 학생들이 이 책을 읽으면 학교에서 배울 수 없는 삶의 지혜를 깨닫게 될 것이다. 아이들 교육용 책으로 옛날에는 중종 때 사람 박세무가 지었다고 알려졌으나 확실하지 않은『동몽선습』과 율곡 이이가 지었다고 알려진『격몽요결』이 있다. 이 책들은 전통사상과 효(孝)와 예절 등 덕행과 지식함양을 위한 초등과정의 교재이다.

『사랑과 지혜의 향기』는 오늘날의 아이들에게 사랑과 지혜의 삶을 가르치기 위한 지침서이다. 그러나 그 내용면이나 형식면에서『동몽선습』이나『격몽요결』을 능가하는 책이라고 생각한다. 우리나라의 학교 교육은 경쟁해서 남을 이기는 방법만 가르치기 때문에 많은 부작용이 나타나고 있다. 오늘날 가장 중요한 인성교육을 배울 기회가 없는데 이 책은 바로 어린이의 인성을 가르치는 데 초점이 맞추어져 있다. 이 책 속에는 교육자이신 저자의 사상과 경륜과 품성이 녹아져 있다. 이 책을 옆에 두고 가까이 하면 실력을 쌓고 훌륭한 인간성을 지닌 인물로 성장하게 될 것이다. 아이들뿐 아니라 학부모가 읽어도 좋은 책이라 생각한다.

—원용우(시조시인, 한국교원대 명예교수)

# 인생행로의 이정표(里程標)

　이정표가 없는 여행은 얼마나 고통스러운가. 여행을 떠나본 사람이라면 누구나 아는 사실이다. 돌이켜보건대 한 번도 가본 적 없는 여행인 우리의 인생도 이와 비슷하다. 어디로 가는 것이 올바른 길일까? 걷고 있는 이 길이 맞는 것일까? 되돌아가야 하는 것은 아닐까? 인생의 여행길을 걷는 내내 우리를 사로잡는 질문이 아닐 수 없다. 그래서 우리는 인생의 이정표를 찾아 방황하는지도 모른다. 인생의 수많은 선배들이 그러했던 것처럼.

　그런데 『사랑과 지혜의 향기』를 펴는 순간, 우리는 이 책에서 그 이정표의 한 자락을 만날 수 있다. 이 책을 삶의 울타리로 끌어들이는 용기를 낸다면 방황을 끝낼 수도 있다. 그러니 갈피를 잡지 못해 혼란을 겪는 이 시대에 영명(永明) 선생님과 여래심(如來心) 선생님이 쓴 이 책을 만날 수 있다는 것은 큰 행운이자 행복이다. 이 책은 두 분이 세 손주를 위해 쓴 글을 묶은 것이지만, 그 누구라도 삶의 의미와 지혜를 깨닫기에 충분하다. 일생을 구도자의 모습으로 살아온 두 선생님의 인생철학, 즉 겸손의 철학, 사랑의 철학, 온정의 철학이 이 책에 충만해 있기 때문이다.

—류희찬(수학교육학자, 한국교원대학교 총장)

# 보편적인 삶의 지남(指南)

　이 책은 자기 탐색의 오랜 성찰 과정을 어린 손주들에게 친절하고 쉽고 간곡하게 전달하는 할아버지의 인생록(人生錄)이자, 보편적인 삶의 지남(指南)이 되기에 충분한 실감과 눈높이와 품격을 갖춘 사유의 도록(圖錄)이다. 저자는 친숙하게 경험할 수 있는 일상에 자신의 언어적 초점을 맞추면서, 일상에서 마주치는 순간적 감동과 깨달음을 평이하고 친화력 높은 문장으로 제시하고 있다. 그 결과, 우리는 이 책이 지성과 감각을 견고하게 결속한 고백과 소통의 언어였다는 사실에 상도(想到)하게 된다. 그렇게 박배훈 총장은 날카로운 비평안(眼)을 통해 보기 드문 삶과 사유의 위의(威儀)를 보여준다. 결국 우리는 거경궁리(居敬窮理)의 과정을 거쳐 깨달음의 곡진한 과정을 담아낸 이 책에서, 이른바 반상합도(反常合道)의 경지를 드러내는 과정과 함께 삶의 발견과 실존적 깨우침을 지향하는 내면의 풍경을 한꺼번에 목도하게 되는 것이다.

—유성호(문학평론가, 한양대학교 국문과 교수)